D0427743

#MásGordoElAmor

Antonio Malpica

#MásGordoElAmor

Ilustraciones de Bernardo Fernández, *Bef*

GRANTRAVESÍA

*Esta novela fue escrita gracias al estímulo otorgado
por el Sistema Nacional de Creadores de Arte*

Diseño de portada: Estudio Sagahón / Leonel Sagahón

#MásGordoElAmor

Blvd. Manuel Ávila Camacho 76, piso 10
11000 México, D.F., México
info@oceano.com.mx
www.grantravesia.com

Primera reimpresión: septiembre, 2015

ISBN: 978-607-735-654-7

Impreso en México / Printed in Mexico

Para L

1

Hay quien cree en la suerte. Hay quien no. Hay quien dice que es uno de los apodos de Dios. Hay quien dice que es el pretexto de los perdedores para no enderezar su destino. Y hay quien pone toda su confianza en ella, ya sea en forma de caballo o de una bolita o un naipe. Yo simplemente creo que el universo es un sistema autorregulado, y que si alguien en Hong Kong se cae de la escalera y se rompe el cogote, es más probable que se deba a que una mariposa batió sus alas de cierta forma en Michoacán y no a que el desgraciado sujeto se haya levantado del lado incorrecto de la cama. Con todo, creo que dentro de esa mecánica indemostrable de la fortuna, también juega un papel el equilibrio; es como si existiera, en el universo, una cantidad finita de suerte y ésta estuviera contenida en vasos comunicantes que nos afectan a todos: mariposas, abogados, sequoias. Y cada quien obtiene, por ley natural, desde el primer día que pisa este planeta, la misma dosis de suerte. Ni más, ni menos. Mariposas, abogados, sequoias. La misma ración. Depende de cada uno cómo emplea su crédito. Y aunque sé que este rollo ya empieza a apestar a chorrada New Age, me defenderé diciendo que lo sé porque lo confirmé hace un par de años. El que creí que era el hombre más afortunado del universo, al final resultó ser un tipo como cualquier otro. Como yo, por ejemplo. O como el Molina. O como el señor que te vendió antier una membresía de tiempos compartidos. O como la abuelita que cultiva mota en su balcón y te saluda todas las mañanas con un que dios te bendiga mijito. O como tú mismo, claro. Todos la misma suerte por una misma y estúpida razón: que al final todo depende de si eres capaz de levantarte, sonreír y decir qué chingados incluso el día en que te falló un peldaño, te desplomaste de una escalera y te rompiste el jodido cogote. Al final siempre habrá una mariposa en algún lado a quien culpar cuando tú sabes, yo sé, y la abuelita pachecota de tu edificio también, que todo tiene que ver contigo y muy poco con ningún aleteo caprichoso.

Todo tiene que ver con ese universo cerrado, completo, autosuficiente e irreductible —y al que le hieden las patas y le gana el sueño en el autobús y sueña con ser completamente feliz algún día—, que eres tú mismo.

O yo. O cualquiera, pues. Aunque, en este caso...

Simón. Simón Jara.

Comencemos por donde procede. Simón Jara Oliva. De él se trata todo esto. Mi mejor amigo. La justificación de esta infausta cadenita de tonterías escritas al vuelo por este guitarrista con muy poca o ninguna vocación literaria. Simón y su insospechada suerte.

Igual me habría podido zafar, desviar la vista y continuar con mi vida, que ninguna necesidad tengo de contar lo que pasó hace un par de años. Pero también es cierto que hay testimonios que son necesarios y mejor que lo cuente yo, que sé perfectamente cómo ocurrió porque estuve ahí prácticamente todo el tiempo y no otro advenedizo que acabaría inventándose

¡ÓÓÓÓRALE! ¡CIEN PESOS! ¡QUÉ BUENÍSIMA SUERTE!
¿TÚ CREES?

¿Y POR QUÉ NO? SON CIEN PESOS. PUEDO COMPRARME UN MONTÓN DE COSAS.
NO, TOMY. SUERTE ES QUE LE CAIGA UN RAYO EN LA CABEZOTA A TU PEOR ENEMIGO.

O QUE EN EL AUTOBÚS A TIJUANA TE TOQUE UN CHAVO SUPERGUAPO EN EL ASIENTO DE AL LADO.
NO UN PINCHE BILLETE DE CIEN PESOS TIRADO EN LA CALLE.
¿Y POR QUÉ NO, SABELOTODO?

PORQUE REPRESENTA LA MISERIA DE OTRO SER HUMANO. UNO QUE PERDIÓ UN BILLETE DE CIEN. A LO MEJOR PARA PAGAR SUS MEDICINAS. O LOS ZAPATOS DE SUS CINCO HIJOS. PARA TI ES UNA TARDE EN LAS MAQUINITAS. PARA OTRA PERSONA ES LA DIFERENCIA ENTRE LA VIDA Y LA MUERTE.

DE TODOS MODOS, NADIE COMPRA CINCO PARES DE ZAPATOS CON CIEN PESOS, ¿VERDAD, JUVENTINA?
NADIE, TOMY.

la mitad, poniéndole de su cosecha y hasta cobrando una millonada por los derechos para la serie de televisión.

Una millonada. Bueno, es un decir.

Como sea.

Podría iniciar por cualquier punto. Por el momento en el que Majo y Simón se besaban en ropa interior con las caricaturas de la Pantera Rosa como música de fondo. O en ese instante en el que, con el sonido del oleaje, Molina y yo encontramos a Simón tendido sobre la arena de la playa como un hombre muerto. O cuando estábamos en el aeropuerto de Quito tratando de domar ese monstruo espantoso que llaman esperanza y que, o lo montas, o te engulle. O por el momento en el que todo lo relacionado con el horrendo hashtag de #MásGordoElAmor estaba en la cúspide de los trending topics del país. Podría empezar por el final, por la mitad o por el principio, que de todos modos el desenlace ya está escrito y ése no lo cambia nadie. Ni siquiera aquel a quien apodan suerte. Pero creo que la mejor manera de comenzar es apuntalando el verdadero motivo del porqué y el cómo empezó este fenomenal desmadre.

De por qué no pude negarme a hacerle ese último favor al Charro de Dramaturgos, Simón Jara Oliva, Simón Simonete, a la fecha mi mejor amigo.

Lo llamábamos "Patada en las pelotas".

Hacías una apuesta, la que fuera, y cualquiera de los dos podía decir "Patada en las pelotas" como quien apuesta hasta el último centavo porque está tan seguro de tener la razón que no le importa poner su resto sobre el tapete verde. Estaba apenas una rayita más abajo de apostar la vida. Y lo agarramos de cotorreo más o menos por ahí del segundo año de prepa.

Por ejemplo.

Año de mil novecientos ochenta y algo. Dos tipos sentados en una banca de Plaza Satélite. Ambos en los diecitantos. Uno de ellos, de estatura promedio, complexión promedio, peinado promedio. De hecho creo que, físicamente hablando, lo único singular que tenía —y tiene Simón— es ese aire que le da a Matthew Broderick, aunque con anteojos. Sobre todo si permanece con la boca cerrada; si la abre te das cuenta de que es un Matthew Broderick un poco dientón. El otro sujeto, por el contrario, sobresale en cualquier multitud, grande como oso, peludo como oso, blanco, pelirrojo y pecoso... pues no como oso pero sí como algo que resultaría de la mezcla de un oso y un bartender irlandés. Aun así, nunca nadie me apodó el Oso. O el Vikingo. O el Pecas. Jamás sabré si me hubiera gustado más. Mi abuelo me puso el Pollo desde que tengo memoria. Y así me dicen hasta los que más me detestan.

Creo que es éste un buen momento para hacer distancia.

Aunque ha quedado más que claro que soy yo quien cuenta esta anécdota, preferiría definir un margen de maniobra, ese asunto del narrador omnisciente con el que nos molieron a palos todos los maestros de literatura de nuestros años escolares cuando abrigaban la enternecedora esperanza de que fuéramos capaces de crear un cuento mínimamente legible. Primera o tercera persona. Y creo que yo, por lo pronto, prefiero la tercera, aunque de repente se me vayan las manos y se delate un sesgo de protagonismo o una clara simpatía por el personaje del Pollo, Gerardo Flánagan Uribe, su atento y seguro servidor, porque creo que no hay otra forma de contar una historia como ésta salvo marcando distancia. Y no me justifico más para no aburrir más pero, sobre todo, para no causarle una posible úlcera a algún maestro de literatura de mis años escolares que tenga la mala fortuna de estarme leyendo justo en este momento.

Así que dos tipos sentados en una banca de Plaza Satélite. Uno es Simón; el otro, el Pollo. Lo más seguro es que estén por cumplir veinte ambos. Uno, Simón, estudia Psicología en la UVM; el otro, el Pollo, debe estar estudiando Contaduría. Luego se cambiaría a Comunicación. Luego a Informática. Luego tiraría la toalla de los estudios definitivamente para ponerse a vender cosas y cantar a Willie Nelson, pero eso ya vendría más adelante.

—Era Ilse, la de Flans.

—Claro que no.

—Te lo juro, Pollo.

—Ni la viste bien.

—Claro que sí.

—La de Flans es más alta y más guapa.

—Estás loco.

—Patada en las pelotas.

—Vas a perder.

Es un botón de muestra apenas. Pero funciona. El Pollo y Simón se encontraban en la plaza comercial, sentados sin nada mejor que hacer que ver pasar la vida, la gente, las muchachas: una que, según Simón, era Ilse la del grupo de pop Flans. Se levantaron y fueron a darle alcance. Y pues no, no era Ilse, la de Flans.

—Me lleva el carajo.

—Patada en las pelotas.

Significaba que, el que había perdido, debía recibir una patada en las pelotas. O su equivalente. Por lo general se trataba de cumplir un muy pesado capricho del ganador.

—Ve a darle un zape a aquel pelón.

—No jodas.

No había escapatoria. Era el trato. Y Simón tuvo que ir, para beneplácito del pelirrojo, a darle un zape a un pelón de traje y corbata que estaba charlando con un señor a las puertas de una zapatería. Lo que siguió fue previsible. El pelón se enfureció, lo persiguió hasta que se cansó, le mentó la madre hasta la quinta generación ascendente y desistió sólo cuando llegaron a la calle y Simón estuvo a punto de ser atropellado en la huida. Esto no lo vio el Pollo, pero le bastó con contemplar, a la distancia y bien escondido de antemano, cómo su víctima pagaba la apuesta frente a la zapatería.

Un botón de muestra.

Como ése hubo muchos más. Y creo que es justo decir que nunca se inclinó la balanza hacia ninguno de los dos lados. Tanto perdía uno como perdía el otro.

—No vas a pasar esa materia ni haciéndole sexo oral al profesor, Charro.

—Claro que sí.

—Claro que no.

Simón había sacado cuatro en los dos primeros parciales. Necesitaba un diez en el tercero para que, al promediar, obtuviera un seis en la boleta.

—Patada en las pelotas.

Simón aprobó. Y sin hacerle sexo oral a nadie. Así que el Pollo tuvo que pagar. El mismo día que recibió esa calificación, Simón fue a casa del pelirrojo.

—Cómete esto.

—¿Qué son?

—Cucarachas al suflé.

—No jodas.

—Están muertas, no hagas panchos.

—Uta. ¿De dónde las sacaste? ¿No dejaron de ser de ese tamaño desde que se extinguieron los dinosaurios?

—Bon apetit.

Y así.

Hubo desde tener que declararle su amor a la tía anciana de alguien hasta torear camiones de seis ejes en el periférico. Pero en realidad lo que detonó la historia que nos ocupa vino de una sola, la única vez, que el Pollo no se atrevió a pagar la apuesta.

Como casi todas las ocasiones en que se retaban y terminaban poniendo fin a la disputa con esas cuatro palabras que lo sellaban todo, esa vez también discutieron por alguna tontería. El Pollo decía que era imposible que existiera un disco como el *Two Virgins*, donde aparecían John y Yoko... pues sí, en pelotas. Decía que era una leyenda, una invención, un cuento de las abuelas para espantar a sus nietos en noches de apagón.

No estaría de más hacer un par de acotaciones ahora. La primera: el Pollo siempre fue amante del country, el mayor legado de su abuelo a su vida, para bien o para mal; la segunda, internet llegaría más de diez años después, así que no había modo de entrar a Google y poner "Two Virgins" en la barra de búsqueda para enterarse de la verdad y conocer a John y a Yoko como vinieron al mundo.

Fue varios meses después del desafío que Simón conoció a un primo de Molina que lo tenía todo, absolutamente todo, de los Beatles. Incluso los "horrendos álbumes de solista de Ringo" (palabras del propio primo). Molina y él habían ido a casa del coleccionista por algún encargo de la mamá de Molina. En la plática salió a relucir la colección y la consecuente pregunta sobre el *Two Virgins*. Conseguir una cámara y ponerle rollo fue nada en comparación con el trabajo que le costó a Simón que el primo le permitiera hacer la foto. Incluso tuvo que firmarle una carta en donde se comprometía a mostrarle la foto sólo al Pollo y luego quemarla. Según el coleccionista era como fotografiar el sanctasanctórum del rock de culto.

—No es precisamente una modelo de Playboy, ¿verdad? —dijo el Pollo al ver la foto, días después.

—El hombre encajuelado en el carro de Mónica.

—¿Qué?

—Mañana. Por la tarde.

Y aquí viene la necesaria explicación.

Simón siempre se llevó horrible con su única hermana, Mónica. Era mayor que él por tres años y creo que lo jodió desde que estaba en el vientre materno. En ese tiempo, cuando ocurrió lo del disco, Mónica estaba estrenando auto, un Datsun de segunda mano. Tenía veinticuatro años, buenas curvas, poco cerebro, trabajo de cajera en un súper y un ego del tamaño del Monumento a la Revolución. El Pollo y Simón en más de una ocasión pensaron la broma perfecta para bajarle los humos de yuppie en ascenso: pagarle a algún amigo para que se dejara amordazar y encajuelar en el Datsun, notificar el secuestro a la policía con pelos y señales y descripción del auto, esperar que la condena fuera de más de cinco años de ser posible. Una broma que idealizaban pero que, en cierto modo, sabían irrealizable. Hasta esa tarde.

—¿Qué?

—Lo que oíste.

—No jodas.

—Ayer me colmó el plato la pinche Mónica. Llamaron para pedir referencias mías del trabajo ese en el periódico que fui a solicitar y la muy maldita contó hasta la vez que nos sacaron borrachos de la fiesta de navidad de Lulú.

—Te sacaron.

—Nos sacaron. Tú vomitaste a la señora, no yo.

—¿Y qué quieres que haga?

—Conseguir al encajuelado. No sé si tengas que pagarle a alguno de la prepa, amenazarlo, prometerle matrimonio o lo que haga falta, pero te toca. No puedes ser tú porque no cabes. No puedo ser yo porque el chiste es que sea sorpresa para Mónica cuando el policía la haga abrir la cajuela. Alguien. Quien sea. Te toca.

Una sonrisa, aunque mínima, se dibujó en la cara del Pollo. Una que se fue para siempre cuando Simón dijo:

—Bueno, y tampoco puede ser el Molina. A él también lo ubica bien la bruja de mi hermana.

Una pausa. Y luego, la resolución.

—No puedo.

—¿Qué?

—Que no puedo.

—¡No puedes negarte! ¡Eso es romper las reglas!

—Ya sé pero no puedo.

—No chingues.

—Mejor pídeme que me bañe en estiércol. O que me vista de vieja y me ponga a pedir limosna. Lo que quieras pero eso no. No puedo.

—¡Tienes que, Pollo desgraciado!

—Patéame los huevos. Anda. Para el caso es lo mismo.

Una nueva pausa. Más densa. Más cargada. Más ominosa.

—¿Por qué, pinche Pollo? Tú también odias a Mónica.

—No es por eso.

—¿Entonces por qué?

—Simplemente no puedo, Charro.

Estaban en la puerta de la casa del Pollo, un enorme inmueble a punto de venirse abajo en circuito Juristas. Eran pasadas las siete de la noche. Un viento fuerte, heraldo de la lluvia que seguro caería en la noche, despeinaba la melena de Simón. Había pocos autos en la calle. Ruidos leves y lejanos. Al interior de la casa del Pollo no se encontraba nadie. El abuelo había muerto un par de años atrás; la madre estaba de viaje, como siempre; el padre, prófugo desde la más tierna infancia del Pollo, ausente como siempre y desde siempre. El ambiente todo, una especie de interludio cinematográfico. Y Simón supo que algo se terminaba para siempre en ese momento. Le hubiera podido patear la entrepierna al Pollo, claro, pero prefirió, como quien sabe que aplicar demasiada fuerza al sedal acabará por trozar definitivamente la cuerda, dejar ir el asunto. Sabía que se estaba rompiendo algo, sí, pero que no necesariamente acabaría en verdad por romperse; así que valía la pena guardarlo entre las páginas del libro de sus vidas del mismo modo que hubiesen guardado una flor o una mariposa resquebrajada. O una promesa.

A partir de ese día ninguno de los dos volvió a decir "Patada en las pelotas" nunca más.

Pero ninguno de los dos lo olvidó tampoco.

Y fue como hacer un doblez en la hoja del tiempo, una marca sobre la que pudieran volver algún día, en caso de ser necesario.

Y volvieron.

2

En este momento, muchos años después de esa tarde en que se despidieron ambos con un parco "nos vemos, pues" y un sabor de inconclusión que no los abandonaría en semanas, tecleo la historia desde una laptop con la vista de una playa paradisíaca frente a mis ojos. Una bebida ambarina con hielos me hace los honores. Siempre me ha caído mal el sol, pero en ocasiones como ésta vale la pena dejarse arder hasta que duela. #MásGordoElAmor es polvo en el viento; todos los acontecimientos encontraron un desenlace; los personajes, un final bien merecido; la vida, una continuidad satisfactoria. El Pollo también, por si alguien se lo preguntaba. Y Simón… bueno, Simón…

Hay tipos que se merecen una casa de dos pisos, una familia de anuncio comercial, un jardín con asador y un perro, porque han soñado con eso toda su vida. La mayoría de las personas se permitirá soñar, cuando lo hacen, con una gran fortuna —finalmente soñar no cuesta nada—, y ya que están en eso, acariciar la idea de poseer, ¿por qué no?, una gran mansión con sirvientes, piscina y Rolls-Royce. Pero hay tipos que, desde que adquirieron la capacidad de futurear posibilidades, se ven a sí mismos asando una carne en el jardín, su mujer sirviendo la limonada, los niños jugando con el perro, un rock clásico sazonando la tarde.

Simón siempre fue uno de ellos.

Creo que esta historia vale la pena de ser contada sólo por eso, porque Simón quería poco en la vida.

No, permíteme enmendar eso. Quería lo que todo individuo se merece. Ni más ni menos. Ni abundancias ni escasez. Y acaso por eso es que la vida, un día, repentinamente, se le dejó ir encima con todo su bagaje de posibilidades.

Tal cual.

Pero el relato a su justo ritmo. Como una buena rola de Hank Williams.

El Pollo conocía a Simón desde la secundaria. Desde el primer grado. Y se puede decir que fueron amigos desde entonces.

Fue un lunes como cualquier otro que iniciaron las clases en la secundaria 17, aquel año de principios de los ochenta, pero es seguro que el Pollo no se fijó en Simón hasta el viernes siguiente, cuando lo apañaron los gemelos Barba en el recreo. Y eso que iban, él y Simón, en el mismo grupo, el 1° B.

—A ver, cabeza de cerillo, tenemos un trato que hacer contigo.

Los gemelos Barba iban en tercero. Eran altos, eran peleoneros y eran vecinos de Simón. La mamá de los gemelos, buena amiga de la mamá de Simón, había amenazado a su par de encantos en cuanto supo que Simón iría a la misma secundaria que ellos: tenían que ver por Simoncito en la escuela o se la verían con ella. Pero los Barba tenían una reputación que cuidar.

—Tú cuidas a Simón Jara y nosotros no nos metemos nunca contigo.

—¿Quién?

—Ese enano que va en tu salón.

El Pollo supo que había sido elegido por su tamaño y complexión. Y aunque no lo volvía loco la idea de ser el cuidador de nadie, tampoco quería tener nada que ver con ese par de tipos que, se notaba a años luz, podían volverse una pesadilla si te dejabas. En principio creyó que no tendría en realidad nada que hacer por Simón, ni que la secundaria fuera una jungla salvaje. Pero lo era. A la segunda semana, dos de segundo quisieron arrojar a Simón de cabeza a un bote de basura. Los prefectos, por cierto, siempre hacían la vista gorda ante este tipo de incidentes.

—Oigan, idiotas... déjenlo.

—¿O si no qué?

—O si no, los llevo a ambos de los pelos al baño y los ahogo en un escusado.

El tamaño importa. Y la actitud. El Pollo no estaba tan seguro de poder cumplir su amenaza, pero no sería la primera vez que le plantaba cara a algún abusón rezando por dentro que no tuviera que llegar a las manos. Le preocupaba lastimarse en serio y no poder tocar la guitarra nunca más en toda su vida.

—No necesito de tu ayuda, Flánagan.

Chilló Simón. Eso le gustó al Pollo. Al menos no era un bebé llorón. Y, además, lo conocía; o al menos su apellido. Pero igual era un debilucho con anteojos.

—A lo mejor no, Jara, pero son dos contra uno. Y eso es una chingadera hasta en las películas de karatazos.

Involuntariamente el Pollo pensó en Bud Spencer y Terence Hill, dos tipos que no hacían otra cosa que usar los puños en sus películas, supuestamente cómicas. A su abuelo le fascinaban.

De pronto él hubiera podido ser Spencer, el grandote, aunque sin barba y con uniforme verde olivo.

Los dos de segundo desistieron. Y de ahí no pasó. O no hubiera debido pasar. Porque a la salida, cuando ya iba en camino para su casa, alguien lo increpó a lo lejos, a sus espaldas.

—No necesito tu ayuda, pinche gordo. Que te quede claro.

Se detuvo. Lo esperó. Iban en la misma dirección. Volvió a pensar en Bud Spencer y Terence Hill; si mal no recordaba, así habían iniciado su bella amistad: dándose de cates. Tal vez no fuera mala idea.

Fue la segunda vez que hablaron en su vida. Bajó su mochila. Lo esperó y lo midió.

—Cálmate, Jara. Te estaba haciendo un favor, güey.

—Vele a hacer favores a tu pinche madre.

Le volvió a gustar que esa espina de pescado tuviera tan mal carácter. No se arredró ni cuando ya estuvieron frente a frente.

—¿Dónde vives?

—Qué te importa.

—Cálmate. Era una pinche pregunta.

—Pues vele a hacer preguntas a tu pinche madre.

El Pollo pensó en los gemelos Barba. Prefirió no agarrarlo a mamporros ahí mismo. Ya ni le preocupaba la posible pérdida de sus precarias habilidades musicales. Pero igual lo dejó ir. Lo vio avanzar sobre la calle, en dirección al supermercado de Juristas, antes de avanzar él mismo hacia su casa, a una cuadra de ahí, diciéndose a sí mismo que no valía la pena.

Pero a la semana siguiente, uno de su mismo salón quiso agarrar de bajada a Simón. Y ardió Troya. La maestra de Biología había tenido que salir y dejó encargada a una niña que, según esto, debía apuntar en el pizarrón el nombre de los que se levantaran de su pupitre. El tipo en cuestión era un tal Higinio Torres y se sentaba detrás de Simón.

Hay una regla universal que dice que en todos los salones de secundaria del mundo hay un retrasado mental, un individuo que no sabes cómo le hizo para llegar tan lejos si es incapaz de distinguir la diferencia entre un mapamundi y un fémur de tiranosaurio, un individuo que disfruta molestando a todos y que es el único al que le parecen graciosas sus tonterías. En el 1º B era Higinio Torres. Esa mañana, le empezó a rebotar una pelota de tenis en la cabeza a Simón en cuanto salió la maestra. Como a la cuarta ya se había puesto de pie Simón y le había mentado la madre hasta quedarse sin saliva. Torres, por respuesta, le aventó la pelota en la cara. Terminaron dándose con todo. El Pollo intervino al poco rato: por una parte porque Torres era bastante más grande y tenía sometido al chaparro en el suelo pero, por la otra, porque Simón no dejaba de gritar "a'i muere" y el otro no paraba de golpearlo. Cuando volvió la maestra, encontró al Pollo rompiéndole la cara a Torres contra la pared, a Simón a gatas escupiendo sangre, a una horda de chiquillos gritando entusiasmados y el pizarrón completamente lleno de nombres.

Los suspendieron por tres días pero, a partir de entonces, se hicieron buenos amigos. Sobre todo porque el Pollo descubrió que había intervenido en la pelea, no pensando en los gemelos Barba, sino en el puritito coraje que le daba estar presenciando una jodida injusticia. Por su parte, Simón tuvo que admitir que el Pollo había sido el único en meter las manos por él sin tener necesidad alguna.

Simón cocinó su venganza como debe hacerse, a fuego lento. Un día le recortó el trasero del pantalón a Higinio sin que se diera cuenta. Otro, le puso purga al agua de tamarindo de su cantimplora. Otro, le llenó los útiles de miel. Otro, hizo dibujos supuestamente satánicos en sus cuadernos. Finalmente, le hizo creer que estaba loco y que para cierto día iba a conseguir una pistola, advirtiéndole que no temía ir a la cárcel por lo que estaba a punto de hacer. El día marcado, Higinio Torres no se presentó a la escuela. Pero al lunes siguiente fue con sus padres a la oficina del profesor Vela, el director, y Simón fue llamado a comparecer ante ellos. Su actuación fue digna de un Oscar. O eso es lo que él le contó al Pollo cuando volvió al salón, libre de cargos a falta de pruebas. En todo caso, dos cosas no volvieron a ocurrir a partir de entonces. Simón Jara no volvió a necesitar de ningún tipo de protección e Higinio Torres le perdió el gusto para siempre al agua de tamarindo.

O, mejor dicho, tres: el Pollo y Simón jamás volvieron a hacer el camino de regreso a su casa solos.

Vivían relativamente cerca. Uno en circuito Juristas, el otro en Dramaturgos. Y antes de seguir hacia su casa, Simón pasaba unos minutos en la del Pollo. A veces se invitaba a comer. A veces hasta a dormir. Y así nació entre ellos esa complicidad que habría de cuajar poco a poco hasta volverse más sólida que el concreto, a pesar de las más naturales desavenencias. La primera y más importante, la llegada de Majo a la escuela dos años después, en tercero de secundaria.

Para ese año, el dúo ya se había transformado en trío. Everardo Molina se les había unido desde finales del segundo año. En aquel entonces aún no sabían que era homosexual. De hecho es posible que el mismo Molina no lo supiera. O, mejor dicho, es más probable que no lo quisiera admitir todavía. En esos días sólo era un tipo raro, un moreno de pelo ensortijado, bastante nerd, con un sentido del humor muy ácido y montones de conocimientos deportivos: era capaz de decir quién había metido qué gol en qué minuto prácticamente de cualquier partido de todas las copas del mundo. Y así con el americano o el beis. Prodigioso. Todavía, de hecho, lo hace con bastante soltura en su edad adulta. Por qué alguien con tal capacidad de retención de datos termina de ejecutivo de cuenta bancario es uno de los más grandes misterios de la humanidad. Así como por qué alguien cuya mayor pasión es tocar música country termine vendiendo sistemas administrativos o que aquel que soñaba con hacer cómics toda su vida se vea de pronto atendiendo escuincles problema a doscientos cincuenta pesos la hora.

En los días en que llegó Majo a la Escuela Secundaria Federal No. 17, el Pollo, Simón y Molina eran inseparables. Se encontraban en el receso de veinte minutos y arreglaban el mundo con filosofía amateur mientras daban cuenta del sándwich y el refresco. Luego, por las tardes, hacían lo mismo en la casa de cualquiera de los tres. Molina vivía en circuito Misioneros y, como los otros, también tenía bicicleta, así que el punto de reunión era lo de menos. Pasaban las tardes viendo caricaturas en la televisión o jugando maquinitas en cualquier farmacia. No eran muy dados a los deportes, ni siquiera Molina, a pesar de su enorme afición, y podían extender el ocio comentando una película, programa policiaco o disco de rock hasta que los sorprendía la noche. De los tres el único que había tenido novia era el Pollo, dos niñas de su calle que terminaron odiándolo por avaro. Los tres eran absolutamente vírgenes, aunque no tenían empacho en rolarse entre sí la colección de *Playboy*, *Penthouse*, *Él* y *Caballero* que el abuelo le había heredado en vida al Pollo; aunque el menos entusiasta era siempre, claro, Molina.

Así las cosas aquella mañana en que, a mitad de la clase de Física, el profesor Vela, el director de la escuela, abrió la puerta sin llamar y pidió al maestro que recibiera en el salón a una niña de ojos vivaces, nariz respingona y sonrisa fácil, cabello negro lacio y piel lechosa, bastante bonita aunque con cuerpo de flauta, llamada María José Tuck.

Entre las múltiples disertaciones en las que perdían el tiempo los tres mosqueteros de Ciudad Satélite durante las tardes o noches o fines de semana, una de las favoritas era el futuro. Las más típicas, que bien hubieran podido ser sacadas de un libro de pasta blanda y hojas amarillentas con marcianos y naves espaciales en la portada:

—En el futuro habrá autos voladores y robots que te hagan de todo.

—Ya deja de ver películas pendejas, Molina.

—Y teléfonos portátiles.

—Ajá, como el zapatófono del Agente 86. No jodas.

Pero también desde otro punto de vista:

—Yo voy a ser comentarista deportivo del canal cinco. Voy a vivir en una casa de pocamadre en Chiluca, frente al campo de golf, y voy a tener mayordomo. Cada año me voy a ir de safari al África y voy a tener hasta cabezas de león en la sala.

—Yo voy a tener mi propia banda supertriunfadora, voy a tener como veinte discos de platino y voy a vivir en Estados Unidos en una casa con tres albercas. A México sólo voy a venir a visitarlos a ustedes, pinches jodidos. Para regalarles una limosnita, y eso porque fueron mis cuates cuando estaba chavo.

—Ajá, güey. Con tu música country, en este país, no vas a pasar de tocar en bodas culeras y fiestas infantiles.

El Pollo jamás olvidaría que, ese día que Majo fue presentada con sus compañeros del 3° B y llevada por el director al pupitre que había de ocupar, Simón estaba haciendo monos en su cuaderno, sin importarle en lo absoluto quien hubiese entrado por la puerta o lo que hubiera dicho el director. Habría podido ser Olga Breeskin o un rinoceronte morado, él estaba en lo suyo.

—¿Y tú, Charro?

—Yo nomás quiero tener mi propia historieta como el cuate ese que escribe la Familia Burrón, nada más que de superhéroes oscuros y sanguinarios.

—Sí. Y vas a vivir en un pinche departamento en Cuautitlán todo culero.

—No sé, idiota. Y no me importa. Si hago lo que me late, me vale madre. De todos modos, qué, ¿te vas a bañar tú en tus tres albercas al mismo tiempo?

—No, pero las voy a tener todas llenas de viejas buenas. Y encueradas.

No lo dijo, pero sé que Simón hubiera podido afirmar, sin más, sin levantar la voz ni ponerse intenso: okey, si de veras tengo que decidir, con una casa de dos pisos, un jardín con asador y un perro ya estaría chido. Ya con eso estaría chido.

En todo caso...

3

. . . treinta años después...

Podemos abarcar fácilmente, con la vista, un departamento de setenta metros cuadrados en la colonia Narvarte. Desde la puerta de entrada se puede contemplar la extensión del reino, que no es gran cosa. Tiene dos recámaras, una de las cuales es utilizada como estudio y cuarto de la tele. Y a veces también como espacio para práctica de las artes amatorias, desde las más soft hasta las más kinky, como ya se verá. El departamento es rentado. De hecho hay un retraso importante en el pago de los últimos dos meses, que tendrá también sus implicaciones en esta historia.

El departamento que nos ocupa tiene además un lugar de estacionamiento, aunque éste a su vez es subarrendado porque las personas que ahí viven no tienen auto. Alguna vez tuvieron pero lo vendieron por irse de vacaciones a Nueva York, según ellos para recuperar el romance en sus vidas, pero el viaje terminó por endeudarlos más y acercarlos menos.

Asimismo, el departamento carece de contrato de gas, por lo que hay que estar a las vivas para comprarle tanques esporádicamente al hombre que pasa frente al edificio cuando aún no clarea, ofreciendo a tarzanescos gritos su producto.

Tampoco cuenta con cuarto de azotea, así que la mayoría de los triques y los cachivaches son apilados en el cuarto que se supone debía fungir como estudio o cuarto de la tele (y práctica de las artes amatorias, como ya se verá), porque en la jaula de la azotea la administración del edificio no permite meter más que ropa tendida, ni siquiera la típica bicicleta colgada del enrejado. La computadora, una Compaq viejita con *mouse* de bolita, está en un escritorio sobre la sala, un poco estorbando el pasillo hacia el baño.

No tienen pantalla de plasma. Contrataron cable pero apenas lo ven, uno o dos canales. Ella prefiere las comedias del Warner Channel; él, el Investigation Discovery. Ha desarrollado un gusto morboso por los crímenes reales. Son una forma de sentirse, pese a todo, afortunado: siempre hay otro a quien le han cortado la cabeza o han encerrado por quince años en un sótano. Ella se compró un ipad, que le presta a él sólo para que vea la cartelera del cine cuando están de ánimo para ir, palomitas y nachos incluidos. Él ha conservado su colección de música desde que estaba en la preparatoria, la mayor parte conformada por rock duro. Ella vende bienes raíces. Él es psicólogo y se especializa en niños. Llevan juntos dos años y tres meses. Y tienen cuentas bancarias separadas.

La mañana que nos ocupa, él sólo tiene dos consultas, mismas que se decide a cancelar por hacer un trámite que viene posponiendo desde que se cambió a ese departamento: realizar el cambio de domicilio de su credencial de elector. Ya está en su consultorio, o lo que funge como tal, pues en realidad es una oficina que comparte con un ingeniero de sistemas que atiende por las tardes; de hecho, él, por las tardes, da clases en una universidad patito que aún está tramitando sus licencias. Nuestro hombre se encuentra en su consultorio y se da cuenta de que no tiene ningún comprobante de domicilio consigo, así que sale de la oficina, camina por la calle, ingresa al metro, se aburre leyendo los anuncios por dos estaciones, transborda, se aburre estudiando los rostros de las personas por cuatro estaciones más, desciende, camina por la calle, sube las escaleras hasta su departamento y detona su propia historia.

Tal vez no estaría de más hacer un balance en la vida de nuestro personaje. A sus cuarenta y dos años todo lo que posee en la vida, hablando en términos materiales, debe ascender a unos treinta y tantos mil pesos, contando ropa, libros, discos, televisión, computadora, estéreo, celular, ahorros y efectivo en la cartera. Hasta ahí sus logros financieros. En cuanto a sus logros existenciales, va en su tercera relación formal después de dos divorcios; no tiene hijos, sí un montón de chicos con los que se escribe por correo o por WhatsApp y que le cuentan sus traumas, sus miedos y sus graciosadas, todos pacientes o expacientes; posee un título universitario aunque ningún posgrado; y, acaso lo que más le place (pero no orgullece), siete grandes carpetas de "Juventina", una tira cómica que viene escribiendo desde los años ochenta, una especie de Mafalda mexicana dark, pesimista, precoz y malhablada, que no le ha mostrado más que a sus amigos más cercanos debido a su absoluta seguridad de que las tiras son tan malas que no sólo se merecen estar refundidas en el clóset sino que, si supiera con antelación el día de su muerte, les prendería fuego a todas la noche anterior.

Y es en este momento y con ese balance cuando nuestro psicólogo de la Narvarte entra en escena.

Habría que decir a favor de ella, Judith, su pareja, que siempre se daba cita con Rafita en un hotel o en alguna de las casas vacías que conformaban su cartera, pero esa mañana se citaron ahí porque ella le había prometido al dueño de la casa que estaba vendiendo que le iba a llevar un par de macetas grandes para el recibidor, macetas que compró por teléfono y le fueron llevadas a su casa. Rafita debía pasar por ella y las macetas. Pero bueno, una cosa llevó a la otra, a pesar de la insistencia de ella de posponerlo para más al rato, espérate, no seas ansioso, gordo, mira que Simón podría volver, sí, ya sé que nunca lo hace, pero qué tal que hoy...

Habría que decir que lo que más coraje le dio a Simón fue ver que con el chaparro ése no tenía empacho en hacerlo de pie en el estudio cuando, con él, siempre se negaba porque le chocaba ese cuarto tan lleno de "porquerías que ya deberíamos vender, tirar o regalar", palabras más o menos textuales.

Ambos estaban de espaldas a la puerta, así que no sólo no lo oyeron entrar sino que tampoco lo vieron aparecer. Utilizaban, Judith y Rafita, de una manera bastante práctica, el aparato de hacer abdominales que habían comprado, Judith y Simón, a meses sin intereses, un año atrás y que ahora no usaban ni para tender la ropa.

Treinta años antes, el carácter explosivo de Simón lo hubiera llevado a culminar la escena de una manera digna de los programas televisivos que a veces lo desvelaban. Pero ya ha pasado bastante el tiempo. Y el Charro de Dramaturgos ha tenido las suficientes decepciones como para ceder a un arranque tan gratuito como ése. Además, cosa curiosa, Simón es uno de esos raros casos de psicólogos que no necesitan de un colega para mantenerse lejos del manicomio; él siempre se bastó a sí mismo. Y ha sido así porque él considera que una decisión, mientras esté bien razonada, bien sopesada, analizada y aceptada, no puede considerarse como una chifladura. En ese mismo momento, de hecho, tomó una de esas determinaciones por las que los loqueros del mundo engordan sus cuentas de banco a expensas de las de sus clientes. Pero como él la sopesó, la analizó y la aceptó sin mover un solo músculo del rostro, no hubiera podido tomarse como síntoma de una mente enferma por ningún loquero en el mundo. A lo mejor de una mente cansada y aburrida, sí, pero nada más.

Por supuesto, no se la dijo a nadie más que a sí mismo en ese momento. Y, acto seguido, arrimó, sin hacer ruido, una silla a la puerta del estudio para sentarse a mirar.

Le sorprendió que Rafita, el bróker, terminara antes y tratara de despegarse de Judith a toda costa pero ésta no lo dejara, esmerándose por alcanzar su propio orgasmo. El chaparro al fin pudo desguanzarse sobre la alfombra y ella se quedó de pie, jadeando y negando con la cabeza, decepcionada.

—Ya ni la chingas, gordo —dijo ella.

—Sí, ya ni la chingas, gordo —dijo Simón.

Quisiera decir que ardió la Narvarte y se colapsó la delegación entera después de eso para hacer más interesante el relato pero sería faltar a la verdad. Y al narrador omnisciente le está permitido relatar con autoridad y con distancia, pero no inventar a su gusto y sabrosura, así que diré lo que en realidad ocurrió.

Antes, sin embargo, apuntaré que Simón había pasado por muchas decepciones pero, increíblemente, seguía creyendo en ese invento de borrachos (según Chavela Vargas) llamado amor. De él había sido la idea de vender el coche para que, con la música de Broadway, se avivara la flama entre él y Judith. De él había sido la idea de que ella se mudara al departamento en cuestión, que Simón rentaba desde hacía más de tres años. De él había sido la idea de comprar un perro que, para esas fechas, afortunadamente, ya se había largado quién sabe a dónde. En cambio, de Judith había sido la idea, Dios la bendiga, de seguirlo haciendo con condón y no casarse sino hasta estar seguros. Dios la bendiga.

—No puede ser. ¿Qué haces aquí, Simón? —preguntó ella, aún con la respiración entrecortada.

—Aquí vivo.

—Pero es que... es que...

El bróker corrió al baño no sin antes pedir permiso de pasar, llevando toda su ropa hecha bola entre las manos. Ella de plano se sentó en pelotas sobre el aparato de gimnasia. Seguía negando con la cabeza. Tenía veintitantos años, morena, pancita incipiente, curvilínea, risa estruendosa, anteojos que no se quitaba ni para hacer el amor, sobre todo si era de día, como pudo comprobar Simón (él sí se los quitaba), simpática las más de las veces, amante de las milanesas con papas y los refrescos de guayaba, divertida también, buena gente hasta eso.

Al menos el Charro se evitó las preguntas melodramáticas del tipo "¿alguna vez me quisiste?", cosa que, para los fines de esta historia, es de agradecerse. Ingresó al cuarto para tomar, de una caja de cartón llena de papeles, un recibo telefónico. Todavía le dio unos golpecitos en el hombro a Judith al pasar. Ella se empezó a morder las uñas; ya había recogido su calzón del suelo. Lo que no podía levantar del suelo era la mirada.

Lo único que dijo Simón, antes de salirse del departamento fue:

—¿Para el viernes ya te habrás salido?

Ella se tardó en contestar. Unos diez segundos que Simón, en otras circunstancias, habría interpretado como una especie de "Claro que te quise, tonto. Es más... si no te opones..."

¡CON MI PROPIO HERMANO!
¡NI EMPIECES, QUE TÚ TE ACOSTASTE CON MI PRIMA!
ESTABAMOS BORRACHOS LOS DOS.
Y ACÁ ESTABAMOS GANOSOS LOS DOS. ¿CUAL ES LA DIFERENCIA?
LA INFIDELIDAD ES COMO HACERLE A TU PAREJA UN TATUAJE DE FLORECITA EN EL HOMBRO SIN QUE SE DÉ CUENTA.

NO IMPORTA CUÁN PERSUASIVO SEAS. SI EL OTRO SE DA CUENTA Y NUNCA QUISO UN TATUAJE DE FLORECITA, NO HAY DEFENSA INTELIGENTE POSIBLE.
¿Y QUIÉN CHINGADOS QUERRÍA UNA PUTA FLORECITA EN EL HOMBRO PARA EL RESTO DE SU VIDA?

Pero ya había pasado bastante el tiempo y ya lo habían atropellado unas cuantas decepciones.

—Sí —dijo ella con un hilito de voz desde el cuarto de la tele.

Simón lamentó que el perro, al que ni siquiera le habían podido poner nombre, se hubiera largado por su propio pie; o por su propia pata; habría podido escupir una última y matadora frase del corte de: "y el pinche perro se queda conmigo". O bien, "y te llevas al pinche perro contigo". Pero igual no pudo. Para lo que le importaba.

Eso fue un martes. El viernes, cuando volvió, después de haber pernoctado tres días en un Hotel Garage de la zona, Judith se había largado con todo lo que le correspondía (incluso muchas de las porquerías del cuarto de los triques: el gimnasio, por ejemplo). La nota sólo decía: "Si quieres luego te presto las películas." Se refería a una colección como de ciento cincuenta DVD que había cargado consigo y que Simón siempre había deseado ver, pero no solo, sino con ella; y a ella, asombrosamente, nunca le apetecía sentarse a ver películas "que ya había visto"; con el consecuente reclamo de Simón, ¿y entonces para qué las coleccionas si nunca las vas a volver a ver? Con todo, hasta abajo de la nota añadió un "perdón" con letra chiquita y desfigurada. Y luego, una "J", más abajo.

Simón había decidido deprimirse por método. Como supuesto conocedor de la psique humana, había llegado a la conclusión de que una persona en su posición no sólo tenía el derecho de deprimirse sino hasta la obligación de hacerlo, y dejarse llevar donde lo condujera su hundimiento en la tristeza. Hasta el fondo de la tierra, de ser necesario. Hasta China. Para lo que importaba.

Se encontraba sentado en el suelo de la recámara (la cama matrimonial la habían pagado entre los dos y Judith decidió que, a falta de serrucho, se la llevaría también) pensando en las citas y las clases que había cancelado en la semana y las que tendría que cancelar todavía para la siguiente semana, tiempo en el que quería seguir deprimido. Eran las once de la mañana, excelente momento para sentirse de la mierda, una hora en la que todas las personas que no están deprimidas están metidas en algo; el resto ve los programas matutinos en la tele o se cubre con las cobijas de su cama y se siente de la mierda. Claro que, a falta de cama...

Tirado sobre el parquet, con la vista puesta en el cielo raso, llegaba a la sobada conclusión de que, para alguien que sigue creyendo en el amor, el balance general de su vida era una total porquería, puros pasivos, nada de capital contable (en la prepa había llevado contabilidad general y a veces echaba mano de estas grises metáforas). Pensó que, o dejaba de creer en el pendejo amor o dejaba de existir. La música de inicio de *El show de Los Muppets* salió por la bocina de su teléfono celular. Se trataba de uno de sus pacientes, un chico de trece años que seguía haciéndose pipí en la cama. Su línea estaba abierta siempre para sus pacientes; incluso los apuntaba en su directorio, con alguna nota para no olvidar sus dolencias. Pero el privilegio era de sus pacientes; no de los papás. Incluso lo dejaba claro desde la primera sesión. En la pantalla apareció: "Tomás-Pipí-13"

Contestó por reflejo, pues durante tres días había estado mandándolos todos al buzón y contestando de mala gana por SMS.

—Dime una cosa, Tomás, ¿tú me quieres?

—Eh... ¿cómo?

—Que si me quieres, Tomás. O nada más te caigo bien. O ni eso.

—Este...

—¿Para qué me llamaste, Tomás?

—Este... ah sí. ¿Ya viste la de *Posesión Satánica*?

—No.

—No la veas. Está fea.

—Deja de bajar películas por internet, Tomás. O vas a mojar la cama hasta que tengas mi edad.

—¿Tú hasta qué edad mojaste la cama?

—Ya te lo dije un millón de veces. Yo nunca mojé la cama. Pasé del pañal al escusado. Mi orina nunca ha tocado un colchón. Tengo un récord limpiecito. Puedes hablar con mi madre, si es que lo dudas.

—Tal vez lo haga.

—Deja de ver películas de miedo, mi chavo.

—Bueno.

—No voy a poder verte hasta dentro de quince días. Dile a tu mamá.

—¿Te vas de vacaciones?

—Un congreso.

—Ah. Bueno. Y este... oye... sí me caes bien. Mejor que mi último psicólogo sí.

—Adiós.

Aventó el teléfono al rincón de la habitación y trató de quedarse dormido. Había dormido muy mal en el hotel y quiso compensar. Naturalmente, no pudo. En realidad había abrigado la estúpida esperanza de que, al volver, encontraría la casa tapizada de rosas rojas y notas por doquier: "perdóname, te amo, fui una tonta". Judith estaría en la recámara, el vino en la hielera, la caja de condones en el buró.

Podía entenderlo de su vieja pero, si ni sus pacientes lo querían, era un fracaso como ser humano. Acarició ese pensamiento hasta que a éste le salieron colmillos y se esponjó y se preparó para brincarle al cuello.

Valía la pena deprimirse por eso. Y deprimirse en serio.

Pondría, entonces, manos a la obra.

4

Simón dejó el alcohol en los años noventa cuando, después de una épica borrachera de viernes, a uno de los compañeros de trabajo con los que se había ido a tomar se le ocurrió salirse del bar y hacerse el muy sobrio para que nadie le impidiera manejar su auto. El individuo chocó de la manera más espectacular sobre Viaducto. Pérdida total. En varios sentidos. El temerario estuvo en coma por trece días hasta que decretaron muerte cerebral. De eso a que dejara de respirar fue cosa de nada. Dejó huérfanas a cuatro niñas. Simón pensó que era un aviso pues habían estado tomando a la par, así que dejó el chupe para siempre. Consideró que ya había cubierto su cuota de vida pues había empezado con el Pollo y sus amigos de la prepa para luego seguirse en la carrera y continuar con sus primeros trabajos.

Sí. Había descartado el alcohol de su vida. Pero eso no significaba que no pudiera emborracharse de otras maneras.

Fue en su primera borrachera alternativa (por llamarlo de algún modo) que decidió quitarse la vida.

Hay quien toma por gusto y luego no sabe o no quiere o no puede detenerse. Cuando ya el mínimo contacto con el alcohol le produce asco es que se le ha vuelto necesario, obligatorio. Y no hay nada más que hacer.

Simón empezó su renovada embriaguez de la misma manera. De hecho, había caído en ese vicio un par de veces antes, aunque no con el afán de perderse a la manera de Nicolas Cage en "Leaving Las Vegas". Por eso pudo escapar. Pero ahora estaba convencido de que salir del pozo sería más doloroso que entrar de lleno en él, por eso se arrojó de cabeza. Era todo un Nicolas llenando el carro de supermercado de todo lo que tuviera una cantidad decente de grados GL, desde cuatro hasta cincuenta. En un sentido visual, claro.

El cine. El cine era su veneno.

Desde la secundaria no concebía una mejor manera de matar al monstruo del aburrimiento que metiéndose a una sala a oscuras, así que se gastaba todo lo que podía en películas. No obstante, hasta que no fue un individuo económicamente activo es que se vio la verdadera fuerza que tenía esta droga sobre él. Iba a todo lo que fuera mínimamente atractivo, acción, romance, suspenso, de arte, todo; con las célebres excepciones de las películas de la India María o los musicales de Bollywood, todo lo demás se lo metía a los ojos sin pensárselo demasiado. Y, pese a ello, nunca llegó al grado de dejar la camisa en la taquilla. Por eso se puede decir que era un vicio inofensivo... hasta que se le antojaba pegarse una borrachera en serio.

Hubo un par de éstas, patrocinadas por broncas del corazón, que no pasaron a más.

Pero luego vino la bronca con Judith y se despeñó en la más destructora de las embriagueces.

Aún estaba de espaldas sobre el parquet cuando tomó esa primera decisión. Como buen adicto, sabía que no importaba si tenía o no un plan; lo que importaba era tener el suministro al alcance. Tomó su cartera y se dirigió al primer Cinemex a la mano. Compró un combo bastante generoso de palomitas, hot dog, chocolate y refresco y entró a cualquier cosa que ya hubiese empezado. Tal y como había hecho las dos veces anteriores, se salió poco antes de que terminara la película y se cambió de sala, cualquiera que tuviera una cinta rodando serviría; el propósito era no ser obligado a abandonar el recinto cuando las luces se encendieran. Y repitió la operación en la nueva sala. Y así. Y así. Y así, hasta que le dieron las once y media de la noche y ya no hubo sala a la cual irse a refugiar. Vio entrecortadas siete películas cuando al fin abandonó el complejo cinematográfico. Aún no estaba asqueado, pero sí se dijo a sí mismo, mientras caminaba a lo largo de Avenida Universidad en dirección al metro:

—De ésta no me levanto. En cuanto me acabe el dinero me vuelo la pinche tapa de los sesos.

Al sábado siguiente repitió. Y al domingo. Y al lunes. No contestaba el celular porque ni siquiera lo cargaba consigo. Sentía que flotaba en un cieno de paz, en una oscuridad gratificante que no permitía más que la realidad de la pantalla, todo lo demás no existía, él, los otros, sus pacientes, los papás y las mamás de sus pacientes, el Pollo, el Molina, su madre, su hermana, Judith, el Rafita. Los glúteos al aire del Rafita. Nada existía. Sólo Vin Diesel en la misión más importante de la historia de la humanidad, una Pepsi tibia itinerante y los sanitarios mejor iluminados del mundo.

Fueron trece días de total desconexión. No supo de mails, mensajes, llamadas, tweets, nada. Se despertaba tarde, compraba cualquier porquería en un 24 horas abierto, caminaba al cine e iniciaba la rutina. A veces salía de la oscuridad y comía una hamburguesa con la mente completamente en blanco, tratando de adivinar el final de cada película inconclusa, el principio de cada película parchada. Volvía al cine, compraba otro boleto y se sumergía en esa ridícula vorágine. Una y otra vez.

Al décimo tercer día, cuando ya lo había alcanzado el asco, cuando el sabor de su veneno le parecía en verdad repugnante, al fin le dijo el desgarbado muchacho del mostrador, que ya le conocía la cara:

—No pasa su tarjeta, señor Jara.

Finalmente había dado cuenta de todo lo que tenía en la cuenta bancaria. Le gustó para desenlace de su propia película.

Revisó en la cartera y descubrió un billete de cincuenta y dos de veinte.

Pensó que una persona verdaderamente considerada no se tiraría a las vías del metro en hora pico, así que decidió irse a comer. Eligió una tortería. Le dieron de postre un caramelo y le sobraron quince pesos.

Antes de entrar a la estación Eugenia, donde había decidido dejar su marca en la huella del tiempo, pasó a comprarse un boleto del sorteo ese del corazoncito con esos últimos quince pesos. Le parecía de vital importancia irse de este mundo sin nada más que lo que traía puesto. Permitió que la máquina escogiera los seis números de los cincuenta y seis a elegir, guardó el comprobante y sacó el último boleto de metro que conservaba. Fue a la estación e introdujo el boletito al torniquete. Se fue a parar de inmediato a la pared de la izquierda, único sitio en el que se asegura una total efectividad en casos como ése. El tren ingresa a la estación a toda velocidad y el chofer no tiene tiempo de frenar. Parecía el justo final para alguien que siente que falló por completo en la vida.

Dejó pasar un par de convoyes pensando en Judith; si en verdad todo eso se debía a ella. Dedujo que no, que en realidad siempre había sido un fracasado. Y enumeró poco a poco a sus novias comenzando por Majo, siguiéndose con Leticia, Concha, Macarena, su primera esposa, Luz María, su segunda esposa, Mercedes, sus cinco novias subsiguientes para terminar en Judith, veintitantos años, morena, pancita incipiente, curvilínea, risa estruendosa, etcétera, y concluir que todo se había jodido desde el principio, desde Majo y sus preguntas raras y sus sentencias fatales, así que lo mejor era darle ese final a su aburrida y pinchurrienta película de porquería.

Pero entonces se le ocurrió que un milagro podría salvarlo. Y a lo mejor ese milagro estaba a la vuelta de la esquina. Qué diablos. De todos modos, cualquier final era mejor que ése.

—Señorita… perdone que la moleste pero necesito que me haga un favor.

—Mmh…

—Estoy a punto de suicidarme pero antes quiero hacer una llamada.

—¿Qué?

—Le suplico que no haga escándalo. Una llamada y ya. Présteme su celular.

—¿Qué?

—Si va con algún policía lo negaré todo. Ándele. Su celular. En lo que viene el metro. No me tardo nada, se lo juro.

—Está mintiendo.

—Mañana o al rato lo ve en las noticias. Ándele.

Y ella dejó el Candy Crush para algún otro momento y le extendió el teléfono.

—No vaya a brincar con él.

—No.

—No sé si tenga señal.

—Sí tiene, mire. Poquita.

¿SABES POR QUÉ A TODO EL MUNDO LE JODE QUE LA GENTE SE SUICIDE, TOMY?

POR EL COCHINERO. A NADIE LE GUSTA LIMPIAR LAS PORQUERÍAS DE OTRO.

ASÍ TE SUICIDES CON GAS O CON PASTILLAS, ES LO MISMO. ¿QUIÉN VA A LEVANTAR TU JODIDO CADÁVER?

SI UN DÍA ME SUICIDO VOY A HACER LAS COSAS CON TODA DECENCIA. CONTRATARÉ QUIEN SE LLEVE EL CUERPO Y HASTA CAMBIE MI ESTATUS EN EL FACE. Y EN EL FUNERAL VOY A DAR CERVEZA Y A PONER ROLAS DE SEPULTURA.
NOMÁS QUE NO SEA EN VIERNES PORQUE TENGO KARATE.

Y la secuencia de números del teléfono fijo. Y la contestadora. Estás llamando a la casa de Simón y Judith, déjanos un mensaje. Y la clave de la contestadora. Bip.

—Oiga… si es en serio… déjeme decirle que en Jesús tiene un amigo…

Había decidido Simón que la primera voz femenina del contestador lo salvaría o lo condenaría. Casi cien películas después de Judith desnuda sosteniendo su pantaleta con aire melancólico y mirando al suelo todavía abrigaba la estúpida esperanza de…

—… un amigo mío también tenía muchas broncas… y se acercó a Jesús y a la virgen y…

Oye, Simón, dice mi mamá que me debes dos consultas, que si sigues en el congreso me tienes que atender por teléfono, oye, que la llames si no quieres que te demande, eso dijo, te lo juro, bye.

Hizo una búsqueda mental. Le puso cara y nombre a la voz. "Pedro-Bullying, Victimario-11."

Qué pedo, pinche güey, ¿por qué no contestas tus mails ni tu celular? ¿Ya te moriste o qué? Llámame.

"El Pollo-Country music-42."

—… si quiere lo puedo llevar a una cadena de oración que organiza mi mamá ahí en la colonia… no está lejos…

A lo mejor porque, en efecto, su cara a la altura de este segundo mensaje era ya un rictus desencajado, la cara de un tipo que lleva a la muerte tomada del brazo, la chava comenzó a moquear.

—… de veras…

Ya sé que tienes muchas cosas mejores y más importantes que atender a tu madre, Simón, pero lo único que tienes que hacer es depositarme mi ayuda. ¿Tanto trabajo te cuesta?

Pues dime y yo voy hasta tu casa arrastrándome por ella. ¿Eso es lo que quieres, eh? O dime si ya te pesa tanto ayudarme y te dejo en paz. Tú sabes que todo se me va en medicinas. ¿Qué son tres mil pesos mensuales para ti que tienes una profesión? Una profesión que, te recuerdo, te pagamos tu padre y yo. Ojalá tu hermana no estuviera en Estados Unidos, ella sí que me ayudaría sin hacerme pasar por esto. O aunque sea contesta el celular, no seas pinche desconsiderado, disculpa mi lenguaje, pero a veces una tiene que hablarles fuerte a los hijos, llámame, de veras, si no quieres cargar con mi muerte en tu conciencia. Es en serio. Judith, mija, si oyes tú el mensaje antes que Simón, te encargo de mil amores. Te mando un beso.

"Mamá-Chantajista profesional-72."

Pensó Simón que el chirriante sonido de las llantas del metro era inconfundible. Y que se acercaba por la izquierda. A toda velocidad.

Y que tal vez la muerte fuera, también, ese cieno de paz y quietud y oscuridad y vacío que a veces tanto necesitaba.

5

—Mamá, ¿tú me quieres?

—No me jodas, cómo no te voy a querer. ¿Ya me depositaste?

Acababa de presionar el botón de aceptar con el *mouse*, la transferencia desapareció frente a sus ojos para ser intercambiada por una especie de comprobante digital. Ahí, en internet, en el portal bancario, es en donde se percató de que había agotado su efectivo, ciertamente, pero el crédito aún le era bastante propicio. Veinticinco mil pesos en la tarjeta de crédito de ese banco. Veintidós mil después de haberle transferido a su madre. Y también contaba con una tarjeta de otro banco que seguramente tendría unos ocho o nueve mil pesos de remanente. Consideraba éticamente reprobable irse del mundo sin antes haber puesto a tope ambas tarjetas y joderse, aunque fuese un poquito, a ambas instituciones financieras.

—Es que creo que nunca me lo has dicho.

—¿Y por qué te lo iba a decir si lo sabes? Porque lo sabes, ¿no? Soy tu madre, ni modo que no te quiera. ¿Ya depositaste?

—Bueno... sí, supongo que todas las madres del mundo quieren a sus hijos. Tal vez sólo la mamá de Charles Manson no lo quiso y por eso el infeliz se fabricó su propia familia.

—¿De qué demonios hablas? ¿Me depositaste o no? Tengo una cena con las nenas Rincón y no puedo ir si no tengo para pagar mi consumo. ¿Depositaste o no?

—Claro que debe ser un caso extraordinario, el de Manson.

—Ya empezaste a delirar. Lo haces desde que ibas al kínder. No tengo tiempo para estas tonterías. Voy a hacer como si me hubieras dicho que sí depositaste. Tengo que pasar al súper a comprar cigarros. Nos vemos luego. Dale un beso a Judith de mi parte.

Cinco minutos estuvo mirando Simón la pantalla de la computadora antes de jalar los cables y apagarla en frío. Luego sintió hambre y abrió una caja de galletas Oreo a la mitad. Le pareció una cena honorable para un moribundo. Galletas Oreo viejas y agua de la llave. Eran las nueve y media de la noche.

Entonces llamaron al timbre de la calle.

Incapaz de saber si la llamada de su madre era o no un milagro fehaciente, decidió que no le haría mal asomarse por la ventana. Después de todo, el plan seguía en pie, sólo había sido postergado. Saturar las tarjetas y aventarse a las vías del metro. Misma estación, horario similar, tal vez hasta se encontrara a la misma muchacha. "Hola, ¿qué hace? ¿Hoy sí piensa cumplir su amenaza? ¿O es sólo un truco para acabarse el saldo de los celulares ajenos?"

Tres pisos abajo se encontraba el Pollo mirando hacia arriba.

—¡Coño, creí que te había tragado la tierra!

Regresó la cabeza al interior del departamento, fue al interfón y liberó la puerta de la calle. Continuó con su precaria cena. Aún tenía la cabeza llena de imágenes cinematográficas. Por un momento creyó que empezaría una música melancólica, única compañía posible para un cuarentón con la barba crecida comiendo galletas a media luz.

El Pollo entró sin llamar.

—Qué onda, pinche Charro. ¿Dónde has andado?

Iba de traje y corbata. Algún cliente, algún curso, algún algo que le había obligado a disfrazarse de gente decente. Pero no había querido regresar a su casa, o a eso que llamaba casa, sin antes haber pasado a cerciorarse de que no hubiera volado el edificio de la Narvarte en mil pedazos. En cuanto entró jaló una silla y se sentó. Tomó dos galletas. Y se dio cuenta al instante.

—No mames. Te dejó Judith.

—No me dejó. La corrí.

Había un algo de victorioso en la frase. Mas no en el tono. Y el Pollo, masticando el chocolate, también lo notó.

—La encontraste poniéndole con otro cabrón.

—¿Qué? ¿Cómo supiste?

—¿Con quién? ¿Con el del ciento uno?

—Carajo. ¿Qué me pasa, Pollo? No puede ser mala suerte. ¿Es porque las trato bien? ¿Debería tratarlas mal? ¿Pegarles o algo? Y no mames. No fue el del ciento uno. ¿Por qué el del ciento uno?

—No sé. Siempre se me ha hecho un viejito libidinoso.

Simón sintió una nueva arremetida de desánimo. Se frotó la cara. Apoyó la cabeza en ambas manos. Negó por reflejo.

—¿Qué día es hoy? —preguntó con sinceridad.

—Pinche Charro. ¿Te volviste a poner hasta la madre con películas, verdad?

Lo obliga a mirarlo. Le quita los anteojos. Le baja un párpado con el índice, como si fuera a ponerle un lente de contacto.

—Uta. Es peor de lo que creí.

—La vida es una mierda.

—¿Y apenas te diste cuenta?

A Simón le hubiera gustado decirle al Pollo que era imposible que lo comprendiera. Acaso porque el Pollo jamás había sufrido de amores. Sólo tenía un divorcio encima y no le importaba tronar con una novia lo antes posible; de hecho, parecía que eso siempre lo ponía contento. La obligación de mantener a sus cuatro hijos era el único compromiso con el que podía lidiar sin sentirse miserable. Y a Simón le hubiera gustado tomarla en su contra, decirle que la diferencia de perspectivas hacían imposible la comprensión sincera, que no era lo mismo porque no eran iguales... pero también se dio cuenta de que no se trataba de arrastrarlo a la depresión; si el Pollo ya había aprendido a domar a sus demonios, bien por él y punto final. En todo caso, sí decidió que si dejaba una nota el día que se aventara a las vías del metro, la dirigiría a él. "Pinche Pollo... para empezar, no me juzgues, cabrón".

—¿Es martes?

—Es viernes.

El Pollo se acabó las galletas sin quitarle la vista de encima. Fue al refrigerador y comprobó que ni siquiera había comida buena.

—Es mucho peor de lo que creí.

Empezó a buscar en las alacenas.

—Ya no tienes whisky, ¿verdad?

—Era buena chava, Flánagan. Nunca me hizo fregaderas.

—Ajá.

—O sea, antes de ésta. Nos llevábamos bien. Es cierto que lo de Nueva York no funcionó, pero nos llevábamos bien. Estábamos ahorrando para comprarnos otro coche.

—Ajá.

Simón pensó que ésa, de hecho, era otra fregadera. Recordó que habían estado depositando en la cuenta bancaria de ella. Volvió a taparse la cara.

El Pollo encontró, detrás de una caja de Corn Flakes, una botella vieja de Bacardí. Vacía. La arrojó al bote de la basura, que ya se desbordaba, y claudicó. Se sirvió más agua de la llave. Volvió a la mesa.

—Mira, cabrón. El amor no es otra cosa que una pinche enfermedad. Y tú estás de gravedad desde que me da la memoria. Tu relación con Judith iba a acabar así de todas maneras. Si no la encontrabas tú a ella poniéndole con otro, ella te encontraba a ti poniéndole con otra. Es la ley de la vida. Como la cadena alimenticia. Parece horrible cuando ves en el canal de National Geographic a un león tragándose una gacela pero, cuando lo piensas tantito, hasta le agarras el gusto y vas por más palomitas, porque es lo más natural del mundo. Como la infidelidad. O la hueva de la vida en pareja.

—Algo debo estar haciendo mal. De veras creí que con ella iba a funcionar.

—¿Sabes qué es lo que estás haciendo mal? Llorar como bebé. Ponte a dibujar o algo. O ponte una peda de a deveras, con alcohol real, no de permanencia voluntaria.

—Me caían bien sus hermanos.

—Desquítate con la Juventina. Ponla a despepitar a la escuincla.

—Me gustaba que anduviera en ropa interior por la casa.

—Mira, inútil —vuelve a obligar a Simón a mirarlo—. Ahorita no puedo quedarme porque quedé de ayudarle a Priscila a echar a andar su coche. Pero mañana tengo una tocada en Jalapa. Y tú me vas a acompañar.

—Hacía unos chiles en nogada buenísimos.

—¿Me oíste, pedazo de animal?

—Y cómo sorbía ruidosamente el café. Se le arrugaba aquí, al lado de la nariz.

—A las nueve paso por ti. Te quiero bañado y rasurado, cabrón.

El Pollo salió azotando la puerta. Y Simón se quedó afianzado de la añoranza como si fuera una tabla salvavidas y no el más pesado de los lastres. Hasta las 2 de la mañana estuvo pensando en Judith como si fuera el amor de su vida cuando él mismo sabía que no era así, que lo más probable es que fuera un espejismo bien trabajado. Pero necesitaba creer que algo había de romántico en su próxima muerte, un algo de "Pues bien, yo necesito decirte que te quiero, decirte que te adoro con todo el corazón..." Intentó hacer una tira de Juventina pero dejó todos los cuadros en blanco, apenas salía la escuincla mirando al frente, sin decir nada, como anticipando la desgracia. A las cuatro lo venció el sueño sobre la mesa.

Cuando tocaron al timbre de la calle, se encontraba hecho un ovillo sobre uno de los muebles de la sala que le había dejado Judith. El LP de AC/DC que había puesto en su viejo tornamesa seguía dando vueltas, la aguja golpeteando contra el papel de la carátula. El sol pintaba cuadros luminosos en la loseta. Se asomó a la ventana.

El Pollo estaba en personaje. Hasta el sombrero texano traía en la cabeza.

—Ahorita bajo.

Lo único que hizo fue levantar la aguja, apagar el aparato, vaciar la vejiga, tomar el celular y echar sus dos tarjetas de crédito a la cartera.

Bajó sin siquiera echar doble candado a la puerta. Llevaba las mismas ropas con las que se había entregado a la borrachera en días pasados: playera, jeans, tenis, anteojos.

Poca actividad había en la calle. El Jeep del Pollo ronroneaba en doble fila, con él al volante. Se subió al asiento del copiloto sin saludar siquiera. Pero al instante notó que, en el asiento trasero, junto al amplificador Marshall y la guitarra electroacústica, estaba Molina, con una cara apenas un par de grados por debajo de la de Simón en materia de desencanto.

—Te dije que te bañaras y te rasuraras, pinche cochinote. Vamos a una boda.

—¿Y tú qué? —le preguntó Simón a Molina. Pero fue el Pollo quien respondió.

—Otro que está como pinches castañuelas.

—Qué te pasó o qué.

—Adivina —dijo nuevamente el Pollo mientras le sacaba al auto un sonido como de matraca al intentar poner primera.

—Se peleó con Augusto.

—Brujo.

Arrebujado en la parte trasera, Molina ni asintió ni negó, sólo miraba por la ventanilla del cristal.

—Algún día me van a agradecer sacarlos de sus pendejas depresiones, par de idiotas.

Por fin pudo poner primera. Y avanzaron a lo largo de la calle.

6

Todavía no llegaban a la primera caseta y Simón ya había recalcado la promesa de no salir jamás de su depresión porque no tenía sentido. A fin de cuentas, ¿qué seguiría? ¿Otra novia con la que terminaría igual o parecido? ¿Y luego? ¿Otra y otra y otra? Probablemente con alguna se haría la ilusión de haber encontrado, al fin, a su media naranja. Acaso hasta tendrían un hijo que acabaría por joderles la existencia a ambos. Sobre todo porque era probable —muy probable, de hecho— que alguna vez llegara a su casa sin llamar a la puerta y se encontrara otra escena porno a la mitad de su propia sala. Pensó en los festines de sangre que se daban los leones con las gacelas y los mecanismos de la sabia madre naturaleza. Tal vez habían sido los mensajes en su buzón (veintisiete) los que lo pusieron en esa dirección. En cuanto se subió al coche conectó su celular al cargador universal con el que contaba el Pollo y se puso a escuchar la voz de sus pacientes, las mamás de sus pacientes, su propia mamá, el director de la universidad patito mandándolo al diablo, el Pollo, un bufete de cobranza y su casero. Todos interpretando su muy personal queja a causa de su desaparición. Y en realidad se había animado a recorrer esa ignominiosa senda porque un sueño le había hecho creer que tal vez Judith había intentado comunicarse sin éxito. "Perdóname, te amo, fui una tonta".

—¿Ustedes me quieren, cabrones?

Dijo repentinamente. Molina aún no se despabilaba. Apenas abrió la boca, por primera vez en el viaje, para escupir:

—Chinga tu madre.

—¿Y tú, cabrón? —le preguntó al Pollo, sin apartar la vista del paisaje.

—Yo también te amo —respondió el pelirrojo.

Fue todo lo que dijeron, con música de Kitty Wells puesta a todo en el estéreo, hasta que se quejó el Pollo de morir de hambre y se detuvieron a comer unas quesadillas en el camino.

La estampa era peculiar. Un vaquero metrosexual (cuando tocaba y cantaba era el único momento en el que el Pollo daba verdadera importancia a su apariencia, no permitía que nada ensuciara la gamuza del chaleco u opacara el brillo de la hebilla del cinturón), un sujeto con barba y tufo de trece días y un ejecutivo de cuenta bancario aún con el traje y la corbata y el desencanto puestos. Comieron sin decir palabra. Sólo a la hora de pagar rompieron el silencio.

—Yo no traigo efectivo. Ni un peso —dijo Simón, mostrando el interior de su cartera, desde donde asomó apenas aquel boleto anaranjado del sorteo del corazoncito que había comprado el día anterior.

—Y a mí me lo descuentas de lo que me debes —dijo Molina.

—Uta, de haber sabido los dejo pudrirse en su propia mierda, par de ingratos. Ahora resulta que hasta los tengo que patrocinar.

—Yo te pago en cuanto lleguemos a un cajero —gruñó Simón.

—Y a mí ni me digas, que YO te patrociné el Jeep. Según mis cuentas todavía me debes más de cuarenta kilos.

—Le debo al banco. Y huevos a los dos.

De vuelta al auto. De vuelta al silencio. Cada uno a sus pensamientos. De vez en cuando el Pollo se unía a los coros que se desprendían del estéreo, pero nada más.

La boda era a la una de la tarde. La representación de "Billy Montero", a las 2 y media, pretexto para que algo sonara en el trasfondo mientras la gente llegaba, se acomodaba, se saludaba, comía algún bocadillo. Los novios ni siquiera verían a Billy Montero, estarían tomándose la foto y, si se los permitían, adelantando la luna de miel en algún cobertizo de la mentada hacienda que les habían prestado para el retrato. Los tres pasajeros del Jeep llegaron a las 2 en punto al salón. El Pollo, como otras veces, les arrojó sendas camisetas negras con la cara de Billy Montero (su cara con sombrero y anteojos oscuros y sonrisa de un millón de dólares) por enfrente y la palabra "Staff" por detrás. Como otras veces, ambos camaradas se pusieron las camisetas para poder entrar al evento sin ser cuestionados. Ayudaron al vaquero a conectar el amplificador, la caja de ritmos, montar el pedestal del micrófono y ecualizar el sonido, antes de irse a confundir con la gente de la boda.

Los acordes de "Don't leave her", de Neil Young, dieron inicio al guateque. O algo así. Por detrás de Billy Montero (el cowboy romántico), Los Julianes (el grupo versátil) ya armaba su desmadre, batería, congas, teclados, bajo, dos liras, dos cantantes, tres bailarinas y factura como de diez veces lo que cobraba el pelirrojo que amenizaba el piscolabis.

—¿Y a ti qué te tiene tan jodido?

—Troné con Judith.

—Uta. ¿Quieres hablar?

—No.

—¿En serio la encontraste cogiendo con otro güey encima del abs-toner?

—Pinche Molina. ¿Si ya sabías para qué preguntas?

Sin pudor alguno se armaban de mini *croissants* con atún y mini hojaldras con mole en la misma mesa en la que la emperifollada mamá de la novia untaba caviar a una galleta Ritz, un poquito entonada con el vino blanco.

—¿Y tú? ¿Por qué te peleaste con Augusto?

—La misma pendejada de siempre. Me cela y me trata como pinche trapo.

—Déjalo. Te lo hemos dicho un millón de veces.

—Sí, ya sé, pero no fue nada más eso. Mi padrino también me trae jodido.

Terminó la canción y los dos miembros del staff aplaudieron. Era la consigna. Billy Montero los tenía bien amenazados. Siempre que lo acompañaban a algún evento tenían que aplaudir y repartir tarjetitas o se regresaban caminando. La gente aplaudió. Billy Montero agradeció. Aprovechó para felicitar a los novios, a los papás de los novios, y ahora esto de Kenny Rogers que se titula...

—Ayer estuve hasta las once de la noche en la sucursal. Bueno, yo y otros dos ejecutivos. Aguantando caca de mi padrino y del director regional.

—¿Por eso sigues disfrazado de Godínez?

—En realidad ni fui a dormir a la casa. Me fui a chupar con los compañeros. Iba metiendo la llave en la puerta del edificio esta mañana cuando se estacionó el Pollo a mis espaldas. Quería que le prestara unos anteojos oscuros porque a los suyos se les sale uno de los lentes. Yo me le pegué porque no tenía ganas de ver a Augusto.

Molina ya se había hecho de una copa de vino. Y brindaba ocasionalmente con algún familiar. Más aplausos. Más bocadillos. Más agradables palabras del vaquero romántico.

—Ya en serio, Charro, ¿qué tienes? Antes has tronado con otras viejas y no te has puesto como te pusiste. ¿Todo bien? ¿Necesitas lana? Puedo sablear al banco si es necesario. Total, si le presté al Pollo, que ya está moroso el cabrón…

—No. Gracias pero no.

—¿Entonces?

¿Entonces? Simón se descubrió pensando que una desolación como la que sentía era completamente inédita, una necesidad de renuncia y olvido absolutamente nueva. Si existía un remedio, no lo sabía o no lo quería saber. A dos semanas de haber tocado fondo, estaba convencido de que la idea del suicidio no era un berrinche o un arrebato; era lo único que le alegraba el día. Y estaba a unos cuantos miles de pesos de conseguirlo. Curarse para siempre de esa enfermedad maldita por la que alguna vez se imaginó en una casa con jardín, asador y un perro, los niños en los columpios y él y su esposa encerrándose en la alcoba con seguro, música de rock clásico y puros números negros en su balance general corporativo.

—Entonces nada. Ya se me pasará.

A VECES ME PREGUNTO SI EN VERDAD HABRÁ UN CREADOR EN ALGÚN LADO.

BUENO... SI EXISTE, EVIDENTEMENTE NO LE GUSTA SENTIRSE ALUDIDO. Y TIENE UN PINCHE GENIO DE LA FREGADA.

7

Y empezó a despeñarse. Lo tomó como una especie de misión de vida. La última misión de su vida.

Se llevó a Fulge, la conserje del edificio, a un súper. En taxi.

—¿Ya me va a decir por qué me trajo o qué?

Pero el Simón no soltaba sopa. Ocurrió al lunes siguiente del fin de semana que pasó con el Pollo y Molina en un hotel de malas pulgas en Jalapa. Ambos se pusieron hasta las chanclas con la paga del vaquero romántico y necesitaron todo el domingo, tarde y noche, para curarse la cruda. Simón manejó de regreso el lunes por la madrugada, pero puso de condición el soundtrack del camino: puro rock pesado; se hizo de varios CD piratas en una papelería veracruzana. Molina se presentó a trabajar con el mismo traje y la misma jeta con que abandonó la chamba el viernes. El Pollo, en cambio, sí pasó a su casa, pero sólo a aventar botas, sombrero y jeans y lanzarse a una cita con un cliente del despacho de asesoría informática para el que trabajaba. Simón, lejos de todas sus obligaciones, ni siquiera entró a su casa. Fue directo a llamar al timbre de la conserje. Oiga, necesito que me acompañe al súper, le cuento en el camino.

En cuanto traspasaron la puerta de la tienda comercial, empujando un carrito, la soltó.

—¿Cómo van Pepe y Rodrigo en la escuela?

—¿Ya va a empezar con eso como todos los vecinos? Usted huele peor que si se hubiera hecho encima y no le digo nada.

Pepe y Rodrigo eran los dos hijos de la conserje. Célebres por inútiles. Buenos para el Nintendo pero nada más.

Avanzaron por los luminosos pasillos, bastante vacíos a esa hora, acompañados por la música feliz del capitalismo moderno.

—¿Siguen siendo unos buenos para nada?

—¿Es cierto que la señora Judith le puso los cuernos?

Llegaron a los electrodomésticos. Ahí detuvo el carrito de supermercado.

—¿Qué le dieron esos dos el pasado diez de mayo?

—Qué le importa.

Simón ni siquiera lo disfrutaba. Le parecía un trámite necesario nada más. Doña Fulge iba incluso de pantuflas.

—Señora, no me lo tome a mal. La cosa está así: me dieron un bono en el trabajo y...

—¿Un bono? ¿No era usted psicólogo?

—Bueno... en la universidad en la que doy clases. ¿Me deja terminar?

—Okey.

Ella ya se había cruzado de brazos y miraba en derredor con desconfianza. Seguro se imaginaba que la iba a agarrar de cargadora. Ya se veía empujando un refri por las escaleras del edificio.

—Quiero compartir el bono con usted.

—¿Qué?

—Que quiero compartir el bono con usted.

—¿Conmigo? ¿Por qué?

—¿Quiere o no quiere?

—¿Cuál es la trampa?

—Ninguna. ¿Quiere o no quiere?

Simón fijó el límite y a ella se le arrasaron los ojos.

—¿Pero por qué yo?

—Bueno, ¿quiere o no quiere?

Fulge le estrechó la mano, le sonrió con dulzura y empezó a hacer cuentas mentales.

Comenzó la señora por echar licuadora, tostadora de pan, picadora y otras monadas similares al carrito hasta que llegó al tope monetario que se había fijado con la intención de que le alcanzara para el verdadero regalo del día de las madres que quería. Señaló con un dedo (y una sonrisa que le daba la vuelta a la cara) una estufa de seis hornillas. Llegó al límite fijado con treinta y dos pesos de holgura.

Sólo le cambió el carácter cuando estuvieron formados para pagar.

—Está bien... no soy tonta. Sé lo que me va a pedir. Y no se preocupe, está bien. Nada más le pido que sea cuando no estén los muchachos en el edificio.

—¿De qué habla?

—No me chupo el dedo. Usted es hombre, tiene sus necesidades. Y además su vieja lo acaba de dejar. Pero está bien. No se crea, yo también a veces me siento muy sola.

Simón tuvo un golpe de imaginación que lo hizo sentir miserable. Tal vez doña Fulge, ochenta kilos y veinte años atrás, habría sido una buena idea, pero por el momento parecía que lo mejor era seguir con el trámite. La tarjeta de crédito pasó sin problemas.

En su casa, después de impedir, en las escaleras, que doña Fulge lo besara en la boca, Simón se apoltronó en el sofá. Pidió de comer sushi por teléfono y miró la televisión hasta la náusea. Pensó que su película bien se podría llamar *Morir en martes*. Era buen título. Redactó su nota de despedida. "Pinche Pollo, para empezar, no me juzgues, cabrón." Y, acto seguido, expuso sus razones. Quiso dejar en claro que se sentía un fracaso como ser humano porque, al partir al más allá, nadie lo extrañaría en realidad. Su mamá, tal vez, pero también le parecía buen momento para que Doña Chantajes empezara a demandar la ayuda de Mónica. Estaba seguro de que, en cuanto su madre comenzara a gozar del soporte económico de su hija en gringolandia, se olvidaría también de él. Apeló a su investidura profesional para sustentar el suicidio. Firmó diciendo que si alguien estaba facultado para largarse a otro mundo era un psicólogo con una cartera regular de clientes. "Fue bueno conocerte", terminó el escrito. Y luego, un añadido más: "Pero tampoco fue como para morirse". Una broma que, según él, el Pollo habría entendido sin problemas.

Prendió la computadora y se puso a ver porno tediosamente, como si viera aburridos paisajes de alguna página New Age.

Al fin, se quedó dormido sobre el sofá.

El plan del martes era acabar con el saldo de su segunda tarjeta de crédito, tal vez comer de nuevo una torta callejera y hacer su acto de Spider-Man tratando de detener un convoy de nueve vagones a toda velocidad en una estación de la línea tres del metro, tal y como ocurre en la segunda película del superhéroe, sólo que con muy distintos resultados.

Decidió, desde que se levantó, no prender el celular para no ser tentado a la búsqueda de un nuevo "milagro". Pero sí se largó a un restaurante de esos de meseras con zapatos ortopédicos y desayunó hasta reventar. Luego, sacó cinco mil pesos del cajero y entró al banco a cambiarlos por billetes de cincuenta que repartió en la calle a cambio de respuestas. Dijo que era para un programa de radio.

—¿Cuál fue el momento más feliz de su vida?

Cuando me enamoré. Cuando tuve a mi primer hijo. Cuando me aceptaron en la universidad. Cuando vino el Papa. Cuando me trasplantaron el riñón.

—Si pudiera modificar algo en su vida, ¿qué sería?

Estudiaría arquitectura. Viajaría más. No me habría embarazado tan chica. Mataría al cabrón que me hizo esta cicatriz. Me habría casado con la secre que tenía en la procuraduría.

—¿Dónde cree que está la felicidad?

En la salud. El amor. El dinero. El amor. Los amigos. El dinero. El sexo. El amor.

El amor.

Se sentó a ver la vida pasar en un parabús sobre Avenida Cuauhtémoc. Atendiendo constantemente el reloj. Esperando el momento propicio para aventarse a las vías del metro y probar la resistencia que ofrece el cuerpo humano al paso de varias toneladas de acero, caucho y metal. No pudo evitar pensar en una foto muy vieja, una foto partida a la mitad y que sabía exactamente en dónde encontrar en su casa, al interior de qué libro, exactamente entre qué página y qué página, a pesar de no haberle puesto los ojos encima en décadas.

El amor.

Sintió hambre y, según la última revisión del saldo en el cajero, todavía tenía unos mil trescientos pesos de posibilidades en la tarjeta. Se metió a comer a un restaurante argentino y pidió un bife al chorizo con el mejor Malbec de la carta. La falta de costumbre lo tomó desprevenido y se sintió felizmente borracho cuando pagó la cuenta y dejó una propina de doscientos pesos para alejarse tambaleando hacia su casa. Antes, se detuvo en una licorería a comprar una botella de whisky para el Pollo, su único legado.

—¿No le entra al sorteo, don?

Se refería el tendero, claro, a aquel tan famoso del corazoncito.

—No, ¿por?

—Es que como el otro día compró uno…

Seguro era por las ropas. No era difícil grabarse la imagen de un sujeto si éste, además, se deja las mismas ropas y la misma cara de perdedor por varios días.

—De todos modos ya no vale tanto la pena. Bajó la bolsa un montón.

—Ah.

—Yo le metí trescientos pesos a la de la semana pasada a ver si me tocaba algo, lo que fuera… pero bueno, la suerte es la suerte. Que ni qué.

—Que ni qué.

Pagó la botella y se propuso volver a su casa solamente a ponerla sobre la nota, encima de la mesa. Dejaría la casa abierta para que a nadie le costara trabajo entrar a hurgar entre sus cosas. Pensó, claro, en cierto libro, cierta página, cierta foto partida a la mitad. Una flor apresada entre el quebradizo papel del libro del tiempo.

Puso la botella de whisky sobre la nota. Añadió a ésta una frase: "Te dejo a la Juventina, al fin que a ti sí te gustaba, todo lo demás véndelo o cámbialo por alcohol y botana", no sin antes pensar que, a pesar de haberse propuesto prenderle fuego a los siete volúmenes de su tira cómica el último día de su vida, se había acobardado en el momento de la verdad.

Eso sí es digno de una buena terapia psicológica, se dijo.

La computadora seguía encendida en la misma página porno. Un anuncio, encima del GIF de dos chicas besándose, flasheaba con grandes letras amarillas sobre fondo rojo: esto no es una broma eres el visitante 1,000,000 haz clic y reclama tu premio. Decidió que no le haría daño a nadie si abría el whisky y le daba un trago. Total. El efecto del vino comenzaba a amainar y no le parecía buena idea sentir el bajón mientras descendía al infierno. Al diablo hay que enfrentarlo envalentonado, se dijo. Dio tres tragos a boca de botella. El fuego que bajó por su garganta fue, en cierto modo, revitalizante.

Luego, se sacó todo de encima, excepto los cinco pesos del boleto de metro. Hurgó en la cartera y se encontró aquel boleto anaranjado del sorteo que comprara la semana anterior. El whisky lo animó. Sería una excelente broma del destino.

Cerró la página porno y tecleó en la barra de Google la búsqueda precisa.

Comenzó a comparar los números ganadores del sorteo con los de su propio ticket.

Uno por uno.

572 millones de pesos. Seis números. Un solo ganador.

Uno por...

... uno.

¿Dónde cree usted que está la verdadera felicidad?

Tuvo que sostenerse del respaldo de una silla.

Vomitó ahí mismo, en la sala.

Un solo ganador.

Se fue a limpiar al baño los restos de vómito que le colgaban de la boca. A gatas.

Y así, a gatas, fue a su habitación tan solo para recordar que no había cama, que su mujer lo había dejado por un bróker, que la vida era una mierda y que lo mejor, por lo pronto, sería rendirse, quedarse dormido sobre el parquet y soñar con un tren a toda velocidad golpeándolo de frente y para siempre en la cara.

8

Fue hasta el tercer o cuarto día que Simón le dio importancia a su presencia.

—¿Cómo se llama la nueva? —le preguntó al Pollo.

—No me acuerdo.

Bajaban él y el Pollo al patio, confundidos entre la horda de estudiantes. Majo se había instalado cómodamente en un grupito de niñas del 3° B que iba delante de ellos.

—¿Por qué el interés?

—Por nada.

Pero la verdad es que Majo, a partir del día siguiente a su llegada, no le quitaba la vista de encima a Simón. Se sentó a un par de butacas de la suya y, siempre que podía, lo miraba. Lo miraba y se esperaba a que él le devolviera la mirada. Luego, sonreía y volvía a lo suyo. Para alguien que no es un galanazo y que no está acostumbrado a ese tipo de acechos, algún tipo de interés debía despertarse. Y ese día, Simón estuvo más distante que de costumbre.

—Es por la nueva —explicó el Pollo a Molina, quien se había reunido con ellos en el rincón del patio donde solían leer cómics, apostar, filosofar y dar cuenta de sus lunchs.

—¿Cuál nueva?

—Una chava que entró apenas a la escuela. Lo trae pendejo a éste.

—¡Claro que no!

—¿Por qué? ¿Está buena? —preguntó Molina.

—Tiene lo suyo —dijo el Pollo con medio sándwich en la boca—. Pero está flaca como un popote.

Simón, por su parte, prefería no admitir que sentía curiosidad.

A la semana siguiente detonó la bomba. No podía pasar más tiempo. Majo era así.

Pasaba de la una y media de la tarde, hora de la salida. La calle estaba pintarrajeada de verde olivo, color del uniforme masculino, y rosa, azul y guinda, colores del uniforme femenino, dependiendo del grado. Por lo menos unos mil doscientos alumnos tomaban rumbo hacia su casa. Simón estaba comprando un "veneno", es decir, un preparado de zanahoria, jícama y chile como para ulcerarle el estómago al mismísimo Satanás, cuando alguien le tocó el hombro.

—Hola.

Así, de cerca, su piel blanquísima y cubierta de pequeñísimas pecas, sus ojos vivaces, su nariz respingona, su cabello negro y su sonrisa insolente, tenían un efecto más poderoso. Una Winona Ryder sin pechos y sin cintura.

—Hola —respondió Simón, delatando un leve temblor en la voz.

El Pollo lo esperaba a unos pasos, lejos del tumulto que peleaba por un sitio en torno al carrito del señor de los venenos.

—¿Te puedo decir una cosa, Simón?

—¿Qué cosa?

—Una cosa.

—A ver.

—Aquí no.

—¿Dónde?

—Allá. Ven.

—Es que...

—¿Es que qué?

Miró Simón al Pollo, quien torcía la boca. No hay camarada que se alegre de las conquistas de un amigo. Al menos a esa edad. Es una de las múltiples formas que adquiere o puede adquirir el abandono. Ser cambiado por una mujer, por otro lado, es una de las leyes no escritas de la vida. Ha de ocurrir tarde o temprano. El Pollo puso los ojos en blanco y negó. Y se recargó en un poste, a la espera, brazos cruzados y todo.

—Nada. Vamos.

Ella caminó hacia un gran pirul que se encontraba ahí cerca, donde el mar de adolescentes era bastante menos denso. Simón la siguió con la mochila a la espalda, el veneno en la mano, la mirada puesta aquí y allá, los pensamientos todos a la expectativa.

—¿Qué onda? —dijo Simón, sintiendo más calor que el que probablemente hacía.

—¿Qué tanto me ves todos los días en clase?

La temperatura subió. Uno o dos grados celsius.

—¿Qué? Yo no te veo. Tú me ves.

Majo sonrió, incrédula. Abrió grandes los ojos, incrédula.

—Yo te veo porque tú me ves. ¡Deja de mirarme!

—¡Yo no te veo!

—¡Sí me ves!

—¡Claro que no!

—Ay, Simón...

Dijo Majo por primera vez en su vida. Y él, negando con la cabeza, confundido, súbitamente acalorado, le dio la espalda y fue a refugiarse con el Pollo para encaminarse hacia su casa.

—Qué. ¿Te llegó o qué onda?

—Cállate. Está loca. Bien pinche loca.

—¿Por qué? ¿Qué te dijo o qué?

Lo cierto es que los siguientes días, efectivamente, Majo dejó de buscarle la mirada en clase. Y él, en cambio, incapaz de ocultar su consternación, sí miraba hacia ella de vez en cuando, temeroso de ser descubierto. Un par de veces ocurrió. Ella lo sorprendió mirándola y, como si tuviera diez años más y fuese una dama hecha y derecha, sólo sonreía, negaba y seguía en lo suyo. Al final de cierto día le hizo llegar un papelito.

"¿Ves? Me ves" era todo lo que decía el mensaje con letra fea, desordenada y una cara infantil mostrando la lengua.

Simón, más acostumbrado a pasar desapercibido, dejó de mirarla. Primero esforzándose, pero luego, por simple olvido o por un simple dejarse llevar de vuelta a la rutina. Al día siguiente que lo consiguió, fue interpelado por ella en el centro mismo del confort de sus reuniones con el Pollo, Molina y uno que otro improvisado que se sumaba a los juegos de baraja, dominó, lectura o recitación de chistes pelados.

—¿Te puedo decir una cosa?

—A ver.

—Pero aquí no.

Con el pesar de las miradas puestas en su espalda, la acompañó a través de juegos de futbol, corretizas, jaloneos y conversaciones altisonantes a una zona menos concurrida del patio de recreo.

—¿Y ahora qué? Ya no te veo en clase.

—Qué bueno —resolvió ella como si no tuviera la menor importancia—. Es que me gusta uno del salón.

—Y a mí qué.

—Que quiero que me ayudes a que me haga caso.

—...

—No eres tú, ¿eh? Para que no pienses cosas.

—Ni que me importara.

—Qué bueno. ¿Me ayudas?

—No.

—Ándale. Es que tú te llevas más con él.

—No.

A partir de ese día no pudo evitar vigilarla, intentar descubrir, por su comportamiento, a quién se refería. Primero pensó en el Pollo, pues parecía lo más natural que por ello se hubiera acercado a él como primera opción, pero no tardó en descartarlo cierta vez que tuvieron un roce en el salón, al salir corriendo a la salida.

—Fíjate, gordo.

—Tú fíjate, popote.

No había que hurgar demasiado en los ojos de Majo para darse cuenta de que no había ningún amor oculto por el Pollo ahí. Pero tampoco por nadie más. De hecho, no delataba ningún interés evidente por nadie. Ni siquiera por los dos guapitos del salón quienes, desde luego, tenían novia, ambas de preparatoria y con bastantes más curvas que Majo.

Una mañana, lo agarró a la entrada de la escuela con una cámara Polaroid.

—Ándale, ayúdame.

—¿Qué quieres?

—Quiero que le saques una foto.

¿ENTONCES?

YA LO PENSÉ Y LA RESPUESTA ES NO. ABSOLUTAMENTE NO.

YO TENGO LA CULPA POR NO ACORDARME CÓMO SON LOS HOMBRES. LA PRÓXIMA VEZ TENGO QUE ESPECIFICARLE A MI PROSPECTO QUE ENCIENDA EL CEREBRO ANTES DE PENSAR.

—¿Y por qué no se la sacas tú?

—Porque no puedo.

—No entiendo. Qué chiste tiene o qué.

La explicación fue somera. Y bastante perturbadora. Necesitaba saber qué tan bien estaba dotado para el sexo el chico al que le había echado el ojo.

—O sea, quieres que lo acompañe a hacer pipí y saque la cámara y le tome una foto mientras hace.

—Sí.

—Estás loca.

—Ándale.

—No jodas.

—Te pago.

—Púdrete.

Simón sintió una especie de conmoción interna. Como la única vez que descubrió a sus papás teniendo relaciones. Eran las tres de la mañana y se paró al baño cuando escuchó los ruidos. Se asomó a la recámara de sus padres. Se habían confiado por lo tarde y por un par de copas que se habían tomado antes de dormir. Desde luego, Simón ya sabía que la cigüeña era un fraude y hasta había visto algunas revistas en casa de sus primos, pero eso era distinto. Las piernas de su madre sobre los hombros de su padre, los rostros congestionados, el rechinido del colchón. Estuvo dos semanas sintiéndose mal del estómago. Y ahora tenía una reminiscencia de esa sensación, tan solo de imaginar a María José dándole tanta importancia al sexo cuando sus cuadernos estaban forrados todos de Hello Kitty.

A la salida no pudo más y la buscó, antes de que pasara por ella su mamá.

—Ja. No conseguiste tu foto.

—¿Qué te pasa? ¿Crees que eres el único que puede hacer un favor? Tengo mi foto.

—Mientes.

—Está bien. Miento.

—¿Quién es?

—Qué te importa.

—¿Quién te ayudó?

—Qué te importa.

Quería preguntarle si estaba, en verdad, bien dotado para el sexo, pero temió que la respuesta lo enfermara tanto como aquella ocasión. Anduvo todo el camino de regreso a su casa, en compañía del Pollo, en silencio. Afortunadamente su amigo había tenido una diferencia de opiniones con otro compañero respecto al último mundial de futbol en España, que si había estado bien que México no fuera, que si se lo merecía por hacer trampa, que si tienes más sangre irlandesa que mexicana, que te voy a romper la madre a la salida, pendejo. A la mera hora ninguno quiso llegar a los puños pero el Pollo se fue despotricando todo el camino hacia su casa. Ni siquiera advirtió el silencio de Simón.

Al otro día, después de hacer base en el rincón de siempre, se disculpó con sus amigos para ir a comprar algo a la cooperativa y buscó a Majo. Estaba sentada con varias niñas del salón, dibujaban Barbies en un cuaderno.

—¿Te puedo decir una cosa?

—Qué cosa.

—Pero no aquí.

Las amigas de Majo comenzaron un rumor de burla. Simón enrojeció. Majo sonreía como si tuviera veinte años más y ni valiera la pena el trabajo de escucharlo.

—¿Entonces dónde?

—Allá.

—Ahorita vengo.

Lo siguió a otra zona que, aunque concurrida, al menos no había ningún compañero del salón. Se cruzó de brazos sin borrar su sonrisa. Recargó el peso en una sola pierna de calceta desguanzada.

—Qué.

—¿Para qué quieres saber si el chavo que te gusta lo tiene grande?

—Qué te importa.

—A poco ya quieres hacerlo con él.

De pronto era como si Majo tuviera no sólo veinte años más sino también diez de práctica sexual activa. Sonreía. Y no contestaba.

De los conocidos de Simón, el único que había perdido la virginidad era Óscar Loyo, un chavo de 3° F a quien su propio padre llevó a un sexoservicio al cumplir doce. El señor, burócrata del gobierno, era un ferviente partidario de quitarle el espanto del sexo a los niños arrojándolos a la alberca del conocimiento aunque no supieran nadar. Lo cierto es que Óscar Loyo había quedado un poco traumado y en lo único que pensaba era en sexo y en cuándo podría juntar los domingos suficientes para poder repetir la experiencia. Fuera de él, nadie que Simón conociera había pasado de primera o segunda base. No obstante, Majo era nueva, nadie sabía ni en qué escuela había estado antes. De hecho nadie sabía nada de ella. A lo mejor hasta tenía diecisiete años y no se le notaban.

—¿Quién es?

—Qué te importa.

—¿Y sí lo tiene muy grande?

Majo puso una mano frente a la otra. Claro, sin borrar la sonrisa de su cara.

—No es cierto.

—Okey. No es cierto.

Majo comenzó a caminar por el patio, en dirección a sus amigas. Simón se quedó anclado al patio. Ese sinsabor no lo dejaba. Casi casi lo atormentaba. Con la mirada clavada al suelo, escuchó a Majo hablarle nuevamente. Había vuelto a su lado sin que él se diera cuenta.

—Me voy a casar con él. Por eso tengo que saber desde ahorita si va a ser buen amante.

—Y a mí qué chingados me importa.

—Ay, Simón…

Una risa y, ahora sí, de vuelta con sus amigas. Corriendo. Feliz, aparentemente. Dejando a Simón con ese horrible sinsabor del que no sabía desprenderse.

Fue como a la semana que, durante el receso, mientras esperaba en la fila de la cooperativa, Majo se puso a platicar con uno de otro salón. Uno al que le decían el Rata. Una cosa de nada. Una plática informal. Pero Simón y el Pollo pasaban por ahí. Y el Charro de Dramaturgos vería algún brillo en la mirada de ella. Y pensaría que hasta en eso le había mentido porque el Rata iba en el C y no en el B. Fue algo simplemente involuntario.

—Qué me ves, pendejo.

—¿A ti quién te está viendo, enano?

—Tú, pendejo, qué me ves.

—Cálmate, pinche Jara. Te alocas.

Y como loco se puso. Se le fue a los golpes. El Rata respondió como pudo. No pasó a mayores nada más porque había varios de otro salón de tercero haciendo guardia, un prefecto y dos profesores. Como no hubo sangre ni huesos rotos, mandaron al Rata a su salón y a Simón al suyo. Luego les pasarían el reporte de mala conducta que deberían firmar sus padres. Pero para Simón casi fue un regalo del cielo haber sido enviado al salón en pleno receso.

En cuanto estuvo solo, fue a la mochila de Majo y se puso a hurgar en su interior por todos lados.

No encontró una foto Polaroid. Ni dos. Ni tres. Sino siete. Apretadas con una liguita. La primera y la última estaban de dorso, así que tendría que desatarlas para atestiguar la evidencia de lo que capturaban.

Pensó que, si en verdad era cierto, sería lo más enfermo del mundo…

Lo más…

Y entonces rompió la liga.

Un torbellino de emociones se adueñó de él.

Su propia cara. Replicada siete veces.

A la distancia, en el salón, en el recreo, a la hora de la salida. Su propia cara. Sonriente, triste, enojado. Él y no otro. En algunas hasta salía el Pollo. O Molina.

Apenas había pasado un mes desde que la niña nueva había pisado el mosaico del 3° B. Un mes apenas. Y ese fue el tiempo, días más, días menos, que le tomó a María José Tuck García sacarle el corazón del pecho a Simón Jara Oliva y echárselo en la bolsa goteando sangre, herido de muerte, flechado de una vez y para siempre.

9

—Tú y yo nos vamos a casar.

Se citaron frente a Plaza Satélite. Ese día, Simón no pudo despegarle la mirada a Majo durante el resto de las clases. Y ella, repentinamente, volvió a tener los mismos catorce años de siempre. Esa mirada impúdica la hacía sentir indefensa. Feliz e indefensa. De cualquier modo, lo sabía. Sabía lo que había pasado. Y le encantaba. En cuanto volvió del receso y lo vio ahí, sentado, solo, dibujando sin levantar los ojos, lo supo. Las fotografías estaban de vuelta en la mochila, pero sin liga. A la hora de la salida le dijo, con todo el nerviosismo de sus catorce años:

—A las cinco en la oficina de Correos que está frente a Plaza Satélite. No llegues tarde.

Y luego, a las cinco y cuatro, en la oficina de Correos que está frente a Plaza Satélite, cuando él llegó, con su playera de Star Wars y sus tenis Decatlón, sus pantalones de pana casi sin pana, vestido como siempre se vestía, ya fuera para ir a casa del Pollo o para ir a ver a sus abuelos en Tacubaya, le dijo, sin esperar siquiera a que él la saludara:

—Tú y yo nos vamos a casar.

Y luego de un par de segundos:

—Prométělo.

—Estás loca.

—Eso ya lo sé. Prométělo.

—Cómo crees.

—No ahorita, tonto. Cuando seamos grandes. Prométělo.

—Ni siquiera somos novios.

—Claro que somos novios.

—¿No te lo tengo que pedir?

—No.

Era un horrible lugar en el que los autobuses cargaban y descargaban pasaje, donde el esmog era el principal protagonista y donde nadie jamás habría citado a alguien para decirle "tú y yo nos vamos a casar", pero así fue. La autopista, los motores, las bocinas de los autos, los gritos de los choferes anunciando la ruta, la gran mole de Plaza Satélite a la distancia, el puesto de periódicos con sus titulares hablando de la sempiterna crisis, la gente apresurada, todo fue telón de fondo, cómplice y testigo.

Majo llevaba el cabello atado con una cinta azul, un vestido floreado a la rodilla y sandalias blancas. Y unos ojos caníbales. Tomaría entonces a Simón de la mano para llevárselo al parque tras la oficina de Correos. Lo empujaría a la base de un árbol. Le confesaría, de pie, como si dictara un discurso, que, desde el primer día que lo vio, supo que serían esposos y se querrían para toda la vida. Que eso no tenía discusión porque son cosas que se sienten de una vez y para siempre, que ella ya había tenido novios antes pero que desde que lo vio fue como si no hubiera existido ninguno de ellos, que todavía tenía que hacer algunas pruebas para estar ciento por ciento segura pero que jamás se equivocaba con ese tipo de cosas, que qué bueno que se hubiera enterado de una vez porque al mal paso darle prisa, que estaba un poco nerviosa pero ya se le pasaría.

Después de la perorata, se detuvo. Lo miró al fin por más de tres segundos.

—Ya. Ya puedes hablar.

—¿Qué tipo de pruebas?

—Pruebas.

Él seguía sentado. Ella de pie, tirándose de un dedo como si se lo quisiera arrancar. No había dejado de tener catorce años desde que había sido descubierta. Mordiéndose el labio inferior a todo lo largo de su boca. Simón comenzó a extrañar a la otra Majo, la que estaba todo el tiempo en control.

—Para estar seguros de que vamos a durar para siempre. Que no nos vamos a divorciar luego luego, como todo el mundo.

—Oye, no sé tú pero yo tengo catorce.

—Por eso. Yo también. Mejor irlo viendo desde ahorita.

—Estás loca.

—Necesito estar segura de que me vas a querer para siempre, pase lo que pase.

—Estás loca.

Simón se puso de pie. No le gustaba esa sensación de estar obedeciendo órdenes de una escuincla babosa.

—No sé.

—O sea —insistió ella—, ¿qué tal que no me gusta cómo me besas?

—¿Por qué?

—Porque es importante, menso. ¿A cuántas chavas has besado antes?

—Muchas.

—No es cierto. ¿Ves? Has de besar horrible. Pero puedes aprender.

—No beso horrible.

—A ver.

—Qué. ¿Así como así?

—¿Pues de qué otra forma? Somos novios, ¿no?

—No sé.

—Somos novios. Y nos vamos a casar, idiota. Bésame.

Acaso eso fue lo que hizo el milagro. Que, de pronto, ahí estaba de nuevo, la niña insolente que lo había manejado a su antojo para llevarlo justo a ese momento, a esa tarde de probable lluvia primaveral y tarea de civismo y geografía y música pop en español y gloriosas primeras veces. Simón tendría que admitir después, para sí mismo, que el contacto de labios, de lenguas, de dientes, todo con los ojos abiertos —él, no ella— fue un terremoto en toda su expresión, fue como estar parado en la azotea de un edificio y sentirlo venirse abajo y saber que la caída es lo mejor que te ha podido pasar en la vida porque, mientras te desplomas, estás deseando morir, romperte todos los huesos, hacerte pedazos completamente, siempre y cuando nunca, pero nunca de los nuncas, dejes de caer.

Se despegaron a los cuatro minutos y medio, labios adormecidos, brazos caídos. Eran de la misma estatura, así que ninguno tuvo que levantar el mentón. O bajarlo.

—¿Te gustó? —preguntó Simón, que transpiraba y temblaba y tenía ganas de reír y llorar y romper cosas.

—Más o menos. ¿Y a ti?

—También más o menos.

—A ver.

—¡Oyeeee!

Majo le tocó la entrepierna. La sonrisa afloró a su cara pecosa y maravillosa.

—¡Te encantó!

Tal vez es que ella también tenía necesidad de reír y llorar y romper cosas, a pesar de la tarea de civismo y geografía porque, con la felicidad a punto de ebullición, dijo, sin más:

—Nos vemos mañana.

Le dio un beso rápido en la mejilla y se echó a correr a través del parque, en dirección contraria a la oficina de Correos. Se detuvo a la distancia para ahogarse en su propia risa y mirarlo como si pudiera volar hacia él en un segundo y regresar a donde estaba parada, o crecer veinte años a voluntad, o prometer el tiempo, o escalar una montaña o conquistar el espacio. Echó a correr nuevamente casi sin fijarse a la hora de cruzar la calle, lo que le produjo una nueva andanada de risas, mismas que Simón ya no pudo ni ver ni escuchar, aunque también es un hecho que Simón, en ese preciso momento, veía casi nada y escuchaba más bien poco.

Naturalmente, fue noche de insomnio. Simón se quedaba dormido y se despertaba sobresaltado a la media hora. Eso que sentía era más grande que él y no le cabía en el cuerpo. Una vez, cuando tenía diez años, se puso a farolear con un primo y se tomaron todo el café que había sobrado de un termo enorme de esos que preparan las abuelas para las excursiones. Dicha euforia no fue nada en comparación con esa inédita necesidad de pararse y prender la luz y abrir un libro y volverlo a cerrar y escribir en un cuaderno un corazón y romperlo al instante y tomar la flauta dulce del cajón y sacarle un par de notas y volverla a guardar y mirar por la ventana y…

—Pinche Simón, ¿qué traes? Ya duérmete.

No es que Mónica escuchara el trajín nocturno. Simplemente se había parado al baño y había visto la luz prendida. Se asomó para sorprenderlo yendo y viniendo de la ventana a su escritorio, hablando solo, con la mente puesta en las siete de la mañana, hora en que vería a Majo nuevamente.

Con todo, el juego apenas comenzaba.

En esos breves minutos entre la salida del profesor de Química y la llegada de la maestra de Inglés, más o menos como a las 8:40, Majo se lo reveló. Ella misma fue a su pupitre.

—Ponte atento porque ya empezaron las pruebas.

—¿Qué pruebas?

—Las que te dije.

—Sí pero qué pruebas.

—Ay, Simón...

Al Charro le volvieron las ganas de ser el mismo de antes, de no tener nada que ver con esa tontería, desentenderse para siempre en el recreo y no saber nada de mujeres. Pero la única verdad es que ya estaba enamorado como un imbécil.

—O sea que no vas a ir a comerte tu lunch con nosotros —lo conminó el Pollo en cuanto sonó el timbre del recreo.

—No.

—¿Ya andan tú y la Popotitos o qué?

—Más o menos.

Él mismo no sabía cómo debía actuar. Fue en pos de Majo y sus amigas como un perro faldero, y ella ni se dignó mirarlo. Simón sabía que si le soltaba tantito la rienda a su enojo era capaz de besarla a medio patio, ganarse un nuevo reporte por mala conducta y tal vez echarlo todo a perder para siempre. Por eso se aguantó. Porque pensó que tal vez esa ya era una de las pruebas. Y porque ya estaba enamorado como un imbécil.

Nada ocurrió esa primera tarde excepto la indiferencia de Majo. Tanto en la escuela como fuera de ella. No hubo nuevas citas. Ni siquiera una llamada telefónica. Y Simón estuvo especialmente irritable. Se vio con el Pollo y con Molina, como cada tarde, pero sólo para estar echando madres por todo. Sus dos amigos convinieron en que era mejor no verlo a verlo con ese humor de perros, así que dejaron de reunirse hasta que él y su novia tronaran.

Una semana después, Simón ya estaba convencido de que todo era una burla. Fue la primera vez que no buscó a Majo a la salida de la escuela para despedirse de ella, aunque fuese con un gesto a la distancia.

—Vámonos —le dijo al Pollo echándose la mochila a la espalda, decidido a no mirar atrás.

—¿Y la Popotitos?

—Ni me la menciones.

Pero no bien habían avanzado media cuadra en dirección a sus casas cuando fueron alcanzados por alguien.

—¡Simón!

Él se volvió con desgano.

Ella ni parecía afectada. Ni en una mínima parte. De hecho, como si el Pollo no existiera o fuera parte del paisaje.

—Si yo te digo que te voy a querer para siempre, ¿me crees?

Él se encogió de hombros.

Ella lo besó en los labios. Había varios niños en los alrededores que no dejaron ir la oportunidad de burlarse ruidosamente. Para Majo, como si fueran árboles o coches.

—¿Me crees? —dijo al separarse de él.

—Bueno.

—¿De veras?

—Sí.

—Entonces no seas tonto.

Y, dicho esto, volvió corriendo a donde estaban sus útiles, sus amigas, esperando el transporte escolar o a sus papás.

—Qué le ves si está bien flaca —dijo el Pollo.

—No sé. Me gusta.

Pero la situación no cambió en nada. Las siguientes dos semanas, como si ni se conocieran. Y a Simón eso le empezó a calar en serio. Los insomnios se agudizaron. Las tareas las entregaba mal y de malas. No se veía con sus amigos. Incluso se negó a salir con sus padres y su hermana al cine una ocasión, temeroso de perderse de una posible llamada telefónica de Majo. El ánimo le volvió a cambiar. Sentía que si no hacía nada terminaría por comprar dinamita y hacer volar la escuela, primero, y la colonia entera, después.

Afortunadamente no pasaron muchos días para que ocurriera algo que le ayudaría a salir del atorón sin tener que echar mano de excusa alguna. Un tipo de segundo grado que medía casi un metro ochenta, al que le decían el Tripa, empezó a cortejar a Majo. Y al parecer Majo no sólo lo disfrutaba sino que hasta le daba entrada. De repente andaban juntos para todos lados, en el recreo y a la hora de la salida, donde no se despedían hasta que la mamá de Majo se la llevaba en su Ford Fairmont negro y el Tripa se marchaba silbando hacia su casa. Al tercer día, enfermo de celos, Simón reventó. Sospechaba que se veían también por las tardes y eso fue mayor que sus fuerzas.

Estaban el Tripa y Majo conversando a la salida de la escuela cuando Simón fue hacia ellos. El Pollo ni se lo esperaba cuando éste le dijo que le cuidara sus lentes y sus útiles tantito. Evidentemente no le importaba un reporte o incluso salir expulsado. Hay necesidades que son tan importantes como la vida misma.

—Oye, idiota. Ya me harté que estés para todos lados con mi novia.

—¿Tu novia? —dijo el Tripa, que ya hasta podía presumir de una envidiable pelusilla encima del labio superior.

—Claro. Dile —interpeló a Majo—. Dile que eres mi novia.

—No sé. ¿Soy tu novia?

Y una sonrisa extraña se dibujó en el rostro de la muchacha. Una sonrisa que hizo que se desataran los infiernos.

—Eres mi novia —sentenció el Charro—. Y tú, déjala o te rompo la madre.

—Quiero verlo —dijo el Tripa.

—Pero no aquí. En aquella calle.

Se hizo el alboroto. La chiquillada corrió hacia el apartado lugar donde tendría lugar el pleito. Se armó el ruedo. El Tripa, al final, se acobardó. Adujo que no quería pelear con ningún enano porque se le hacía injusto pero a todos les quedó claro que era un pretexto inventado al vuelo; Simón le escupió en la ropa y el Tripa todavía optó por la paz. Simón ni siquiera se quedó a ver si Majo lo había presenciado todo. Después de lo que había padecido en las últimas semanas, como que no le importó. Agarró sus cosas y se fue, con el Pollo, a su casa. A la media hora de que había aventado la mochila, aún con el uniforme puesto, cuando estaba a media milanesa con papas, tratando de poner atención a las noticias en el radio que escuchaba su mamá, sonó el teléfono.

—En el parque que está atrás de la oficina de Correos. A las cinco —dijo Majo.

10

—¿Qué es tan importante que no puede esperar hasta mañana, cabrón?

El Pollo había estado toda la noche tratando de hacer arrancar el vocho de su hija Priscila sin suerte. Él mismo se lo había regalado al cumplir dieciséis y se sentía responsable de su mal funcionamiento. Pero en realidad no era ningún genio de la mecánica automotriz. De hecho, no era ningún genio de nada en absoluto, aunque con sus hijos siempre trataba de mantener la estampa de héroe o de salvador; y aún más desde que no vivía con ellos.

Eran las tres y media de la mañana cuando recibió la llamada. Para suerte de Simón, todavía estaba con las manos puestas en un alambre que hacía corto con la bobina y una linternita entre los dientes.

—Necesito que vengas a mi casa. Con urgencia.

—¿Te dio un infarto o algo así?

—No.

—Entonces no jodas. Ve las horas que son, cabrón.

Le colgó e intentó seguir pelando el cable. Pero no era su noche de suerte. O quizá sí. Cuestión de perspectivas. El teléfono volvió a repicar con los primeros acordes de un riff de country.

—Carajo.

—No es una broma, Pollo. Ven de inmediato.

—No es una broma pero tampoco es de vida o muerte. ¿O sí?

—Pues en cierto modo sí.

—Yo te oigo muy pinche tranquilo.

—Me corto uno si cuando sepas de qué se trata no me das la razón.

—Carajo. Ve escogiendo el cuchillo, pinche Charro.

De cualquier modo, ya había superado su nivel de tolerancia. Se esmeraba lo más posible para quitarle de la boca a Rosa el gusto de llamarlo inútil enfrente de sus hijos. Pero en esta ocasión tendría que dejarla ganar. Casi podía imaginarla. "¿No pudo tu padre con el coche, Priscila? Ah, mira, qué sorpresa." Y la sonrisa sardónica.

Se incorporó. Volvió a conectarlo todo. Aventó la tapa del cofre y, sólo por no dejar, se sentó al volante e intentó el encendido. Apenas una lucecita roja en el tablero que agonizaba con más fuerza a cada torción de la llave. Se bajó. Azotó la puerta y garabateó en un volante de reparación de lavadoras, que puso debajo del limpiaparabrisas: "Perdón, no pude. Luego te traigo un mecánico. Papá".

Sabía que Priscila no haría panchos, pero precisamente era por eso que más se había esmerado. De sus cuatro hijos pelirrojos era la única que parecía comprender todo por lo que pasaba. Tom y Lalo, los gemelos, eran todo un comando terrorista de doce años. Y Sebastián, el cuarto, que además iba en cuarto, era un sabelotodo insolente de un metro veinte. El Pollo se había divorciado de Rosa cuando Sebastián tenía cinco años, así que mucho cariño no le guardaba, apenas lo llamaba Gerardo, nunca papá; los gemelos sólo se mostraban cariñosos o tolerantes cuando les llevaba un juguete; y Priscila... bueno, Priscila, a sus dieciséis, todavía era capaz de decir: "no te apures, pa, sé que lo intentaste", como una fórmula que usaba hasta para cuando no tenía para pagar todas las colegiaturas. Y con eso, con esa frase imaginaria, se quedó en la cabeza para subir a su propio auto y conducir hacia la Narvarte sin enfermarse del hígado.

—Uta. De veras tiene que ser bueno, pinche Simón.

Lo primero que vio fue la botella de whisky sobre la nota de despedida, encima de la mesa. Simón se encontraba, sin los anteojos puestos, sentado frente a la botella con las manos entrelazadas, como si fuera a orar para bendecir los alimentos.

—Vaya. Siquiera que ya recuperaste la razón. Y además Buchanan's. Eso ya habla bien de ti.

Fue a la alacena y sacó el primer vaso que se encontró. Se sirvió directo y se lo tomó directo. Carraspeó.

—Qué.

Simón le hizo una seña para que mirara el papel. El Pollo lo volteó y comenzó a leer en silencio.

—"Pero no para morirse". Esa es buena.

Dejó el papel sobre la mesa nuevamente.

—Pues no entiendo. O sea que, aparte, ¿te tengo que ayudar a irte de este mundo? Qué poca madre.

—No. Hubo cambio de planes.

—O sea, ¿ya no te vas a colgar del techo?

—Me iba a tirar a las vías del metro, de hecho. Pero sí. Eso es lo que ya no va a ocurrir.

—Pinche Simón. Judith no era la última vieja del planeta. Te pasas.

—No jodas. ¿No acabas de leer la nota?

—Todo esto es filosofía de mercado, cabrón. ¿Que nadie te quiere? No mames. Lo estás haciendo por Judith, aunque no salga aquí en el casting. Si quieres vamos con unas putas o a ver qué inventamos.

—Ya, ya, ya...

Simón tamborileó los dedos en la mesa. Negó. Suspiró. Esperó a que el Pollo se sirviera y se tomara otro trago.

—El caso es que no me arrepentí porque haya descubierto que el alcohol es mejor salida que el suicidio. Como bien pudiste leer, esa botella era lo que te dejaba, junto con mi colección de discos.

—Sí. Bien pinche generoso, si a mí ni me gusta el metal. ¿Entonces por qué te arrepentiste? Digo, no me malinterpretes, güey. No es que no me dé gusto, pero son casi las cuatro de la mañana. Como dije: tiene que ser bueno. Muy bueno.

—Ocurrió algo.

—Qué.

—Primero me tienes que prometer algo.

—Chingá, cuánto pinche misterio.

Lo llevó, de la mano de los recuerdos, a cierta tarde, cuando eran jóvenes, en que el Pollo se negó a cubrir una apuesta. Una tarde, frente a la puerta en la que vivía con su madre y su abuelo, en ese entonces ya muerto. Una tarde que habían marcado con un separador y que ahora, al fin retiraban.

—Me lo debes.

El Pollo sabía que era cierto, pero lo mismo no cedería tan fácilmente. Lo miró con suspicacia. Apuró otro trago. Se rascó la barba, señal inequívoca de empezar a sentir algo inquietante. Pena, aflicción, nerviosismo, algo.

—¿De plano?

—Era una deuda de honor, Pollo. Y tú no quisiste. Se suponía que ninguno de los dos iba a rajarse nunca. Y tú te arrugaste. Era eso o darte una patada en los huevos.

—Lo hubieras hecho.

—Pero no lo hice. Y ahí mismo te hice jurar que si algún día necesitaba que me donaras un riñón o me sacaras de la cárcel me ibas a hacer fuerte sin hacer preguntas. No vas a salir con que no te acuerdas.

—No, pues de acordarme, sí me acuerdo. Pero güey, estábamos chavos.

—Ni tanto.

Cuajó el silencio. Y cierto ánimo de desaliento. También estaba la madrugada a la vuelta de la esquina. Y el cansancio y las desveladas no son cosa menor a los cuarenta y tantos, así haya camaradería y whisky de por medio. Pero acaso fuera más bien esa vuelta de hoja que sintieron que se avecinaba, del mismo modo en que los había tomado por sorpresa, allá en los años noventa, cuando estaban en la veintena y se negaron a seguir con un juego que todavía los hacía sentir cómodamente instalados en una infancia de mentiras que muy probablemente murió justo al momento de la renuncia, esa renuncia.

—Nunca entendí por qué te negaste. Claro, ahora lo agradezco, pero nunca entendí por qué te negaste.

Ahora Simón dio un trago al whisky, del mismo vaso en que estaba tomando el Pollo. En la calle no se escuchaba sino el rumor incierto de una fiesta a la distancia, una sirena moribunda, algún ladrido insustancial, el tráfico incipiente. El Pollo volvió a rascarse la barba.

—Pues ahí te va. La verdad encuerada. Al fin ya pasó un chingo de tiempo.

Suspiró. Tomó el silencio de Simón como una anuencia.

¿TÚ CREES EN LOS SUEÑOS?
¿CREER CÓMO?

QUE TENGAN ALGÚN SIGNIFICADO.
NI MADRES, MARCIA.

A LOS SUEÑOS HAY QUE TOMARLOS COMO VIENEN. SI SUEÑAS QUE TE APLASTA UN PIANO NO SIGNIFICA UNA DEUDA O ALGO ASÍ. SIGNIFICA ESO: QUE TE APLASTA UN PIANO.

NO CHINGUES. ¿O SEA QUE SI ANOCHE SOÑÉ QUE ME DEVORABA UN LEÓN...?

EXACTAMENTE.

—Seguro fue una tontería pero la única explicación es que me dio un buen de miedo. Tú me habías pedido que te ayudara a jugarle la broma del encajuelado a tu hermana, ¿no? Y pues yo ya estaba superentusiasmado porque, al igual que tú, siempre me cagó la Mónica y también quería que se jodiera. Pero bueno... la verdad es que cuando estábamos hablando de eso, me acordé de un sueño que tuve. Una tontería, pero en ese momento se me hizo superreal y supersignificativo. Soñé al Molina encajuelado. Te lo juro por ésta. Encajuelado, amordazado... muerto. No sé si era el coche de Mónica el de mi sueño pero sí sé que estaba el Molina encajuelado y frío como fiambre. Y que tú y yo estábamos con él de alguna manera. No me acuerdo si nosotros íbamos en el coche o estábamos en otro lado o qué onda, pero sí me acuerdo que estábamos involucrados y que teníamos mucho miedo.

—Uta...

—Imagínate si no se me hizo raro. Imagínate si no iba a preferir una patada en las pelotas a tener que encajuelar a alguien, aunque no fuera el Molina.

Volvió el silencio, apenas levemente perturbado por el motor del refrigerador, el tic tac de un reloj de pared que había olvidado Judith en su huida.

—Bueno... pues te llegó la hora de pagar, Pollo.

—Nada más te anticipo que si es una bronca de lana, ahí sí que te jodiste porque ando que no llego ni a la quincena. Debo la colegiatura de los gemelos, varias mensualidades del coche y ando corto de chamba. Además de que...

—Pues sí es de lana el favor.

—Uta.

—Pero no en el sentido en el que te imaginas.

Simón se levantó de la mesa. Lo condujo al escritorio en el que tenía la PC.

—Qué —dijo el Pollo con el vaso de plástico en la mano.

—Mira.

—Qué.

Le extendió el boleto del sorteo. Le hizo una seña para que mirara la pantalla de la computadora.

Y el Pollo leyó, número tras número tras número. Hasta completar los seis.

Dejó caer el vaso al suelo, aunque fuera Buchanan's de 18 años.

—No mames —fue lo que pudo articular.

En la calle, la sirena adquirió fuerzas, se volvió continua, irreal, una alarma de despertador increíblemente oportuna.

11

—Si se estuviera incendiando la casa y estuviéramos atrapados el Pollo y yo, a quién rescatarías primero.

—A ti.

—Y si estuviéramos tu hermana y yo.

—A ti. Y luego me regresaría a echarle más gasolina al fuego.

—Y si estuviéramos tu mamá y yo.

—La aventaría a ella por la ventana y luego me regresaría a rescatarte a ti.

Comenzó entre Simón y Majo un noviazgo de película cursi con ciertos toques medio de cine negro, algo así como si le hubieran dado el guion de *Melody* a John Carpenter o a Brian de Palma. Majo insistía en que terminarían casándose y por eso tenían que estar superseguros de que el asunto no iba a tronar. Sobre todo y principalmente por un detalle muy importante.

—Antes de que terminemos la secundaria nos vamos a acostar.

Había dictado sentencia como si fuera la única juez posible de sus destinos. Hasta sabía el dónde y el cómo, sólo faltaba decidir el cuándo.

—No quiero llegar virgen a la prepa —le dijo a Simón una vez, tirados en el pasto del parque donde siempre se veían.

Y a Simón le pareció lo más natural del mundo. Incluso se lo confió al Pollo y éste, aunque celoso al principio, después se encargó de que supiera todo lo que había que saber, incluso le consiguió condones y le prestó algunos libros más explícitos que la colección porno del abuelo. De cualquier manera, para llegar al día de la "prueba definitiva", como la llamaba Majo, había que pasar por otras pruebas. Y ahí es donde John Carpenter metía la mano hasta el codo y se regodeaba en ello. Por ejemplo, la vez que Majo aventó un chicle recién masticado a la espalda de la maestra de Biología mientras ésta dibujaba en el pizarrón la tarea para la siguiente clase.

—¿Quién fue? —se volvió completamente hecha una furia.

Y, como suele ocurrir en esos casos, primero impera cierto modelo de ética grupal donde todos esperan que el culpable se delate a sí mismo antes que tener que delatarlo. El nivel de tensión es muy similar al que operaba en la Edad Media cuando la inquisición pedía, antorcha en mano, que se le señalase una bruja de entre varias candidatas, incluyendo niñas y viejitas.

—¡Dije que quién fue!

Para mayor sazón de la travesura de Majo, ella sabía que todos, con excepción de los de las filas de adelante, la habían visto perpetrar el crimen, pues se había puesto ligeramente en pie para no errar. Y hay que decir no sin cierta admiración que, de haber estado en un juego de feria, se habría llevado a casa el peluche más grandote.

La profesora supo que tendría que escalar al siguiente nivel, donde la ética grupal podría comenzar a fisurarse.

—Dime, Roxanna, ¿quién fue?

—No vi, maestra.

—¡Cómo no vas a ver! ¿O no estás copiando la tarea del pizarrón?

—Sí, pero de veras no vi, maestra.

—Gerardo Flánagan. Quién fue.

—Yo tampoco vi, maestra. Se lo juro.

La profesora negó, malhumorada. Se empujó los anteojos con el índice. Fue a su escritorio y abrió la lista.

—Voy a empezar a poner ceros en el periodo.

Una mirada sutil de Majo a Simón y estaba hecho. El infeliz comprendió que era una de esas casillas que tenía que avanzar en el tablero del juego siniestro inventado por Majo para poder ser llevado, al final del curso, a la casilla con el letrero "Felicidades: eres el primero de todo 3º B en tener sexo real".

La maestra puso un dedo en la lista, al azar, y preguntó.

—Mariana Suárez. Por tu calificación en el periodo, dime quién fue.

La escuincla ocupaba un lugar de la última fila. Se puso de pie. Sudó frío. Tartamudeó. Para su fortuna, la salvó una voz a pocas butacas de distancia.

—Yo fui, maestra.

Una involuntaria exclamación de asombro surgió de las cuarenta y ocho gargantas que conformaban el alumnado. Bueno, en realidad, ese peculiar sonido, parecido al que emite la audiencia en un circo cuando el trapecista está a punto de caer, salió sólo de cuarenta y siete gargantas. Majo, en ese momento, miraba al interior de su mochila, como buscando cualquier cosa cuando en realidad ocultaba su sonrisota de la vista de todos.

Suspendieron al Charro cuatro días, pero sobrevivió. Cuando volvió a la escuela, Majo lo citó por primera vez en su casa, un inmueble de dos pisos, jardín y cochera en una calle de Circuito Navegantes. Simón se presentó puntual en la tarde y Majo, con el pretexto de un trabajo de equipo, se lo llevó a su cuarto después de presentarlo a la carrera con su mamá.

—Este es tu premio —le dijo. Y, justo después de ponerle seguro a la puerta, se quitó la ropa sorprendentemente rápido.

Simón pudo comprobar algunos hechos que ya había imaginado. Majo era igual de blanca por todas partes. Ya tenía senos, lo cual era de agradecerse, pues Simón había temido que, dado que había mucha distancia entre su novia y las mujeres de las revistas con las que se había estado entrenando, a la hora de la verdad tuviera problemas de erección. También pudo constatar que sus muslos apenas engordaban llegando al pubis, y pensó sin querer en el apodo que le había puesto el Pollo. Notó asimismo que ya tenía vello donde había que tenerlo. Y pudo, finalmente, confirmar que sus temores de sufrir de impotencia pueril eran completamente infundados: la sola imagen de Majo desnuda le produjo una feliz y dolorosa erección en toda forma.

—Van a crecer —dijo Majo mirándose el pecho—. Y también se me van a agrandar las caderas, estoy segura, porque mi mamá tiene cadera.

Simón creyó que era lo que correspondía y se quitó también la ropa. Casi con la misma velocidad.

Majo sonrió.

—¿Te gusta lo que ves, Simón?

—Sí. ¿Y a ti?

—También, pero si das un solo paso te doy con un zapato. Y donde más te duela.

Bueno. Era un avance. Simón sabía que aún no llegaba a la última casilla del tablero, por eso no se molestó. Hicieron la tarea sin siquiera incurrir en besos o manoseos, luego vieron la tele y, finalmente, se despidieron. Como los novios más *Melody* de toda la historia de las historias empalagosas.

Y el juego siguió.

Una o dos semanas después ocurrió algo nuevo, pero que no tomó por sorpresa a Simón en lo absoluto: una chava de segundo le llegó. Así, sin más, en pleno recreo, se acercó a él y le dijo que le gustaba y que si quería ser su novio.

—Te pagó Majo.

—¿Qué?

—Sí, no te hagas. Te pagó Majo. María José Tuck. Una niña de tercero.

—Estás loco.

Una niña bastante guapa. Más guapa al menos que Majo. Y se lo pidió enfrente de todos: el Pollo, el Molina, Luis Méndez y otro que andaba por ahí.

—O sea, ¿quieres o no quieres? —dijo la niña.

—Qué te pasa, pinche Charro —lo urgió el Pollo—. Una oportunidad como esta no se desaprovecha.

—Es que tengo novia —dijo en su defensa, mirando a la chava.

—Truena con ella y anda conmigo. Ándale.

—No te hagas, te pagó Majo.

—¿Quién es Majo? ¿Tu novia? ¿Y por qué me iba a pagar por llegarte? No seas menso.

Lo tomó de la mano. Pero, por alguna razón, supo el muy ladino que se trataba de una prueba más.

Y lo era.

Su premio, esa misma tarde, fue poder tocar lo que había presenciado días antes. Le gustó. Sobre todo porque ella también quiso tocar. Y ese sentimiento de abandono que lo había acometido el primer día que se besaron se hizo patente de una manera incontenible, físicamente insoportable. La quiso besar así, desnudos, y ella lo cacheteó.

—Todavía no.

—Chale.

Al igual que la otra ocasión, se vistieron y se portaron como personajes de teleserie animada. La señora les sirvió galletas con chocolate y té frío. Y lo único que le llamó la atención a Simón de ese primer contacto con la mamá de Majo fue que era una persona triste e inexpresiva. Bonita pero con una poderosa carga de melancolía.

Hubo algunas pruebas todavía, a menos de un mes de los exámenes finales. La más digna de mención es cuando ella le pidió a Simón que la acompañara a Plaza Satélite y, mientras pasaban por el puente subterráneo para cruzar la autopista, Majo se robó un par de chocolates Pancho Pantera de uno de los puestos que se ponían en el pasaje. El puesto lo atendía un grandulón al que le faltaban tres dedos de la mano izquierda. Ella pudo correr. Simón no. Quién sabe si tomado por sorpresa o porque sabía que con Majo todo era una prueba, el caso es que fue capturado por el grandulón que, afortunadamente, se conformó con zarandearlo, cobrarle, y propinarle una buena patada en el trasero. Esta vez, no obstante, no hubo más premio que una barra de chocolate, probablemente porque Majo parecía estar afinando nada más los detalles de su veredicto final. Después de esa prueba ya todo fueron cuestionamientos verbales.

Si de grandes se te antoja otra mujer, qué harías. Si me enfermo de gravedad. Si tú te enfermas de gravedad. Si me pongo gorda como balón. Si somos muy ricos. Si somos muy pobres. Si yo quiero ponerle Pascacio al primero de nuestros hijos.

Si no puedo tener hijos. Si no puedes tener hijos. Si te pido que me acompañes al Amazonas. Si me da por esquiar en la nieve. Si ronco. Si roncas.

Simón empezó a pasar las tardes completas en su casa. A veces llevaba al Pollo por abierta invitación de Majo (si no me caen bien tus amigos, si no te caen bien mis amigas). Y más allá de que el pelirrojo no dejaba de decirle Popotitos incluso en su cara (ella le decía Gordo cabeza de cerillo), parecía que el asunto de la incompatibilidad con terceros había quedado zanjado. A veces veían la tele los tres, a veces leían historietas de La pequeña Lulú o Archie, a veces jugaban baraja o Turista, a veces el Pollo simplemente se disculpaba y se marchaba antes que Simón para que éste pudiera tener sus quince minutos diarios de cachondeo en el sofá del cuarto de la tele, espacio al que nunca subía la mamá. O al menos nunca sin hacer ruido. Al señor, por cierto, nunca le vieron ni el polvo, aunque Majo tenía una fotografía de él en su cuarto, joven y sonriente. Majo decía que siempre estaba de viaje, aunque la única vez que lo mencionó, dijo que lo quería con todo el corazón y que sería capaz de dar la vida por él, circunstancia que utilizó para hacer la pregunta de rigor.

¿Darías la vida por mí?

Majo tenía una curiosidad por toda clase de asuntos poco usuales que igual rayaba en el encanto como en el enfado. Adoraba a dos poetas chilenos, Pablo Neruda y Nicanor Parra. Se sabía los 20 poemas de amor al derecho y al revés. Igualmente no podía dejar pasar una noche sin luna para subirse a ver las estrellas con un telescopio que era su mayor orgullo. Le encantaban las novelas de piratas y tenía cierta fijación con el mar puesto que, a sus catorce, aún no lo conocía. Era la única niña de su edad que conocía y disfrutaba la música de Violeta Parra, Pablo Milanés y Silvio Rodríguez. Y era absolutamente incapaz de comer pasas, nueces o piñones. Si se encontraba uno en algún pedazo de tamal o de pastel, le daban arcadas de vómito ahí mismo y tenía que correr al baño. Todo lo que oliera a milicia le producía una reacción parecida; era el único momento en el que se le salían las groserías como accionadas por un resorte. Pinches milicos de la mierda, decía y callaba.

A las dos semanas de que terminaran las clases, cuando Simón tenía quince y ella estaba a punto de cumplirlos en verano, citó al Charro en el parque de siempre. Esta vez con una Kodak 110. Tres días antes le había dado el veredicto final de las mentadas pruebas y, aunque había aprobado "con mención honorífica", Simón aún sentía que restaba algo. No por esa pregunta que Majo había preferido no hacer por miedo a su posible respuesta, sino porque todavía no le ponía fecha a lo único que estaba aguardando —como buen adolescente— que ocurriera lo antes posible.

El parque de siempre y una cámara Kodak.

—Quiero guardar un recuerdo de cómo éramos antes de.

—Antes de qué.

—Antes de crecer.

Se lo dijo con los ojos a cinco centímetros de los suyos, hambrientos, luminosos. Fue el primer y único momento en que Simón, después de esos cuatro meses, pudo sentir que era cierto, que no era un capricho de Majo, que en verdad estaba enamorada. Ni siquiera lo había sentido tres días antes, cuando le confió su "veredicto" y lo calificó con un 9.8. No. Ese fue el primer y único momento en que él mismo sintió que, de ser sometido a todas sus preguntas de nueva cuenta, ya no respondería desde la estudiada necesidad de contestar correctamente sino desde la víscera, desde el alma. Claro que daría la vida por ti. Hoy y siempre. Faltaban quince días para que terminara el tercer año de secundaria. Y Simón sabía lo que brillaba en el horizonte y por qué, según Majo, crecerían irremediablemente. Se sentía ansioso, dolorosamente feliz, indefenso, con ganas de correr hasta hundirse en el mar o hasta ser fulminado por un infarto. Le apretó con todas sus fuerzas la mano mientras un señor que paseaba a su cocker spaniel les tomaba las tres fotos que quedaban en el rollo de veinticuatro.

Él llevaba una playera de Tom y Jerry, pantalones de terlenka, zapatos decatlón de cuatro franjas; ella llevaba la falda de la escuela, las calcetas de la escuela y los zapatos de la escuela, pero además una blusa azul de tirantes y el cabello suelto. Y una perenne sonrisa que contrastaba con la orfandad que se cargaba el Charro para todos lados.

Ese mismo día se lo dijo, cuando llevaron el rollo a revelar.

—El último viernes de clases mi mamá cree que vamos a ir a celebrar con el grupo, así que se va a ir con una tía mía. Y no va a volver hasta la noche. Podemos hacerlo donde queramos, aunque yo preferiría que fuera en el cuarto de mis papás, porque la cama es bien grande y el colchón rebota bien padre.

12

Desde el lunes previo se estuvo preparando. Naturalmente, le dijo al Pollo y a Molina que lo ayudaran. Se deshizo de sus ahorros para comprar más condones, vitaminas, loción, ropa supuestamente sexy y hasta un casete de música romántica, que traía éxitos de The Commodores, Air Supply y otros por el estilo; Molina no tuvo ningún empacho en fingir que le daba un ataque en la alfombra cuando escucharon la selección completa, reacción extraña pero completamente justificada. Para entonces el tercer mosquetero ya se estaba abriendo a su sexualidad y mostraba una aversión exagerada por todo lo que le pareciera cursi. Comenzó a vestir sólo de negro y empezó a leer libros de terror.

En todo caso, Majo también quería que la experiencia fuera perfecta y le dedicó tiempo y dinero. Se aprendió a maquillar, apartó un poco de Chanel y compró medias de nylon para usar ese día con unos tacones de su madre; también se encargó de fingir que rompía una botella de vino de la cava de su mamá por accidente cuando antes ya había vaciado la mitad en una cantimplora. Se hizo de su propio casete de música romántica en español. Y leyó todo lo que encontró en su casa, en la biblioteca de la escuela y en la casa de una amiga cuyo padre era médico, respecto a la reproducción humana. Se hizo de varitas de incienso, filtros para las lámparas y planificó el agasajo culinario: además del vino, serviría espagueti, chocolate amargo, bombones y uvas sin semilla con polvitos de chamoy marca Miguelito.

En la escuela no hubo contacto entre los dos enamorados. Majo se encargó de ser por completo indiferente a Simón. Y si éste no hubiera aprendido a conocerla en los meses anteriores, seguro hubiera caído a un barranco emocional sin fondo. Pero comprendía que todo lo hacía ella para incrementar el apetito hasta el máximo posible; era una maestra del control y comenzaba a disfrutarlo. Por otra parte, ambos habían conseguido pasar todas las materias, así que podían dedicarse a desearse a grados enfermos. Al menos en lo que correspondía a Simón y que es lo que podía constatar el Pollo.

—Te recomiendo que no te masturbes más de tres veces al día o vas a tener problemas para cumplir cuando llegue la hora.

—El león cree que todos son de su condición.

—Ya te dije, Charro.

—Estoy en perfecta forma.

—¿Ya le dijiste que si te da chance de tomar fotos?

—No va a haber fotos. No insistas, güey.

—Es con fines meramente científicos, pinche Simón. Yo lo haría por ti.

—Ajá, güey.

Fueron días en los que no hablaban de otra cosa mientras Molina forzaba una actitud negra y ominosa.

—Di algo, Drácula. A poco no te da envidia —lo molestaba el Pollo.

—Algo.

—"Algo". No mames. Yo lo único que no le envidio es que lo vaya a hacer con la Popotitos. Pero igual lo va a hacer y eso ya está cabrón.

Fueron días en los que, por alguna razón, se sentían los tres, sin poder explicarlo, como si estuvieran a los pies del inevitable derrumbe de la montaña de su infancia. Un desplome que retumbaba a sus espaldas y del cual sería imposible escapar. Pero ninguno decía nada. Simplemente aceptaban, o acaso añoraban, que con la pérdida de la virginidad de uno comenzara para los tres eso que llaman edad adulta y que necesariamente es mucho más chingón que todo lo que has vivido antes. Sexo, cigarros, alcohol, fiestas, la prepa, el inicio del resto de tu vida.

La cita era a las cuatro de la tarde el viernes, en la casa de Majo en Circuito Navegantes. El Pollo le pidió a Simón poder acompañarlo hasta la Y griega donde debían separarse, frente a Plaza Satélite. Había quedado de ir al cine con varios del grupo. *El Imperio Contraataca* era, en cierto modo, también un plan perfecto para el fin de la secundaria y el inicio de las vacaciones largas más estupendas de toda tu vida.

—Oye, y después de hoy, seguro lo van a hacer diario, ¿no?

—A lo mejor.

—No te acabes los condones, pinche Charro, deja algo para después.

—Bueno.

—Qué envidia, güey.

—Gracias.

Se había vestido de acuerdo a la ocasión. Según él. Y ni quién pudiera reprochárselo. Un poco a lo Travolta pero también a lo David Cassidy. Se puso los zapatos que sólo usaba

¡MAMÁ! ¿CON QUIÉN PERDISTE TÚ LA VIRGINIDAD SI NO FUE CON MI PAPÁ?
¿QUÉ CLASE DE PREGUNTA ES ESA? ¿CÓMO SABES QUE NO FUE CON TU PAPÁ?
AY, MAMÁ...

QUÉ TE IMPORTA. ¿YA ACABASTE DE CENAR?
¿TE GUSTÓ?
¡QUE TE ACABES TU CENA, TOMY!

¿FUE LIGHT O ACÁ, HARDCORE?
¡TOMÁS!

TIENE RAZÓN JUVENTINA. LA VIRGINIDAD ES COMO UN MUNDIAL DE FUTBOL. ANTES DE QUE LLEGUE PARECE LO MEJOR DEL MUNDO, PERO CUANDO YA PASÓ, NO QUIERES QUE NADIE TE LO MENCIONE.

para las bodas o primeras comuniones a las que lo obligaban a ir sus papás, y eso que le apretaban de la punta. El aroma de su loción atrajo a algunos perros, que tuvieron que espantar él y el Pollo a pedradas. Pero no cabían en sí, esa es la verdad. Los dos por igual. Se despidieron en la Y griega dándose la mano, cosa que nunca hacían. Estaban tan acostumbrados a verse que ya ni siquiera se saludaban. Pero ésa era una ocasión especial. Muy especial. Era como despedir a un amigo que va a la guerra. Una guerra de la que no se puede volver sino victorioso.

Simón llamó al timbre de la casa de Majo chorreando sudor. Palpó los condones al interior de su pantalón apretado. El casete. Las flores que arrancó en el camino.

Se abrió la puerta interior pero nadie asomó la cara, evidente invitación a pasar. Simón metió la mano a través de la reja y corrió el pasador. Atravesó el jardín.

Al entrar a la casa, se encontró con un caminito de pétalos de rosas. Cerró la puerta y se dejó conducir al piso superior, donde habían sido echadas las persianas, consiguiendo un efecto crepuscular en el cubo central. El cuarto de los papás de Majo era el único con la puerta entornada. La empujó. Ahí, la cama había sido arrinconada, una cobija había sido echada sobre las persianas, así que el efecto era más nocturnal en esa pieza; sonaba música suave y había sido improvisada una comida/cena para dos sobre una mesita de juego con un mantel verde de raso y platos de porcelana, copas y vino vertido en una botella familiar de Coca-Cola. Al lado de la cama, con un vestido negro corto, zapatos de tacón, medias y el cabello rizado, Majo sonriente, Majo lipstick, Majo rímel, Majo Chanel.

Simón se imaginó a sí mismo contándole al Pollo. Y ahí estaba ella, no tienes idea cabrón, tan sexy que pensé que si no lo hacíamos en ese momento y ahí sobre la alfombra, me iba a morir de un infarto. Y era cierto. Aventó las flores a la cama y fue hacia ella. La miró. La besó. Ella se dejó y, luego, lo empujó con suavidad.

—Primero comemos y vemos la tele, ¿sale?

—¿Y si llega tu mamá?

—No llega.

Literalmente se bajó de los zapatos de su mamá, le venían grandes. Pero a Simón no le importó. De hecho, hasta lo prefirió. No le agradaba que ella fuera más alta que él, ni siquiera por un centímetro.

Tomaron vino y no les gustó, acabaron por ir a la despensa y echar en las copas jugo bonafina. El espagueti sí estaba delicioso y dieron cuenta de él sin problema. El chocolate, los bombones y las uvas quería guardarlos Majo para el momento de la verdad. De postre hubo pan tostado con cajeta.

Hablaron de la escuela pero no del futuro. Majo seguía sin saber a qué prepa iría; Simón, por el contrario, ya había entregado papeles en el Bachilleres Satélite. Les divirtió recordar algunos momentos del pasado inmediato como si fuera algo que hubiese acontecido hacía un millón de años. Criticaron a sus compañeros, hicieron planes para irse juntos todo un fin de semana a Acapulco, se besaban esporádicamente. Corrió el casete de Majo completito; el de Simón lo guardaron también para el momento de la verdad. Al final de la comida, ella sentenció que verían la tele, que en el canal cuatro pasaban siempre películas de Tin Tan o de Resortes. Simón se quejó amargamente pero, para su fortuna, pasaban una de vampiros de Abel Salazar. Antes de sentarse encima de la cama y encender el armatoste de bulbos, volvió a hacer su lucha.

—Mejor de una vez. ¿Y si llega tu mamá?

—No llega.

Hubo, de todas maneras, un par de conatos que ella refrenó. No dejaba de decirle que su mamá llegaría hasta las nueve de la noche porque a esa hora pasaría su papá por ella a casa de su tía.

—Además, mi mamá quedó de llamar cuando vinieran para acá, para asegurarse de que yo ya hubiera llegado. Así que, aunque llamara ahorita, todavía tendríamos como una hora para hacer lo que queramos porque mi tía vive hasta casa de la fregada.

Simón se tranquilizó tan sólo por las posibilidades que le ofrecía el futuro. Hubiera querido decirle que podían hacer el amor en ese instante y luego después de la película y luego después de otra película si quería, pero tampoco quería arruinar el momento. En su opinión, el futuro estaría repleto de esas y más luminosas posibilidades, se veía aprovechando cada minuto a solas con ella, ya fuera en su casa o en la propia, incluso llegó a fantasear con hacerlo en el cine o hasta en algún rincón oculto de la nueva escuela, a la que tal vez podrían asistir juntos. El chiste era traspasar la línea. Y se callaba todo sólo por el miedo a arruinarlo.

Pero ni siquiera dependía de él. Fue cuando ya estaban en ropa interior los dos, besándose a mitad de las caricaturas de la Pantera Rosa, cuando la noche natural había suplantado a la artificial, cuando todo era cuestión de avasallar la última frontera, extender la mano, ponerse el condón (había estado practicando), dejar salir días, semanas, meses de jubilosa tensión como un estallido... que ocurrió.

Llamaron al timbre exterior. Larga y sostenidamente.

Se detuvieron. Se miraron.

—No te detengas —dijo ella—. Ha de ser un vecino.

Siguieron y el timbre volvió.

—Carajo —dijo ella.

—Hay que esperar a que se vayan —dijo él.

Y esperaron. Pero no se fueron. De hecho, llamaron con más insistencia. Entonces se escuchó, a la distancia, pero con claridad, un grito.

—¡Simón! ¡Sal tantito!

—Uta. Es el Pollo —dijo él.

—¿Le dijiste que ibas a estar aquí?

—Pues sí. Qué tiene.

—No vayas.

—No. No voy a ir. No ha de ser importante.

—¡Güey! ¡Es importante! —se alcanzó a escuchar, a la distancia, la descarada voz del destino.

—Chingada madre —dijo Simón. Y se puso de pie.

Corrió al cuarto de Majo, que es el que tenía vista a la calle, y se asomó a la ventana. Ni siquiera le preocupó mostrar el torso desnudo. El sol ya se había ido por completo y apenas lo alumbraba un poco el farol más próximo, pero en realidad lo que quería era no retrasar más aquello por lo que había esperado, no sólo desde que llegó a la casa de Majo oliendo mucho a loción, sino desde aquel primer beso en el parque. Por ello se asomó encuerado sin importarle nada ni nadie.

—¡Qué!

Ahí estaba el Pollo, con las manos en la chaqueta, con aire de consternación.

—Le rompieron la madre al Molina.

—¿Cómo que se la rompieron?

—Sí, güey. Un ojete con el que se ha estado juntando. Se la rompió. Él y otros dos.

—¿Y qué quieres que yo haga?

—Que vayamos a rajárselas a esos culeros.

—¿Ahorita?

—Mañana se van de campamento los cabrones. Me dijo el mismo Molina. O sea que si no es ahorita sepa la madre cuándo podría ser.

—¿Qué tanto se la rompieron o qué?

—Mala onda. Dos huesos rotos. Ahorita está en el hospital.

A partir de ese momento todo fue como si se abriera un hoyo en la tierra. Simón no supo qué otra cosa hacer; quiso consolarse repitiéndose a sí mismo que el futuro era suyo y de Majo. Que no tenía por qué ser a fuerzas en ese momento. O al menos eso es lo que creía. Y por eso se atrevió a ese chapuzón de agua fría, esa explosión de cristales, ese grito a todas luces sacrílego.

—Ay, Simón…

—Perdóname.

Dijo mientras se vestía a la carrera. El saxofón de Henry Mancini en la tele hacía su mejor esfuerzo por que no se resquebrajara el momento, incluso las risas grabadas parecían confabuladas en esa intención, era como si dijeran esto no puede ser, no ven que es su último pedazo de infancia, pendejos, es el jazz pero también es la alegría, y quién sabe si se pueda repetir idéntico, a lo mejor no. A lo mejor no. Lo más seguro es que no.

Majo lo presintió. De hecho, sacó lo que pensaba que sería el toque final de la noche, la foto en la que aparecían los dos tomados de la mano, la blusa azul de tirantes y la playera de Tom y Jerry. La idea era extraerla del cajón cuando ya se despidieran. Pero quién sabe si no había llegado ya ese momento. La cortó con unas tijeras y le dio a Simon el pedazo donde ella aparecía.

—¿Y esto qué?

—Por si ya no nos vemos.

—No manches. Qué jalada. ¿De dónde sacas eso? Voy y regreso. Es aquí cerquita.

—Igual ten.

Se la guardó él en la bolsa trasera del pantalón. Le dio un beso a Majo y se echó a correr por las escaleras, pasando por encima de un caminito de pétalos de rosa. Se unió al Pollo y, como pudo, le sacó la verdad: que al salir del cine había querido pasar a casa del Molina a ver qué hacía, que lo encontró detrás de un árbol, entre su casa y la banqueta, chillando, porque le habían roto la madre. No se atrevía a entrar a su casa para que sus papás no lo regañaran. El Pollo intervino, consiguió que su mamá llamara un taxi y se lo llevara al seguro. Que los culpables eran un tal Guillermo y otros dos de su escuela.

No lo pensaron mucho o mejor habrían ido a conseguir ayuda, tal vez los gemelos Barba, tal vez otros compañeros de la escuela. Pero la sangre a veces habla más fuerte que toda la estridencia del mundo entero. Llamaron a la puerta de Guillermo, le pidieron que saliera, lo retaron, le dijeron que fuera por sus cuates porque les iba a tocar a los tres. Guillermo sólo dijo que ellos debían ser maricas también por defender a un marica. Eso calentó los ánimos. Simón se le fue encima ahí, frente a su casa, salió el papá y un hermano mayor, los tres contra los dos escuincles, que terminaron sometidos, con las narices reventadas y llorando ambos. Llegó la patrulla, no hubo cargos, los dejaron ir. La noche se encargó de limpiarlo todo.

Pero ni Majo ni nadie en su casa contestó el teléfono hasta las once de la noche, hora en que Simón claudicó, empiyamado, herido y chamagoso.

El sábado lo castigaron por andar de peleonero y no pudo salir a ningún lado. El teléfono tampoco fue consuelo alguno, nunca pudo comunicarse con nadie. Le quiso encargar al Pollo que fuera él a buscar a Majo pero éste tampoco tenía permitido salir a ningún lado. El lunes, primer día oficial de vacaciones, una vez que le levantaron el castigo, corrió hasta la casa en Navegantes. No eran ni las nueve de la mañana. Pero nadie le abrió la puerta. Se brincó la barda y se asomó a las ventanas, a golpear en el vidrio con una moneda de cinco pesos. Nadie. Nada.

Se sentó en el jardín a esperar a que alguien entrara o alguien saliera. Sólo se apartó de ahí para comprarse unas donas Bimbo y un Orange Crush. Estuvo haciendo pipí en el jardín. Pero nada. A las nueve de la noche se regresó a su casa.

El martes lo mismo.

El miércoles igual. Pensó que Majo no tenía madre por no decirle que se iban a ir de vacaciones el mismo día que estuvo con ella. Y así lo pensó. "Qué poca madre, pinche Majo."

El jueves decidió que no tenía caso y se quedó en su casa, llamando cada media hora. Igualmente esperando que el teléfono sonara cada media hora. Odió por primera vez y para siempre a la Pantera Rosa.

El viernes se fue a casa del Pollo y ahí se enteró, justo una semana después, de por qué se la habían rajado al Molina.

—¿Lo besó? ¿Cómo que lo besó?

—Pues sí, cabrón. Lo besó al Guillermo. De repente. Estaban jugando tochito y lo besó. Él mismo me lo contó antier.

—¿O sea que es joto el pinche Molina?

Estaban en el cuarto del Pollo, uno echado sobre la cama sin tender, el otro tratando de hacer funcionar un jueguito Mattel de beisbol que se habían encontrado una vez a la salida de la escuela. Los ojos de Johnny Cash y Willie Nelson, en las paredes, los escrutaban.

—Qué cosas, ¿no?

—Qué pinches cosas. ¿Y cómo te lo dijo o qué onda?

—Llorando, güey.

—Puta madre.

Willie y Johnny no dejaban de sonreír. Lo mismo que Enrique Borja, quien también ocupaba una pared. Luke Skywalker al menos mostraba más respeto y sólo esgrimía su espada láser, seguramente más preocupado por que llegara algún cabrón del lado oscuro a hacerle pasar un mal rato que por las vicisitudes por las que tiene que pasar la amistad en la adolescencia para acrisolarse y mantenerse de una pieza.

—Luego le hablo.

—Bueno.

A las tres semanas a Simón se le hizo que era mucho para vacaciones pero igual no perdió las esperanzas. A las cinco semanas esas mismas esperanzas se volvieron bestias devoradoras de carne humana y le robaron la tranquilidad y el sueño. Se sorprendio él mismo llorando a media noche. Cuando al fin le contestaron el teléfono fue cuando ya había recibido la primera boleta de calificaciones en el Colegio de Bachilleres plantel Satélite y el sueño y la tranquilidad habían vuelto por sus fueros, poco a poco y sin hacer desmadre.

—¿Y no le dijeron a dónde se mudaron o qué onda?

—No, joven, ya le dije que yo apenas renté. Si quiere hable con el dueño de la casa. A lo mejor él puede decirle.

—Okey. No se apure. Gracias.

Echó la foto de Majo al interior de un libro que se prometió nunca abrir de nueva cuenta pero que igual nunca dejó atrás en ninguna mudanza el resto de su vida. Ni él ni el Pollo jamás hicieron mención de su frustrada pérdida de la virginidad. Mucho menos si estaban con el Molina. Se empezó a obsesionar con el Heavy Metal. Hubo un momento, cuando estaba en segundo semestre de la preparatoria, que se sorprendió viendo con malos ojos a Olivia Salcedo, una compañera que iba también en la secundaria 17 pero en el grupo E. Había embarnecido de la mejor manera. "Voy a invitarla a ir al cine, a ver qué me dice."

Tres novias después perdió la virginidad. No hubo uvas con Miguelito ni música de Pablo Milanés ni preguntas raras. Y tampoco le pareció la gran cosa. Pero es cierto que, durante mucho tiempo, él mismo me lo confesó, mientras tenía relaciones sexuales, pensaba en las películas de vampiros de Abel Salazar para aguantar la erección el mayor tiempo posible.

13

—¿No es una broma?

—No. Es la página oficial.

—No jodas. ¿572 millones de pesos?

—Menos impuestos.

Hubo una pausa en la que repentinamente cupo el tiempo en toda su vastedad, el big bang resonando en la nada, la creación de las estrellas, los sistemas planetarios, la Tierra y sus océanos y sus volcanes, los protozoarios, los dinosaurios, el cromagnón, los egipcios, la peste bubónica, la revolución industrial, el telégrafo, la tele, las computadoras, el Pollo mirando a Simón, buscando en dónde, en qué parte de su cuerpo y de su mente, podría acomodar lo que se evidenciaba ahí, frente a sus ojos, y que, a diferencia del tiempo y su inmensidad, no cabía en absolutamente ningún lado.

Luego, simplemente, se puso a brincotear por todo el departamento.

—¡Güey! ¡Güey! ¡Güey! ¡Güey! ¡Güey! ¡Güey!

Como un estúpido conejo.

Cuando advirtió que Simón no brincoteaba con él se detuvo, rojo de euforia, sudoroso, feliz.

—Güey, pellízcame. Esto es lo más chingón del universo.

Simón le dio una buena bofetada.

Pero el Pollo no reaccionó. Tenía la mente puesta en azul, azul mar, azul mar y azul cielo, un yate blanquísimo rompiendo apenas la monotonía de ese azul, un yate blanquísimo y cerveza fría, música country y muchas muchachas desinhibidas sobre cubierta. Entonces sintió el golpe, unos tres o cuatro segundos después. Se tardó un poco más en volver, en recordar que estaba ahí, en un departamento de la colonia Narvarte y no ordenando un coctel de camarones y otra cubeta de Victorias. Sí, estaba ahí. Pero no, no era un sueño. Siguió sonriendo como un imbécil mientras se sobaba el golpe en la mejilla. Resopló. Tomó del whisky a boca de botella.

—Uta, me cae que voy a llorar, ca...

Luego, como si lo echaran por la borda. De repente lo vio todo claro. O creyó verlo.

—Qué poca madre. Ya sé lo que me vas a pedir.

Simón estaba echado sobre el sofá. Su rostro no era precisamente el de alguien que ha resuelto sus problemas económicos definitivamente.

—Qué.

—Qué poca madre tienes, pinche Charro. Son 572 millones. Hazme fuerte con uno siquiera.

—De qué hablas, pinche Pollo. Ese no es el punto.

—¡Claro que es el punto!

—Güey, me cae que por mí quédate con la mitad. El asunto es otro.

—¿Lo dices en serio?

—Sí, porque ya te dije. El asunto es otro.

El Pollo se fue a sentar a su lado. Le hormigueaban las manos por la excitación, por la sobredosis de adrenalina. Aún le costaba trabajo sacarse de encima la imagen: él con anteojos oscuros y botas y sombrero vaquero, y nada más encima, pescando marlines en el Pacífico.

—No te entiendo.

—Es sólo dinero, güey.

—¿Es sólo dinero? Qué te pasa, idiota. Es TODO el dinero.

—Sí, pero ahí está el meollo del asunto. Y aquí es donde vas a hacerme fuerte con tu promesa.

—Me cae que no te entiendo.

Simón se puso de pie. Comenzó a hacer ochos en la estancia, yendo y viniendo, comiéndose los padrastros de los dedos. Súbitamente, se detuvo. Se pasó ambas manos por la cara. Se sentó ahora en una de las sillas del comedor.

—Lo decidí en cuanto verifiqué por décima vez que no era un error, que los números concordaban. Pero creo que, para serte sincero, es algo que supe desde antes, sólo que no tenía las fuerzas ni el ánimo ni la convicción. Ahora, en cambio, estoy seguro de que vale la pena intentarlo.

—Qué.

Simón no lo miró, probablemente porque sabía que en realidad hablaba consigo mismo. Eso mismo que ya se había repetido en su mente.

—Pollo, sé sincero. Si pudieras escoger una vida, cuál escogerías.

—Pues...

—No, no es la del millonario. Se le parece pero no es. Es la del güey más feliz, ¿no es cierto? A lo mejor es la del tipo que vive de dar conciertos country, pero no es la del millonario. ¿Me equivoco?

—Bueno... es que...

—El asunto es que en estos días, despues del megabajón que me dio lo de Judith, estuve pensando qué haría yo distinto en mi vida, o tras de qué iría si con eso pudiera asegurar mi felicidad. Y creo que di con la respuesta.

—¿Antes de que vieras los resultados del sorteo?

—Antes, sí. Pero la verdad no le di importancia. No tenía ganas más que de aventarme a las vías del metro, eso era lo único que ocupaba mi cabeza. Pero ahora...

—¿Y qué chingados es?

—Ahorita te digo, pero primero lo primero.

Tomó la botella de whisky y le dio un trago. Luego, se la pasó al Pollo.

—Primero brindamos, claro —exclamó el pelirrojo, poniéndose también de pie.

—No. Primero te preparas para el guamazo, porque aquí es donde pagas la patada en los huevos que nunca te di. Y te juro que va a ser más o menos de la misma intensidad, así que dale un llegue al Buchanan's.

—Puta madre —dijo el Pollo. Hizo bajar por el gañote dos buenos tragos de malta. Carraspeó. Tosió un poco. Se aseguró de estar bien plantado en ambos pies, como si en verdad fuera a recibir un impacto en la entrepierna.

—¿Listo?

—A ver...

Simón se aseguró de que los dos ojos azules de su amigo estuvieran bien fijos en los suyos, rojos de falta de sueño, castaños de nacimiento.

—Tienes que prometerme que no vamos a cobrar un centavo del premio hasta que no consiga lo que me he propuesto.

—¿Que no qué?

—Tienes que prometérmelo, cabrón. O no te doy ni un quinto.

—Pero...

—Prométselo, pinche Pollo.

Nuevamente el tiempo, todo, se empeñó por caber en un solo instante. Desde el estallido inicial, ese "hágase la luz", hasta el momento en que él, el Pollo, se atrevió a pestañear, plantado firmemente a la mitad de esa estancia.

—Está bien. Lo prometo.

—Jura sobre la tumba de tu abuelo.

—Qué pasado de lanza eres.

—Jura, cabrón.

—Lo juro.

Un momento de alta intensidad. Pero ya había pasado. Los ánimos se relajaron. Por unos segundos.

—¿Y se puede saber qué es eso que te has propuesto? ¿Subir al Everest o qué?

Simón entonces se perdió en su habitación. Sabía perfectamente a dónde dirigirse. Lo había sabido toda su vida. O, al menos, su vida adulta. Abrió las puertas del clóset. Arrojó contra el suelo algunos abrigos, zapatos viejos, libros, cartapacios, cables, una vieja videocasetera.

—Pero igual no entiendo tu estupidez. Si quieres nadar con tiburones, el dinero ayuda. Si quieres cambiarte de sexo, el dinero ayuda. Si quieres romper el récord de cogidas de Gene Simmons, el dinero ayuda.

Pudo al fin destrabar la caja de cartón al fondo del clóset. Le rajó la cinta canela con la punta de un gancho para la ropa.

—O sea... ya sé que ya te lo prometí, pero lo mismo te convenzo en tres patadas que lo mejor es que cobremos mañana mismo y te avientas en paracaídas pasado mañana.

Lanzó al suelo viejas cartas de amor, horribles intentos por volverse novelista, un diario que sólo continuó por tres meses, horribles intentos por volverse pintor de acuarela, legajos de pensamientos, poemas, casetes, el VHS de su graduación, horribles intentos por volverse compositor, boletos de viejos conciertos, una mención que tuvo en un periódico local, un libro.

—Pinche Simón… no tienes idea de cómo me siento. No voy a dormir en una semana. Mañana mismo mando a la verga a mi jefe.

Un libro al que no quiso sacudirle el polvo. Un libro sin pastas que se llevó íntegro a la sala.

—Lo haría ahorita mismo pero ni me va a contestar el celular. Güey… ¿eso de ahí es guácara? No jodas. ¿Vomitaste hace rato?

Simón se sentó frente al Pollo en la sala.

—Qué.

Quo Vadis, de Henryk Sienkiewicz decía en la primera página, amarilla de encierro. Era una edición de la Sepan Cuantos. 1982. Un libro por el que alguna vez tuvo que presentar un trabajo para pasar Español.

—Qué —insistió el Pollo.

Simón metió la mano entre las páginas.

—Lo que quiero puede ser simple. O muy complejo. No lo sé. A lo mejor de veras mañana ya estamos cobrando el premio. Pero tengo que hacerlo antes. Y tú tienes que ayudarme.

—Chingá. Ya. Dime qué.

—Quiero dar con ella.

Sacó, sin ver, un pedazo de fotografía y se lo extendió.

—Qué onda, pinche Charro. ¿Quién es esta niña?

El tiempo se empezó a encoger por última vez. Pero poco a poco. Poco a poco. Hasta que cupo, sosegadamente, en medio minuto. Y lo que se desbordó del perímetro de ese medio minuto, fue apenas un momento, una llamada desesperada a un timbre, sus manos al interior de una chamarra pasada de moda, un grito que salía de su propia garganta. "¡Es importante!"

—No jodas, tienes una hija y nunca me lo dijiste.

Era una foto descolorida. Detrás de la niña se veía un parque, la hierba, los árboles, un pedazo de la autopista. A la imagen de la niña, ligeramente parecida a Winona Ryder, le habían cortado la mano con unas tijeras. En el otro pedazo de la foto, dondequiera que se hallase, estaba esa mano faltante, enlazada para siempre con otra mano, la misma que le había extendido la foto al Pollo.

Es importante, resonó en los oídos del pelirrojo. Le decía "Gordo cabeza de cerillo" y hasta eso que, la mayor parte del tiempo, le caía bien.

Entonces la reconoció. Y levantó la mirada. Y pensó que todo lo que te dicen las personas mayores, incluidos los psicólogos para niños, respecto al crecimiento y la madurez y cómo el tiempo cura las heridas es pura maldita basura.

14

Comenzaba a amanecer.

—O sea... déjame ver si te entiendo, pinche Charro. Quieres dar con la Popotitos antes de ser inmensamente rico.

—Exacto.

—¿En serio?

—Muy en serio.

El Pollo se puso de pie y abrió la ventana. Permitió que la mañana comenzara a nacer ahí dentro también. Se recargó de espaldas a la corriente de aire.

—Lo que no me puedes impedir es que te joda por eso —dijo.

—Haz lo que quieras. Ya te comprometiste, ahora te chingas.

—Pues será. Y voy a cumplir. Pero no puedes evitar que diga que estás loco. ¿Para qué quieres dar con ella?

—¿Para qué va a ser?

—¿Para casarte con ella?

—No sé. Sí. Supongo. No sé —respondió con bastante muina. Una cosa era pensarlo y otra expresarlo. No le gustó nada cómo se escuchaba fuera de su cabeza.

El Pollo se frotó la cara.

—Güey, no todo el mundo es tan *loser* como nosotros. Seguro está casada. Y felizmente. Y hasta tiene nietos. Rubios y ojiazules todos.

—Igual tengo que intentarlo.

El Pollo fue directo a la computadora, aún encendida, y se sentó a horcajadas sobre la silla giratoria, de espaldas al escritorio.

—¿Esto es aquello tras de lo que me dijiste que irías para asegurar tu felicidad? ¿Aquello que enmendarías si pudieras? ¿De veras? ¿La Popotitos? ¿Por qué?

—No sé. Porque se lo prometí. Creo.

—No jodas, Charro. Eras un pinche chamaco. Y ella también. Te apuesto lo que quieras a que, si das con ella, eso va a ser lo primero que te va a decir: "No jodas, Simón. Éramos unos pinches chamacos".

—No sé, carajo. Será que fue el único tiempo de mi vida en el que me sentí realmente pleno y feliz. Me las hacía a cada rato, la pinche Majo. A veces era insoportable... a veces me daban ganas de estrangularla... pero igual no cambiaría por nada ni una sola de las veces que estuve con ella.

El Pollo giró sobre el eje de la silla. Abrió una nueva pestaña del navegador. Puso en la barra el URL de Facebook. Ingresó con su cuenta. Lo primero que surgió en su timeline fue un meme que decía, con grandes letras: "Al fin encontré el sentido de la vida. Era para el otro lado".

—Okey... quieres dar con ella —se detuvo antes de teclear nada—. Y digamos que lo respeto. Pero... ¿por qué tiene que ser antes de cobrar la lana?

Simón hizo algo que, en gran medida, fue como despertarse al fin después de varios días, como sacudirse la noche de encima por primera vez en más de una semana: puso a cargar de nuevo su teléfono celular.

—Supongamos... —dijo mientras esperaba a que se encendiera el aparato—, sólo supongamos que puedo enmendar lo que se rompió hace treinta años. Supongamos que puedo convencerla de que ande conmigo. No sé, a lo mejor está divorciada, o es viuda... o es infeliz en su matrimonio... no sé, el caso es que, si en realidad sigue siendo la misma Majo de los años ochenta, yo quisiera intentar algo con ella. Lo que sea. Nuevamente. Y estarás de acuerdo conmigo en que tengo que convencerla de andar conmigo por lo que soy y no por lo que tengo.

El Pollo lo miró sin mudar expresión por aproximadamente un minuto. Completito. Con sus sesenta segundos. Luego, abrió la boca para decir, claramente, aunque sin levantar la voz.

—No mames.

Simón obtuvo señal en el celular y empezó a recibir todos los mensajes, tanto de SMS como de WhatsApp acumulados, las notificaciones en su buzón. Una especie de despertar real y tangible.

—Güey... esa es una pendejada romántica o qué —lo increpó de nueva cuenta el Pollo sin denotar enfado—. ¿Por qué no cobras la lana y la dejas guardada en el pinche banco y no le decimos a nadie que eres multimillonario? ¿Eh? Ella también podría tragarse el cuento, si te ve así como estás ahorita, con esas barbotas y esa peste tan culera, de que eres un pinche muerto de hambre y no Juan Billetes. Con esa indumentaria fácil la convences de que, si te va a querer, tiene que quererte por tus encantos y no por tu dinero. ¿Eh?

Simón se acuclilló para dejar su celular en el suelo, terminando de cargar pila. Pero no se levantó. Se quedó así, mirando el mosaico por un rato. El Pollo advirtió que le costaba trabajo.

En verdad le costaba trabajo. Hasta ese momento comprendió que en realidad había sido una espantosa tormenta, que el Charro de Dramaturgos había naufragado por completo y apenas se hacía a la idea de poder ponerse de pie en la arena, caminar hacia tierra firme y dejar atrás el vendaval.

Simón tomó aire varias veces. No podía levantarse aún.

—Pinche Pollo... para mí ese puto papelito no es dinero. Es una señal, cabrón. Parece que no te enteras. Nunca he sido un tipo afortunado y tú lo sabes. No más que el promedio. Y el mismo día que pensaba aventarme a las vías del metro, el mismo día que pensé en Majo por última vez, me pasa eso. No voy a hacer la chingadera de cobrar la lana y embriagarme hasta morir en un casino de Montecarlo. No, güey. Voy a tratar de enmendar mi pinche vida de mierda, cabrón.

El Pollo pensó. "Sí pero... ¿quién te dice que es la Popotitos la que te la va a enmendar? ¿No te das cuenta de que es un espejismo? ¿Un recuerdo anquilosado? ¿Un quiste que se necrosó? ¡Güey, eran unos pinches chamacos!" Pero no dijo nada. Quiso traer a su memoria cuántas veces antes había tenido la buena o mala fortuna de escuchar al Charro con la voz quebrada. Una o dos a lo menos. En más de treinta años.

En todo caso, sí sería bueno sacarse una última inquietud de encima.

—Está bien. Ya no la hago de pedo. Pero sí dime antes una cosa. Para estar tranquilo desde el principio —dirigió la vista a la pantalla, temeroso de estarse arrojando a un pozo oscuro y sin fondo—. Obvio no me vas a pasar la mitad del premio. Ni yo te dejaría. Pero... ¿con cuánto sí me ayudarías a salir de jodido?

Simón pudo ponerse de pie. Sonrió con naturalidad por primera vez en días.

—Tomando en cuenta que eres un hijo de la chingada que no ha dejado de joderme la marrana desde que éramos chicos... y considerando que no importa lo que pase, no me vas a abandonar en esta búsqueda de porquería... no sé... qué tal una cuarta parte.

—Que sea una quinta. Y ya. Que no se diga más. Porque esta búsqueda no va a tener nada de porquería. No fastidies. El Facebook lo resuelve todo hoy en día. Recuérdame cómo se llamaba la pinche Popotitos. De aquí nos lanzamos a donde viva, la enamoras y asunto arreglado. Vas a ver.

El sol asomaba la cresta en algún lugar del horizonte, oculto para siempre de los ojos de la gente en la colonia Narvarte. Pero igual sus rayos ya alcanzaban a desparramarse por las calles, ya lamían el asfalto, ya tocaban a la ventana del edificio en el que Simón Jara Oliva, a sus cuarenta y varios, psicólogo de profesión, había decidido que acaso sí valiera la pena vivir. Aunque fuera por unos días más.

Antes de perderse tras la puerta del baño, lo dijo en voz alta. Y le gustó advertir que era muy probable que nunca antes, ni siquiera treinta años atrás, lo había dicho completo, con todas sus letras y todos sus fonemas y todas sus implicaciones, en voz alta.

—María José Tuck García. Tuck con una c y con una k.

15

Con una c y con una k. O con una c, sin k. O sólo con la k. O usando María José. O Majo. O Marijo.

Nada.

Absolutamente nada.

Cambió al Twitter y tampoco dio con nada que le pareciera digno de ser rastreado.

Se fue al Google y tecleó, con todo y comillas, "María José Tuck García".

No se encontraron coincidencias. Se sugiere suprimir las comillas.

Nada.

El Pollo se reclinó en la silla, que respondió con un crujido.

Tomó el boleto y, como si con esto le diera sustancia al milagro, sacó su celular y le tomó una fotografía. Lo mismo a la pantalla que anunciaba el monto del premio. Simón aún seguía bañándose y afeitándose.

La música de *El show de los Muppets* adornó la mañana esplendorosa. El celular de Simón, en el suelo, vibraba y se desplazaba, vibraba y se desplazaba. El Pollo lo tomó sin mirar que en la pantalla aparecía el texto: "Josué-12-Apocalipsis".

—Sí.

—Hola. ¿Simón?

—No. ¿Quién lo busca?

—Josué. Soy paciente su... —el teléfono fue arrebatado por la madre—. ¡Oiga! ¡Hasta que contesta! ¡Este niño necesita verlo con urgencia! ¡Lleva tres reportes de la escuela en una semana!

—Señora, Simón no está ahorita. Yo le paso su recado.

Y colgó. Y se quedó pensando. ¿A quién tengo de amigo en Facebook que sea de la secundaria aparte del Charro y el Molina? El celular volvió a sonar pero el Pollo no lo quiso atender. Giraba en la silla, preocupado. ¿Y si de veras eso se convertía en una búsqueda de porquería?

Un nuevo número. Sin referencia en la agenda.

—¿Bueno?

—¿Simón?

—No. Un amigo.

—Dígale que le llamó su casero. Que no estoy para bromas. Creo que he sido muy indulgente y ya no puedo esperarlo más con la renta. Dígale que deje de esconderse.

—Yo le doy su recado.

Empezó a anotar en un bloque de post-its nombres de antiguos compañeros de la secundaria. Uno por uno y, de preferencia, con los dos apellidos. Juntó siete (número bastante prodigioso, pero el haber escuchado el pase de lista diariamente por tres años consecutivos fue lo que logró el milagro). Y comenzó la búsqueda en Facebook. Al menos dio con tres. Solicitud de amistad inmediata. Dos aceptaron en seguida. Afortunadamente había cambiado su foto de perfil recientemente; antes tenía una donde aparecía como Billy Montero, el cowboy romántico, pero ésa la había reservado para su fan page, con setenta y dos likes.

K ONDA HUGO... TE ACUERDAS DE MÍ?

POLLO QUE MILAGRO QUE HACES.

Pero, naturalmente, ni él ni el otro sabían nada de Majo. De por sí que les costó trabajo acordarse. El tercero nunca respondió.

Cuando reapareció Simón era, en verdad, un hombre nuevo. Bañado, peinado, afeitado y perfumado, costaba trabajo creer que menos de veinticuatro horas antes se consideraba un hombre muerto. Acaso también abrigaba una suerte de esperanza por ver a Majo ese mismo día.

—¿Noticias? —dijo, de buen talante.

—Debe haber como tres personas en el mundo conocido sin conexión a las redes sociales. Y una de ellas, para nuestra desgracia, es tu amorcito adolescente.

Simón, sin embargo, no se mostró afectado. Fue a la cocina y volvió con una cubeta, un trapeador y buena disposición para limpiar la costra del vómito nocturno, a pesar de estar vestido como si fuese a conocer al amor de su vida. Terminó y devolvió las cosas a la cocina.

—Qué. ¿No vas a decir nada? —lo urgió el Pollo desde la estancia.

—Nunca supuse que sería fácil —exclamó Simón, de vuelta.

—Qué pinche sangre tienes.

—Velo de esta manera, Flánagan. Seguro que agoté mis reservas de suerte con ese boleto. De esta vida y la que sigue. Así que no me sorprende ni tantito.

Tomó entonces el boleto y lo dobló. Luego, le confeccionó una especie de sobrecito con varios post-its de color verde

¿QUÉ HACES?
DECIDO QUIÉN SERÁ MI PAREJA EN LA FIESTA DE FIN DE AÑO. EN ESTOS ASUNTOS ES MEJOR TOMAR LA INICIATIVA.
¿SE LO VAS A PEDIR A ALGUIEN?

A TODOS MIS CONTACTOS DEL WHATS. REDACTÉ UN SOLO MENSAJE Y LO MANDÉ 89 VECES.

¡QUÉ OSO! ¡NADIE TE VA A CONTESTAR!
DE HECHO, SIN CONTAR A MI TÍO LUIS, SIETE YA ACEPTARON.

AHORA SÓLO TENGO QUE DECIDIR CON QUIÉN VOY.
¡UN MENSAJE!
¡SEGURO ES PARA INVITARME A LA FIESTA!

¿Y? ¿ERA PARA INVITARTE A LA FIESTA?
SÍ. ADIVINA QUIÉN.

Y NO PIENSO CONTESTARLE A LA MUY CRETINA.
PUES QUÉ PINCHE GROSERA.

fluorescente y diúrex. El resultado lo echó a su cartera, a la vista del Pollo, como una forma de manifiesto: "este bebé y yo no nos separamos de aquí a que termine la aventura". Luego, se sentó en la sala.

—¿Y ahora? —dijo, sin mucha aprensión.

—Es lo que yo quisiera saber. ¿Y ahora?

El silencio. El Pollo tomó la foto nuevamente.

—Se parecía a Winona Ryder, ¿te habías dado cuenta?

Más silencio.

—¿Tienes hambre?

Parecía lo más sensato hacer toda la búsqueda posible a través del ciberespacio. Moverse del sillón se antojaba una estupidez. ¿A dónde irían? Pero las pistas eran prácticamente nulas.

Salieron a la calle sin grandes planes. Eran las nueve de la mañana y minutos. Caminaban en busca de una fonda para desayunar cuando el Pollo se animó a hacer la llamada que todo hombre libre desea hacer en algún momento de su vida.

—¿Jorge? ¿Tu pinche empleo de porquería? ¿Tu pinche comisión del veinte por ciento? ¿Tu puta filosofía de "Ver a nuestros clientes sonreír es lo que da sentido a nuestra existencia"? Bueno, pues todo eso te lo puedes refundir en la oscuridad más negra y más profunda de tu pinche culo apestoso de ojete capitalista. Adiós, explotador de mierda.

En la opinión del Pollo, si te vas a emancipar, tiene que ser con una explosión atómica, no con un apretón de manos. Incluso sintió deseos de azotar el celular contra el suelo, en un alarde histriónico de liberación del alma. Pero era su único celular. Y todavía tenía ochenta pesos de saldo. Y fotos. Y todos sus contactos.

Se metieron a un café de chinos. El ambiente distendido del restaurante, en el que ya no se veía a nadie con la prisa por llegar a la oficina a tiempo, les sirvió para organizar una especie de plan de ataque. Ahí, entre unos huevos tirados y una canasta llena de bizcochos, Simón le hizo ver al Pollo que no podían contratar a un detective por la misma razón por la que no quería tocar el premio todavía. Y el Pollo prefirió no alborotar más el avispero. Decidieron entonces que buscarían en internet a toda persona que pudiera tener contacto con aquella época del pasado y ver si podían obtener la punta de alguna hebra, la que fuera. Pero en verdad que las pistas eran casi nulas. Incluso los nombres que les venían a la cabeza eran bastante vagos. Maestros, condiscípulos, amigos...

—Lo peor es que la Popotitos estuvo apenas un ratito en la escuela —se lamentó el Pollo, pero apenas empezaba la enumeración—. Y tampoco conocíamos a ningún vecino. Y no sabemos cómo se llamaba su papá o su mamá. Ni en qué trabajaban. O en qué escuela había estado antes. ¿Ya pensaste en la posibilidad de que fuera extraterrestre?

—Ja.

—Es en serio, Charro. ¿Por qué se fue tan de improviso? ¿A dónde? Ni siquiera se despidió de ti. Y eso está raro.

—Ya lo sé. Pero también sé que lo sabía y no me lo quiso decir. Esa última vez que estuvimos juntos, cuando me dio la foto, lo traía escrito en la cara. De hecho me lo dio a entender.

—Pues qué poca madre.

Dejaron que dieran las diez. Y luego las once. Y las once y media. Extendieron el café y la canasta de panes hasta las últimas consecuencias. Hubo en el ínterin varias interrupciones al coloquio con la música de *El show de los Muppets*, una de su madre y dos de un par de pacientes, "Mariana-14-Suicidio" y "Luis-13-Videojuegos", mismas que atendió como si nada, como si fuera un día laboral cualquiera.

—Por lo menos tienes que considerar varias posibilidades, Charro, para que no vayas a terminar peor que como empezaste. Y ahí te van... Número uno, a lo mejor está muerta. Ya sé que se oye gacho pero está tan raro lo que pasó que a lo mejor simplemente se fue de vacaciones y se ahogó en el mar.

—Gracias por ser tan explícito.

—De nada. Número dos. Si no está muerta, una cosa es bien segura: ella no te ha buscado en todo este tiempo. ¿Por qué? Sepa. Pero según yo no es tan difícil dar contigo. Pones "Simón Jara Oliva" en el Facebook y sale luego luego tu fea cara.

—A lo mejor no me parezco tanto a como era en la secundaria.

—Y número tres. Y esta es la más fuerte, así que prepárate. Número tres: tal vez nunca demos con ella. Ni viva ni muerta. ¿Y entonces qué? Porque para recoger el premio tenemos 60 días. Después de eso, pasa a hinchar las arcas del gobierno y nosotros de vuelta a nuestra jodida vida. Así que... ¿qué pasa si nunca damos con ella?

Simón no le apartó la vista. Pero tampoco respondía.

—¿Qué pasa si nunca damos con ella, güey?

Simón mordió y escupió varios pellejitos de las uñas de sus pulgares.

—Respóndeme, cabrón. ¿Qué pasa si nunc

—Pues que nunca cobramos el premio.

—¿QUÉ?

—Lo que oíste. Viva o muerta tenemos que dar con ella. O no cobramos el premio.

El Pollo enrojeció, contó hasta diez, hasta veinte, hasta cuarenta, se puso a repasar las tablas de multiplicar y las letras de algunas de sus canciones country, recordó sus vagas lecciones de francés de alguna etapa de su vida, se tapó la cara, recordó sus vagas lecciones de yoga de alguna... Igual no lo consiguió.

—No mames, Charro. Eso sí es una maldita pendejada.

—Da igual. Lo prometiste.

El Pollo pensó en la posibilidad de atarlo y amordazarlo ahí mismo, sacarle el boleto, ir a cobrar el premio, volver rápidamente en un Mercedes nuevecito a desatarlo, subirlo a un avión a Nassau, demostrarle que todo eso era una maldita pendejada. Pero lo mismo sabía que, de una manera u otra, tendría que apechugar.

Carajo.

—¿Estás seguro?

—Segurísimo. Ya te lo dije. No es el dinero, Pollo desgraciado.

—Pero qué. ¿Si no das con ella vas a continuar con tu grandioso plan de aventarte de cabeza a las vías del metro?

No respondió. Pero algo se adivinaba en sus ojos que significaba eso mismo. Acaso no acabar con su vida pero sí ir tirando todos los días, rutinaria y obligatoriamente, hasta volverse un viejo gris amargado como cualquier otro. Daba a entender, en cierta manera que, o cerraba ese pendiente, o mejor ni buscarle ruido al chicharrón porque la vida carecería de sentido a partir de entonces.

Viva o muerta.

—Carajo —remató el Pollo. E hizo el movimiento universal de pedir la cuenta—. Vámonos a tu casa a seguirle. En una de esas tenemos suerte. Ah, no... que tú ya te acabaste toda la pinche suerte que te tocaba en tu jodida vida.

Simón sonrió no sin cierto patetismo. Miró por la ventana. En una de esas veía a una mujer despampanante caminando por la calle y la reconocía y ella lo reconocía y todo terminaba perfectamente bien, con cursis violincitos y rosáceos crepúsculos y créditos finales.

—Por lo menos invita, ¿no? —dijo el Pollo en cuanto la mesera les llevó la cuenta en una charolita café.

—De veras. Ésa es otra cosa que se me olvidaba decirte. Estoy quebrado. No tengo un peso partido por la mitad.

—Ésa es buena. Ya, güey, no juegues con mis sentimientos y paga.

—Te lo juro, cabrón. Me vas a tener que hacer fuerte.

—Como broma está muy pendeja.

Simón, para muestra, le mostró su cartera vacía. Apenas tenía un boleto ahí, envuelto en papel verde fluorescente que valía la friolera de 572 millones de pesos, menos impuestos, pero nada más. Ni un billete de veinte pesos. Nada.

—Paga con tarjeta.

—Te lo juro, Pollo. De veras vas a tener que hacerte cargo de los gastos de aquí a que demos con Majo. Discúlpame pero es que, antes del día que decidí largarme al más allá, también decidí saturar mis tarjetas, acabar con mi efectivo, irme en ceros, pues.

—No es cierto.

—¿Por qué iba a mentirte?

—Pero es que yo también estoy hasta las orejas de deudas y de porca miseria, cabrón. Mira —le enseñó, por debajo del pantalón, que los calcetines que llevaba puestos, ya se habían roto del talón—. No me puedes hacer eso.

—Discúlpame, güey. De veras.

Silencio. Las tablas de multiplicar. Los verbos irregulares en francés. Los números primos en alemán.

Sacó la única tarjeta de crédito que llevaba.

—A ver si pasa —la colocó en la bandejita café.

—Gracias, güey. De veras.

—Esto es mil veces peor que una patada en los huevos. Y lo sabes.

—Sí, pero va a terminar bien. Tiene que terminar bien. Vas a ver.

El Pollo forzó una sonrisa mientras entregaba la tarjeta a la mesera.

—¿Cerrada su cuenta, señor?

—Sí. Cerrada —dijo. Aunque en realidad pensó: "Cerradísima, ni que nos hubiera atendido tan bien, no chingue".

Simón devolvió la vista a la ventana. A la calle. A todas las mujeres que podían ser Majo en la calle.

—Vas a ver, Pollo... Todo va a terminar bien.

16

Como ya dije, escribo esto con la laptop encima de la panza, tumbado en un camastro y con la vista y el sonido del mar como principales acompañantes. Desde hace dos días he dejado las bebidas delicadas a un lado y he pasado a la cerveza y el whisky para poder dar continuidad a la historia. En ocasiones huyo del sol y me meto en la palapa, sí, pero por lo general trato de estar todo el tiempo bajo la plancha ardiente. Es algo con lo que soñé bastante cuando tenía un trabajo de nueve a nueve en el Distrito Federal. Y creo que aún va a tomar tiempo para que me harte. Si no es que me da cáncer de piel primero.

¿Que si terminó bien?

Considero que sí. También considero que hubiera podido terminar mejor. Pero ¿quién soy yo para cuestionar una historia que, por sí sola se mantiene de pie? Yo sólo soy el que deja constancia de los hechos.

Y salud por ello.

Lo que siguió fueron cuatro días de intentar conexiones inexistentes por internet y pedir pizza por teléfono hasta que la tarjeta del Pollo agotó su precario crédito. Simón atendía a sus pacientes por teléfono aduciendo que seguía de viaje y el

Pollo tratando de dar con una primera pista, la que fuera, sin éxito. Incluso escaneó la foto de Majo en un cibercafé cercano e intentó hacer una búsqueda inversa a través de la imagen. Trabajó el archivo con sus rudimentarios conocimientos de diseño para lograr un poco más de nitidez en el rostro de Majo pero logró bastante poco. Luego hizo pasar la cara de la niña por un programa de envejecimiento para saber cómo se vería la Majo actual y el resultado fue horripilante. Lo cual coincidió con el fin de sus posibilidades monetarias, así que había que hacer algo al respecto. Lo más natural fue renunciar a la búsqueda electrónica e iniciar la de a pie.

—Pero no podemos dar un pinche paso si no tenemos ni para gasolina —sentenció.

Simón estuvo de acuerdo. Y aunque él hubiera podido cobrar a sus pacientes para hacerse de algunos pesos, el Pollo pensó que eso sería como añadir una bronca más a la bronca ya bastante pesada de la búsqueda por sí sola ("uta, no me han depositado, deja le hablo a la señora Martínez, la mamá del chavo que se pone la ropa de su abuelita muerta, a ver qué pasó").

Así que había que salvar ese obstáculo cuanto antes y definitivamente.

—Y tengo la solución perfecta.

Salieron del departamento de Simón por primera vez en cuatro días, un lunes como cualquier otro. Afortunadamente el Jeep de Billy Montero seguía de una pieza. Y ni siquiera hubo que pasarle corriente a la batería.

El camino fue corto y sin complicaciones. Eran casi las doce de la tarde.

—¿Qué puedo hacer por ustedes? —dijo Molina con la más grande sonrisa de anuncio comercial mientras les ofrecía un lugar frente a su escritorio.

El Pollo y Simón se sentaron como si también fueran cuentahabientes de anuncio de la tele. El ambiente era pulcro y perfumado. Como debe ser en cualquier sucursal bancaria.

—¿Qué te pasa, güey? —le preguntó el Pollo—. ¿Por qué tanta faramalla?

—Tenemos inspección, cabrones —dijo Molina sin dejar de sonreír—. Así que no me jodan la vida —siguió diciendo entre dientes—. ¿Qué chingados quieren?

—¿Inspección?

—Ese bigotón de allá es de Recursos Humanos. Pendejadas de un certificado de calidad. Viene a fijarse que siempre sonriamos y que estrechemos la mano y tarugadas como esa.

—Ah, qué interesante.

—Pinche Pollo —insistió el Molina—. No vayas a salir con alguna pendejada. ¿Qué hacen aquí?

—Vine a liquidar mi deuda del Jeep.

—¿De veras?

—No.

Molina se esmeraba por no mirar al bigotón. Acomodó sin dejar de sonreír la parafernalia publicitaria sobre su escritorio. Los folletines, sus tarjetas de presentación, el vasito con plumas, el logo del banco imitación jade. El Pollo se solazó con el nerviosismo del moreno ejecutivo.

—Pinche Pollo. Mi hora de comida es a las dos. Si no vienen a ningún pinche trámite los veo a esa hora. Hay un billar aquí cerca.

—No te mees en los calzones, güey —lo siguió jodiendo el Pollo, mientras tomaba un volante en el que te prometían una vajilla de doce comensales si incrementabas tu inversión a plazo fijo en ciento cincuenta mil pesos e hizo como que le interesaba—. Venimos a apelar a tu confianza de carnal del alma.

—No les puedo prestar lana.

—Sería la última vez.

—Puta madre. Ya sabía. Tú todavía me debes documentos para sustentar el credicoche que te di, pinche Pollo. Además estás moroso. ¿Crees que no reviso tus estados de cuenta?

Molina miró a Simón, tratando de sacarle, con una sola mirada, si estaba de acuerdo con esa jugarreta o si sólo iba de chaperón.

—A ver —contraatacó el Pollo—. Parece que no me oíste. Venimos a apelar a tu confianza como carnales del alma que somos. Tienes que creer en nosotros que es necesario y que vale la pena y que no te vamos a salir con una trastada.

Molina no dejaba de ver a Simón.

—¿Es cierto?

Simón asintió.

—Muy cierto. Necesitamos lana. Y también es cierto que vale la pena. Y que no te vamos a defraudar.

Miró Molina al bigotón de reojo. Entrelazó las manos. Sonrió.

—Carajo. Y justo hoy. ¿Qué no saben que mi cabeza está en juego? Ando muy por debajo de mis metas del semestre. Toda la sucursal está corta en metas. Mi padrino también me la tiene sentenciada. Y ustedes vienen con esta idiotez.

—No es ninguna idiotez —gruñó el Pollo.

—¿Ah no? ¿Para qué es la lana?

—Para que aquí el Charro dé con la María José Tuck, su novia de la secundaria. ¿Te acuerdas?

Molina llevó su mirada al Pollo, a Simón, al Pollo, a Simón.

—No. Ya en serio.

—Es en serio.

TOMY, ¿CUÁNTO VALE PARA TI NUESTRA AMISTAD?

NO PUEDES SALIR CON ESA JALADA CADA QUE QUIERES QUE TE PRESTE.

¿Y QUIÉN TE DIJO QUE QUIERO QUE ME PRESTES?

TRAIGO VEINTE PESOS, SI TE SIRVEN.

CHALE. Y LUEGO SE PREGUNTAN CÓMO TERMINA LA JUVENTUD UNIÉNDOSE AL CRIMEN ORGANIZADO.

—Es una idiotez —afirmó con una sonrisa completamente ISO 9000—. De hecho, es la reina de todas las idioteces. No, esperen, es la emperatriz de todas las pendejadas del universo entero.

—No mames —dijo el Pollo mirando a Simón—. No te pases, pinche Molina.

—No, está bien —convino Simón—. Tiene razón. Es una pendejada. Una gran pendejada. Lo sé. Pero igual necesito hacerlo. Quiero hacerlo, güey. Y ni éste ni yo tenemos siquiera para tomar un pesero a Coyoacán. Esa es la única verdad. Así que tú dices.

—Búsquenla por internet. Es más barato.

—Llevamos cuatro días en eso, güey. Pero ése no es el punto —se inclinó hacia adelante el Pollo—. El punto es que no tenemos a quién recurrir y tú eres nuestro carnal del alma. ¿Necesito repetirte que no te vamos a defraudar, pinche ojete?

Molina sólo negó con el rostro adusto. Casi en seguida, se detuvo. Volvió a sonreír. Y a afirmar. Aunque no tuviera nada que afirmar. En su mente repitió las palabras: "¿Así que quieren contratar un fideicomiso para asegurar el futuro de su perrito maltés? Cuenten con ello, señores. Este banco está para servirles. Yo estoy para servirles".

Se puso de pie.

—Esto no termina aquí, cabrones.

Fue a la bóveda, metió la clave numérica, esperó, se perdió tras la pesada puerta. El Pollo y Simón no supieron si iba por un policía, por un arma de alto calibre o por cien mil pesos en efectivo. La semilla de la tensión germinó, creció, hizo que el Pollo comenzara a sudar.

—¿Tú crees que el muy cabrón?

—Naaah…

—…

—¿O sí?

Siguieron aguardando. Simón consideró que el hecho de que el escritorio del gerente, el padrino de Molina, estuviera vacío, era un golpe de suerte. Obviamente podría actuar con mayor soltura si su jefe no estaba presente.

Al fin se abrió la puerta de la bóveda. Molina apareció con algunos sobres blancos en las manos. Se sentó. Abrió el cajón de su escritorio y echó al interior seis de ellos; se quedó con uno en las manos. Tecleó algo en su computadora, mandó varias hojas a imprimir. Se paró y trajo las hojas: cuatro copias de una receta para cocinar chiles en nogada. El bigotón seguía paseando por la sucursal, apuntando en un iPad, de repente bromeando con las edecanes de la entrada, de repente fingiendo ser clientela.

—Firmen aquí, señores López. Es un gusto atender a una pareja como ustedes. Deben saber que aquí no se discrimina por ningún motivo. Mucho menos el de la preferencia sexual.

—Tu madre, cabrón. ¿Qué es esto? —dijo el Pollo.

Molina les mostró el sobre por todos lados.

—Como verán, está sellado. ¿Gustan que abramos de una vez su tarjeta para que la firmen ahora mismo?

—Por favor.

Molina abrió el sello y sacó una reluciente tarjeta de crédito MasterCard dorada.

—¿Han pensado en adoptar? —dijo Molina, sonriéndoles como lo haría al mejor de los clientes, uno, por ejemplo, que fuera a recoger su Golden MasterCard—. ¿Sabían que las parejas gay ya pueden adoptar?

—¿Quién es Horacio López Vileda, pinche Molina?

—¿Pues quién va a ser? Tú, cabrón. Y te hago responsable de que devuelvan cada centavo que se gasten en esa tarjeta.

Simón la tomó con cierto temor.

—¿Esto no es ilegal?

—¿Y tú qué crees, pinche Charro? Ese cliente está ahora en el extranjero. Regresa hasta fin de año. Nos pidió que le detuviéramos su tarjeta hasta su repatriación. Si cuando vuelva no está su saldo en ceros yo mismo los señalo a ustedes como los rateros. Y ni crean que los voy a ir a visitar al reclusorio, pendejos.

—Siempre se puede contar contigo, pinche Molina —dijo el Pollo.

—Tiene doscientos cincuenta mil pesos de línea de crédito, cabeza de almorrana. Dime si soy o no tu carnal del alma. Nada más espero que nunca te pidan identificación cuando pagues.

Un momento de final feliz, de clientes satisfechos, de ejecutivo estoy aquí para servirles vuelvan pronto. El bigotón no podría tener queja alguna. Se pusieron de pie, estrecharon manos, intercambiaron sonrisas.

—Ya les dije. Esto no se ha acabado aquí, cabrones. Tú, pinche Simón, vas a tener que explicarme con peras y con manzanas de dónde sacaste esa idea porque, según yo, lo que sigue es que empieces a hablar con los árboles o te disfraces de Napoleón. Y tú, Pollo Kentucky de los cojones, te hago responsable. Y no estoy jugando. Ahora sí, fuera de mi vista, hijos de la chingada.

—Fue un placer, licenciado —dijo uno. Repitió el otro.

Salieron a la luz de la mañana con un ánimo renovado. Aunque Simón no se permitía sonreír todavía.

—Qué —lo increpó el Pollo en la banqueta—. No me vas a salir con que estás preocupado. ¿Qué son doscientos cincuenta mil varos para ti?

Simón no pensaba en eso, en realidad. Pensaba en el futuro inmediato. En que se había quedado sin pretextos para intentar hacer lo que estuviera a su alcance. Pensaba si, en verdad, en algún lugar del planeta estaría María José Tuck García a su alcance.

17

Sintió que nunca la había visto en realidad. Que la estructura era completamente nueva pese a que sabía, porque su memoria así se lo dictaba, que el edificio estaba intacto desde los años ochenta. Naturalmente, el color había cambiado, ahora era pistache cuando en aquellos tiempos era mamey. Y en la cochera había un Audi verde, no un Ford Fairmont negro. Pero el sentimiento de descubrimiento, más que de reconocimiento, era genuino. Porque nunca antes la había visto en realidad, con detenimiento, con verdadero interés en las formas, en el jardín, en la reja. En aquellos días sólo era importante por una razón.

Se imaginó a sí mismo asomándose por la ventana del cuarto de Majo. Con el torso desnudo. Con el futuro en pañales.

—Toca, güey —le dijo el Pollo, recargado en el Jeep, paseando un palillo por la boca.

Simón se limpió el sudor de las manos en los muslos.

Casi daban las cinco de la tarde. Habían tenido que extender la hora de la búsqueda porque, para hacerse de efectivo, a falta del NIP de la tarjeta, decidieron comprar joyería y luego irla a empeñar. En la transacción perdieron un muy buen porcentaje, pero al menos contaban ya con dieciséis mil pesos. Y cierta reluciente seguridad en sí mismos. Luego, el Pollo fue de la opinión de irse a comer como Dios manda. Sin miserias ni pichicaterías, dado que en algún lugar del calendario los estaban esperando 572 millones de pesos. Menos impuestos.

Comieron a pierna suelta y, siendo casi las cinco de la tarde, se dirigieron a la casa de Majo, en circuito Navegantes.

Pero nadie abrió.

Ni siquiera a la tercera vez que llamaron al timbre, que les regaló un musical dindón y algunos ladridos de perro en el traspatio.

—Pos no hay nadie —concluyó el Pollo. Arrojó el palillo al suelo—. Ándale, súbete. Vamos a dar el rol. Al rato regresamos.

Y el rol fue un viaje ida y vuelta al pasado. Sin tintes nostálgicos. Primero se fueron a parar enfrente de la casa del Pollo, en Juristas, ahí donde había crecido en la compañía de un abuelo fanático del country, los trenes a escala y la pornografía soft y que un buen día se fue a merced de una embolia que lo agarró a solas y en la ducha. La casa estaba bastante cambiada, tres autos y vidrios como espejos de suelo a techo; ninguno de los árboles del abuelo había sobrevivido a la remodelación. El Pollo recordó el día que se fueron para siempre de ahí él y su mamá, a vivir a Lomas de Sotelo, a un departamento cinco veces más pequeño. Luego recordó cuando la señora también decidió que era buena idea dejar a su hijo sin herencia y sin parentela el mismo día con un cáncer fulminante de tres meses. Él se casó a los seis meses con la madre de sus cuatro hijos y se fue a vivir a otro departamento minúsculo en la Escandón. Nunca volvió a Ciudad Satélite.

La siguiente parada fue en Dramaturgos. La casa de Simón estaba poco cambiada, de hecho. A diferencia del Pollo y de Molina, los Jara rentaban. Y cuando les pidieron dejar la casa, no hicieron mayores aspavientos, a pesar de que habían vivido ahí quince años. Se fueron a la colonia Juárez, a un departamento más o menos grande. Simón ya había terminado la carrera. Y su padre aún vivía. Fueron tiempos sosegados, pero tampoco volvió nunca a Ciudad Satélite.

Ni caso de irse a asomar a la casa de Molina pues ahí seguían viviendo sus dos padres. Corrían el peligro de ser vistos e invitados instantáneamente a tomar un chocolate y ver las caricaturas en la tele.

Volvieron a la casa de Majo pasadas las nueve.

Volvieron a llamar y no tuvieron suerte.

—¿Y si están de vacaciones? —exclamó Simón, preocupado.

—¿Y si nos invaden los rusos? —se burló el Pollo subiéndose de nuevo al Jeep—. Cálmate, güey. Volvemos mañana.

—No.

—¿No?

—No. Quiero preguntar hoy de una vez. Podemos hacer guardia.

El Pollo estuvo a punto de decirle que no fuera ridículo, que por un día nada pasaba. Pero se le ocurrió que si Simón mostraba prisa, por él mejor. Entre más aceleraran los acontecimientos, más pronto se llenaría los bolsillos de dinero.

—Como pinches detectives de pacotilla —sentenció—. Bueno. Por mí, perfecto.

Se metieron al auto y se estacionaron a pocos metros, frente a una casa en la que no estorbaban cochera alguna. Y esperaron. Y esperaron.

—¿Te dio algún jalón sentimental tu casa, Charro?

—No. ¿Y a ti?

—Tampoco.

Y esperaron más. Hasta que dieron las once y nadie apareció ni luz alguna se encendió.

—¿Y esta casa sí te da jalón?

—Esta sí.

—¿Por qué si en la otra viviste y en cambio en ésta apenas habrás estado algunas cuantas veces?

—No sé.

—...

—...

—Vamos a comer algo.

—No.

—Uta.

Y esperaron más. Hasta que el Pollo decidió ir a pie a algún 24 horas abierto y comprar algo para llenar la tripa. Cuando volvió, Simón seguía ahí, escuchando Universal Stereo y esperando. Esperando.

Esperando.

El sueño los sorprendió como a las dos de la mañana. Los soltaba esporádicamente a causa del frío y la incomodidad; y los soltó definitivamente como a las siete, ya con luz de sol y cierta actividad en la calle, apenas perceptible. En una zona residencial como esa, el bullicio suele ser una broma infantil.

—¿Quieres tocar? A lo mejor llegó alguien mientras roncabas como condenado león panzarriba —dijo el Pollo.

—Bueno.

Se apeó y fue de nueva cuenta al timbre. No hubo suerte. Sin pensarlo demasiado fue a la casa aledaña y llamó a una campana jalando de una cuerda. Tardó en aparecer una viejita por la ventana circular del baño, a unos diez metros de la reja. Llevaba una cofia o algo así en la cabeza.

—¿Quién?

—Perdone la pregunta, señora... ¿no sabe si sus vecinos de acá al lado están de viaje o algo?

—¿La qué?

—Que si no sabe si sus vecinos de acá al lado salieron de viaje.

—Aquí somos católicos.

El Pollo, aún en el automóvil, lo contemplaba a la distancia sin hacerse esperanzas de nada. Había sopesado una idea mejor durante la noche, probablemente culpa del café que se había echado al estómago antes de dormir su propio sueño intranquilo. Se bajó y fue con Simón, quien ya se dirigía a tocar a la otra casa.

—Güey, son las siete y cacho. No molestes a los vecinos tan temprano. Mejor vente. Se me ocurrió algo que nos va a desatorar, vas a ver. Vamos a un lugar en el que la actividad ya está en su punto.

Simón percibió la buena dosis de optimismo oculta en la frase del Pollo, así que lo siguió sin hacer preguntas. El Pollo encendió el carro y la música country y, en cierto modo, también el optimismo de su compadre. Se atrevió a tararear la canción que sonaba de Kenny Chesney y conducir sin prisa para dar tiempo a que concluyera la música. A los cuatro minutos estaban ahí. La secundaria federal número 17. Tres años de su vida habían transcurrido tras esos muros; cuatro meses de ellos, con Majo al interior. Algo habría dejado tras de sí. Algo.

—¿Te cae? —dijo Simón, presenciando cómo el globo de su buen ánimo se incendiaba aparatosamente a la manera del Hindenburg.

La algarabía propia de cualquier recinto en cuyo interior se albergan más de mil chamacos en plena adolescencia los alcanzó hasta las ventanas cerradas del vehículo. En cierto modo fue como el aroma de la hierba mojada en el verano: nunca cambia y siempre remite. Simón también sintió el golpe de memoria. El Pollo lo percibió.

—Aquí sí da el jalón, ¿eh?

—Es imposible que haya ningún rastro de Majo ahí.

—De acuerdo. Tan imposible como es que des con tu noviecita perdida de la secundaria treinta años después. Por eso nada perdemos.

Buscaron lugar y se bajaron con el corazón en la garganta. La remisión al pasado hacía lo suyo. Llamaron a la puerta y fueron recibidos por una especie de vigilante, quien los anunció con el director e ingresaron al recinto. Hicieron poca antesala. Un hombre joven, de traje y corbata, los hizo sentarse frente a su escritorio diminuto. A ambos les pareció que la oficina se había encogido con el paso de los años. Lo mismo que la escuela.

—No tenemos registros tan viejos. Conservamos los expedientes diez años hacia atrás. Luego los mandamos a la secretaría.

"Y luego los incineran", pensó Simón, pero no dijo nada. La petición había sido trabajada de otro modo, pues, al igual que el Pollo, consideraba que las búsquedas románticas no suelen ser bien vistas en ningún lado, excepto en el cine, si acaso. Había dicho que quería dar con un primo al que no veía desde los años ochenta y al que no localizaba ni por Facebook. Una posible enfermedad congénita recién descubierta en la familia. Una cuestión de vida o muerte, pues. Eso siempre es bien visto. Incluso en el cine.

—Una pena no poder ayudarles —dijo el profesor tratando de mostrar genuina preocupación mientras miraba su reloj de pulsera.

Luego, a un silencio un tanto forzado, agregó:

—A lo mejor el profesor Quintana hubiera podido ayudarlos, pero ya se jubiló.

—¿El profesor Quintana? —dijo el Pollo—. ¿Uno que daba Química?

Tanto él como Simón hicieron el mismo hallazgo visual en su archivo mental: un hombre con bigotes de Nietzsche y bata blanca haciéndolos repasar la tabla periódica.

—Era el anterior director. ¿Lo conocían?

—Era profesor de Química cuando estudiábamos aquí.

—Pues ahí lo tienen —sonrió el director—. Es posible que él les ayude más que yo. Fue director por quince años, hasta hace tres, que se jubiló.

—¿Podría darnos sus datos?

—No.

Aquí vamos, pensó el Pollo. Un sujeto con escrúpulos. Va a salir con que son datos confidenciales y demás, y habrá que sacar un billete de no menos de quinientos pesos para soltarle la lengua. Hizo el amago de llevarse la mano a la cartera.

—Es en serio —añadió el director—. Cuando se fue no quiso dejar ni un teléfono. Dijo que jubilación es jubilación. Y yo lo comprendí. En su momento no me preocupó porque yo tenía su celular, a fin de cuentas yo era profesor de Matemáticas cuando él estuvo de director. Pero no me van a creer esto: canceló el número en cuanto puso un pie en la calle.

—Sí, sí lo creemos —refunfuñó Simón, convencido de que la búsqueda, o se complicaba, o no era búsqueda.

—No sea malo. Apúntenos su nombre completo. A ver si damos con él de alguna otra manera.

—De acuerdo.

A eso siguió un apretón de manos y la petición de dar una vuelta por la escuela, para recordar los buenos tiempos. Aún no llamaban al receso, así que pudieron pasearse por los pasillos a sus anchas. En el patio sólo se encontraba una escolta que practicaba sus infinitas vueltas sin bandera. Finalmente fueron al mismo rincón en el que siempre se instalaban a arreglar el mundo, a hablar pestes de los bonitos y los populares, a fantasear con la pérdida de la virginidad, a intentar crecer sin que doliera demasiado.

Pero ambos convinieron que la magia se había disipado. Ni siquiera pudieron hablar de un "jalón" real a la fibra de los recuerdos. Cuando volvieron al auto el desánimo les hincaba el diente.

—Almorcemos.

—Bueno.

Fue todo lo que charlaron. Antes y después de los huevos con jamón, el pan y el café. Pero un leve cambio los levantó al volver a la casa de Majo.

El Audi ya no se encontraba en la cochera. La vida había vuelto a ese lugar.

Con todo, nadie respondió a los timbrazos y, para no caer en la decepción nuevamente, el Pollo sugirió seguirse de inmediato con los vecinos. El guion de preguntas sería como de call center. ¿Usted vivía aquí a principio de los años ochenta? ¿Recuerda quién vivía en aquella casa? ¿Tuvieron algún tipo de relación amistosa? ¿Cree poder darnos alguna información para dar con ellos? Ahora le parecía al Pollo que también podrían usar aquella, igualmente manoseada por el cine, del heredero universal. "Verá... mi cliente le dejó todo su dinero a la señorita María José Tuck García. Es primordial que demos con ella."

—Hasta deberíamos mandar hacer unas tarjetas como de bufete de abogados, ca —dijo el Pollo mientras llamaban a la primera puerta.

Pero, para su mala fortuna, de las catorce casas a las que llamaron, sólo en cinco pudieron pasar a la segunda pregunta. Sí, en efecto, vivíamos aquí en ese tiempo, pero no me acuerdo quién vivía ahí. Esa casa casi siempre estaba vacía. Hasta que llegaron los Gutiérrez, pero ellos no son los que buscan, ¿o sí? No, ellos eran cuatro hermanos y un perro salchicha que se llamaba Capitán. ¿O era un pastor alemán? Ya no me acuerdo.

Y, de esas cinco casas, sólo pudieron pasar a la tercera pregunta en una: con la viejita que vivía al lado. De hecho, fue con su esposo; ella estaba como una cabra. Sí, unos señores con una niña, ¿verdad? Pero estuvieron bien poquito, bien poquito, y casi a nadie le hablaban. Yo me acuerdo de ellos porque la señora era bien nerviosa. A cada rato miraba por la ventana, como si la estuvieran persiguiendo. Hasta le recomendé una infusión de té de tila que me hago yo siempre que me da el nervio. Uy, pero ya pasaron hartos años. Hartos.

—¿Y quién vive ahora en la casa? ¿No sabe?

—Una pareja sin hijos. Ella tiene un cargo en el gobierno. Él es un huevón de campeonato. No trabaja. Se la pasa en el gimnasio.

—¿Y salen mucho?

—No que yo sepa. ¿Ya tocaron?

Hubo que hacer una nueva guardia, esperando a que volviera a aparecer el Audi. Incluso tuvieron que ordenar una pizza a esa dirección e interceptar al pizzero antes de que la entregara. A las seis de la tarde aún no había rastros de nadie.

A las ocho de la noche, tampoco.

A las diez y media creyeron que se volvían locos.

Entonces apareció el Audi verde e ingresó a la cochera después de activar la puerta eléctrica. Y, detrás del Audi, arribó un Passat, que se estacionó afuera. Del Passat se bajó una especie de *golden girl* del mundo de los negocios. Rubia, tacones altos, falda entallada a la rodilla, cabello recogido. Entró a la cochera y, en cuanto estuvo dentro, el que venía en el Audi cerró la puerta eléctrica. La luz de las farolas alcanzaba a iluminar poco al interior de la cochera. Pero ese poco fue suficientemente bueno para dos que están a la expectativa en la penumbra como pinches detectives de pacotilla.

Y tanto Simón como el Pollo lamentaron un poco no ser unos muchachos de quince años, ávidos de imágenes inspiradoras para los frecuentes momentos donde se conjugan la soledad, la tensión sexual y la pubertad.

18

A las siete de la mañana salió ella con el almohadazo evidente en los cabellos, se trepó al Passat y se marchó chillando llantas.

Simón tuvo que expresar lo que sentía.

—Esos dos tienen la vida más envidiable del universo.

Desde la noche anterior, a la precaria luz del alumbrado de la calle, pudieron contemplar cómo iniciaban el ritual del sexo ahí mismo, en la cochera. Se besaron como si se acabaran de conocer; él incluso le desabotonó la blusa y comenzó a besarle el nacimiento de los pechos como si fuera una película porno. Luego, ingresaron en la casa, dejando al par de pinches detectives de pacotilla imaginando toda clase de proezas de alcoba.

La noche fue cuesta arriba. Simón se puso a hacer tiras de Juventina en propagandas publicitarias, incapaz de lograr un poco de sosiego. El Pollo se bajó a vaciar la vejiga en las llantas del Jeep el triple de veces de las que se consideran normales en un hombre que no tiene broncas de próstata.

A las siete de la mañana salió ella al trabajo y Simón tuvo que escupir toda su admiración con el primer comentario de la mañana. El Pollo, en cambio, maquinaba una conclusión. Y eso que seguía con el estómago vacío.

—Aguanta, Charro. Algo me dice que no estás tan seco de suerte como creíamos.

Se bajó del auto y Simón fue tras él, intrigado. Era temprano, pero valía la pena aprovechar el calor del momento. El Pollo fue a la casa de al lado y llamó. Apareció la viejita, idéntica estampa del día anterior, por la ventana circular del baño. Misma cofia, misma cara de estar a varios kilómetros de ahí, cantando "La donna è mobile" trepada en un rinoceronte azul.

—¿Quién?

—Señora, ¿le puede decir a don Adolfo, que si sale tantito?

—¿Cuál Genoveva?

—Don Adolfo. Su marido.

—El güero se murió la semana pasada. Se cayó de un andamio.

—Ahorita salgo —gritó don Adolfo, desde otra ventana.

Lo que siguió fue relativamente fácil. El Pollo sólo le pidió que describiera a la señora de la casa de al lado. Cuando dieron las gracias y fueron a llamar a la casa de Majo, Simón todavía tenía la estupefacción dibujada en la cara.

—Quita esa cara de idiota o no nos va a creer nada el güey éste.

—¿Cómo supiste, pinche Pollo?

—No hay que ser ningún Sherlock Holmes. ¿Cómo iba a salir con las mismas ropas de ayer la dueña de la casa? ¿Y además sin darse un regaderazo? Te dije que los cuernos son la cosa más natural del mundo. Lo verdaderamente antinatural es el amor, pero bueno, ya ni te digo nada. Ya tuvimos esta plática.

Llamó al timbre de la casa de Majo, ahora con la seguridad de que le abrirían. De hecho, estaba deseando que no lo hicieran. Y así fue.

A saber si el sujeto se estaba bañando o algo, porque no abría. Y el Pollo se dio vuelo con el timbre. Dejó el dedo ahí como por tres minutos.

—¡Oiga! —apareció, por la ventana que antaño fuera del cuarto de Majo, el mismo sujeto del Audi, un tipo dos tres guapo y con sus buenos bíceps. Y con el almohadazo en el cabello—. ¡Qué le pasa!

—Me apellido Flánagan. Y éste es mi compañero, Jara. Somos detectives privados. ¿Podemos tener una breve charla con usted?

Algo cambió en el rostro del individuo. Algo mínimo.

—¿Para qué?

—Le conviene. Es sobre ciertas fotografías que tenemos en nuestro poder.

El Pollo levantó su celular a modo de evidencia.

Ahora sí fue muy claro el retortijón emocional que padeció el adúltero.

—Un minuto.

Era bastante más bajito que los dos, pero los músculos le daban una imagen muy viril. Con todo, en ese momento parecía más bien un chiquillo que ha sido descubierto pateando al indefenso perrito de la familia cuando lo negaba todos los días.

—¿De qué se trata? —dijo, cruzándose de brazos. Sonreía y fruncía el ceño intermitentemente, como si no se decidiera a poner el gesto adecuado, si amistoso, hostil o una sana combinación de ambos.

—¿Quieres pasar? —le preguntó el Pollo a Simón.

Simón echó un rápido vistazo al interior y decidió que nada de eso abonaría a su reducido bagaje de recuerdos felices sino todo lo contrario.

—No.

—Bueno. Entonces le explicamos aquí, señor… —quiso el Pollo dar pauta a que éste se presentara. Fue entonces que el candidato a míster México decidió que la hostilidad era el mejor camino.

—Les pregunté de qué se trata.

—No se ponga loco. No le conviene. No cuando tenemos su maravillosa vida en la palma de nuestras manos. ¿O quiere verse durmiendo en la banqueta para la semana que entra? O bueno… no durmiendo en la banqueta, pero sí buscando chamba de sacaborrachos o de cargador de bultos dado que ya no va a poder ser el gigoló de siempre.

Se volvió a poner nervioso el chaparro, pero luchó con todas sus fuerzas para no demostrarlo.

—Qué.

—Como le dije, somos detectives privados. Tranquilo, no nos contrató su esposa. Estamos aquí por otro asunto. Pero, como usted podrá suponer, necesitamos ayuda para resolver nuestro asunto. Y aquí es donde usted se va a poner las pilas o vamos a hacerle llegar a su esposa ciertas fotos que pudimos tomar ayer cuando llegaron dos carros a esta casa, uno detrás del otro. Unas fotos donde sale un brasier color chabacano muy bonito.

El tipo miró a un lado, al otro, cambió de pie de soporte, se rascó el cuello.

—¿Qué asunto o qué?

—Así me gusta. Es una cosa de nada. Y le juro que no queremos perjudicarlo. Pero si para dentro de dos días no nos tiene la información, le sugiero que vaya comprando el Aviso de Ocasión, sección Empleos.

—¡Qué asunto, carajo!

—Andamos rastreando a una familia que vivió aquí, en esta misma casa, en 1984. Los Tuck García. No lo veo apuntando.

El tipo entró a la casa. Se detuvo en la puerta. Acaso estaba pensando en llamar a la policía, unos tipos me están molestando, me quieren chantajear, hagan algo, yo pago mis impuestos, pero seguro hizo un rápido análisis y decidió que era un riesgo muy elevado y muy tonto. Salió con un bloc y una pluma.

—Tuck. Te-u-ce-ka. Tuck García. Vivieron aquí en la primavera del 84. Lo menos que me tiene usted que averiguar para que estas fotos no vuelen a toda velocidad por internet es a quién pertenecía la casa en aquellos años, nombre y datos de localización, porque según sabemos, los Tuck rentaban.

—¿Es todo? —gruñó el chaparro.

—¿Quería más? Por lo pronto, con eso nos conformamos. Nada más le advierto: no juegue con nosotros o se le acaba *la dolce vita,* ¿eh?

—Denme más tiempo.

—No. Dos días. El sábado espero su llamada. Le apunto mi número. Si no recibo noticias suyas antes de las cinco de la tarde, yo me comunico personalmente con María Cristina.

La palidez del sujeto aumentó en varios grados mientras el Pollo apuntaba sus datos debajo del sitio donde éste había apuntado "tuck, 84, sábado" con letra apretada y nerviosa.

—Que tenga buen día.

Caminaron sin prisa por el caminito, de regreso a la puerta de la reja. El Pollo se detuvo en el dintel a asegurarse de que míster México no hubiera ido por un arma y los llenara de plomo por la espalda. El tipo, en cambio, sólo miraba el papel, se frotaba las cejas, trataba de sacarle a su cabeza, tan poco acostumbrada a no hacer sino lo que le ordenaba su sistema límbico (comer, dormir, sudar, cagar, coger), una estrategia para conseguir el dato.

En cuanto estuvieron sobre el Jeep, Simón se sintió un poco conmocionado. Repentinamente era como si se abriera la primera posibilidad real en días. Y por un golpe de suerte.

—¿Y ahora?

—Ahora... esperamos. Supongo —resolvió el Pollo, también sintiéndose un poco desolado. De pronto se habían visto sin posibilidades de maniobra. Repentinamente contaban con un esclavo trabajando a marchas forzadas. El Pollo se sintió con la obligación de externarlo.

—No todo fue suerte, Charro. También fue gracias a que nunca quisiste abandonar la vigilancia. Creo que es un buen comienzo.

Lo era. Y el Pollo lo vislumbró así porque comprendió que la voluntad no había mermado, que no era un capricho o un arrebato. Que en realidad la recuperación de esa parte de su vida se había vuelto lo más primordial para Simón.

—De repente me sentí un poco triste, Charro. Muéstrame el boleto, no seas gacho.

Simón sacó la cartera y, de ésta, el sobrecito verde fluorescente, el boleto doblado. Hasta entonces el Pollo echó a andar el motor del Jeep.

Decidieron volver a la casa de Simón y ahí hacer la espera hasta el sábado. Antes, claro, pasarían a almorzar. Y procurarían luchar contra el desasosiego de alguna manera. En el camino, Simón recibió la llamada de "Mariana-14-Suicidio", quien seguía sin ir a la escuela e insistía en acabarse todas las series de Netflix, incluso las más inapropiadas. Y la atendió hasta que se sentaron él y el Pollo en un restaurante a medio camino.

—No te voy a decir la chorrada de que vas a conocer otros chavos cuando crezcas y vas a olvidar a Humberto, Mariana, porque no lo sabemos. Ése es un consuelo muy pendejo. El de "eres joven y bonita y tienes el futuro por delante". Todo eso es cierto, sí, pero no sirve para un carajo en este momento. Ahorita te sientes de la chingada y nada te haría sentir mejor excepto volver a estar con él. ¿O me equivoco? ¿Ves? Pero el problema es que no puedes hacer nada para remediar eso. El muy hijo de puta empezó a andar con Lorena y nada va a remediar eso. O sea, te vas a sentir de la chingada un buen rato. Y ni Dios ni los chochos pueden cambiarlo; pueden disfrazarlo, pero no cambiarlo. Así que quiero que hagas un experimento. ¿Ves el velatorio del seguro que está cerca de tu casa? Ándale, ése. Le dices a tu mamá que se vistan de negro y vayan por la tarde a cualquier funeral que haya ahí. Te mezclas con los deudos y te das chance de que te contagien un poco su tristeza. ¿Qué? No, no quiero que te imagines que es Humberto el que está en la caja, no chingues. Y tampoco quiero que te imagines que eres tú. Nada más quiero que te sientes ahí y pienses en el difunto. En lo que no daría por poder estar haciendo cualquier cosa excepto eso, esperar bocarriba a ser devorado por los gusanos. Quiero que pienses en el difunto y te lo imagines levantándose de pronto y diciendo, guau, qué bien que todo era una broma. ¿Qué crees que haría en seguida? ¿Se iría a ver Netflix hasta el vómito o se iría a la escuela aunque le doliera como la chingada? Sentirse de la chingada también es mejor que tener tres metros de tierra encima. Ve y pregúntaselo al difunto. Ándale. Y no me vayas a salir con que eso te lo puedes imaginar desde la sala de tu casa viendo *Breaking Bad* porque no es cierto. Tienes que ir. ¿Cómo? ¡Claro que va a haber un funeral! ¡Todo el tiempo se está muriendo la gente! Acuérdate, Mariana, que la muerte es eso que le pasa sólo a los demás. Nunca a ti. El chiste de la vida consiste en creerse eso hasta el último de tus días. Sí, ándale. Haz la tarea y mañana hablamos.

—Uta —dijo el Pollo, dando una mordida al último totopo con frijoles de su desayuno—. Está muy bueno tu discurso, considerando que hace unos días tú te estabas aventando a las vías del metro.

—Precisamente porque me sé el discurso es que ya estoy vacunado contra él. Cuando en verdad te quieres ir, te vas y ya. Y no hay pinche psicólogo que te pueda regresar de ese sitio.

—A menos que te caigan quinientos millones de pesos de repente, como un pinche rayo del cielo.

Simón levantó la mano para pedir más café. Miró por la ventana y el Pollo pensó en él como si, en verdad, días antes, se hubiera levantado de su propio ataúd diciendo guau, qué bien que todo era una broma.

—Si no fuera porque también sacaste a Priscila de su malviaje de mi divorcio, juraría que eres todo un fraude, cabrón.

—Por lo menos Priscila nunca intentó darse cran con el gas de la estufa.

—¿Está muy grave la chavita?

—Ya no. En un par de meses va a pensar que fue una pendeja. Y que el tal Humberto era un idiota que no valía la pena.

—¿Ves, cabrón? El amor es una pendejada.

Eran las doce cuando salieron al refulgente rayo del sol primaveral. Dispuestos, ellos sí, a encerrarse en casa de Simón a ver el Investigation Discovery hasta el vómito. O hasta el sábado, lo que ocurriera primero. No contaban, claro, con que un casero en algún lugar de la Ciudad de México había tenido su propio malviaje, su propia autosugestión. Repentinamente se había sentido como aquella vez que rentó el departamento a tres familias de migrantes o como cuando se lo rentó a aquella viejita que lo chantajeaba cada día de cobro o como cuando se lo rentó a aquel idiota que lo llenó de jaulas de cuyos y decidió que ya estaba bien de abusos que para eso era el dueño de su propio patrimonio y de su propio dinero y de su propia vida.

19

—Güey, yo creí que para ser lanzado de tu casa tenías que estar presente.

La estampa era de película apocalíptica. Con el sopor de las dos de la tarde, las arrumbadas cosas de Simón estorbando el paso de los peatones frente al edificio parecían un montón de basura que simplemente había aparecido ahí por generación espontánea. Los papeles, los discos, los cuadros, la ropa, los muebles, los cubiertos, todo lograba una composición que era imposible imaginarse ordenada al interior de una casa. Donde había un gancho de la ropa también había un tenedor y un zapato y todo coronando una alfombra hecha rollo con incrustaciones de un árbol de navidad y discos de vinilo y libros y un pan Bimbo con las rebanadas verdes de hongos.

—Qué poca madre —exclamó Simón pausadamente, a unos cuantos pasos del cerro de porquerías.

—Ah, de veras. Te habló tu casero el otro día —dijo el Pollo.

Simón ya no quiso hacer desmadre. Se inclinó sobre el montón y le arrancó unos pantalones de mezclilla nomás por no dejar, mismos que dejó caer al suelo.

En ese momento salió del edificio Fulge, blandiendo un jalador de agua.

—Qué bueno que llegó. Viera el trabajo que me ha costado defender sus cosas, oiga. Por la tele y la compu no se preocupe, luego luego las metí a mi casa.

Simón esbozó un tímido gracias y se puso a hurgar entre el montón. Sacó un primer mamotreto que decía, con letras grandes: "Juventina". Sacó otro. Y otro. Y otro. Hasta lograr juntar los siete, que puso en una pila sobre la banqueta.

—Ah, también me subí el horno de microondas —volvió a exclamar Fulge.

Simón soltó otro tímido gracias y volvió a su propia expedición de rescate. Al poco rato consiguió extraer del mugrero un fólder azul de plástico transparente. Revisó que estuviera su acta de nacimiento. No estaba. Creyó recordar que la había usado para algo, un trámite, mucho antes de que se fuera Judith. Luego pensó que tampoco se acordaba dónde había dejado su cédula, su título, aquel diploma de aquel congreso, el trofeo de boliche...

Entre un disco de Ronnie James Dio y otro de AC/DC asomaba el escudo nacional en dorado sobre verde. Como si ése hubiera sido su objetivo inicial, sacó su pasaporte. Le dio un golpe y se lo echó en la bolsa trasera del pantalón, junto a una foto partida a la mitad de los años ochenta.

—Vente, Pollo, vamos a contratar una mudanza —le puso en los brazos cuatro de los tomos de Juventina. Él tomó los otros tres.

—Cámara —dijo el Pollo.

—Aguánteme aquí, doña Fulge. Vamos a contratar un camión.

—Bueno. ¿Qué le digo a la patrulla si vuelve?

Simón no respondió. Caminó al lado del Pollo hasta el estacionamiento en el que habían dejado el Jeep. En cuanto subieron la vida y obra de Juventina a la parte trasera, Simón abrió la puerta delantera y ocupó su sitio de los últimos días. El Pollo subió también, obedeciendo a una especie de plan preconvenido.

—Okey. ¿A dónde vamos entonces por el camión? —preguntó insertando la llave al interruptor.

—¿Cuál camión?

—¿Cómo cuál? El que quieres que se lleve tus cosas.

—¿Ese montón de porquerías? Por mí que se pudran en la banqueta. Vámonos.

—Pero... —soltó el Pollo, con poca convicción, en realidad. De pronto agradecía no tener que pasar por el incordio de buscarle acomodo a aquel cerro de mugres en su casa.

—¿Recuerdas que hace unos días me estaba separando de todo? Y cuando digo todo, me refiero a todo. Acetatos, calzones, salsa cátsup, Windows 7. Todo.

—Bueno... la Juventina se salvó de las llamas.

—Esa la cargué por ti. Eres el único que la aprecia en el mundo.

El Pollo encendió el auto y avanzó por la calle. Todavía se animó a pasar por enfrente del edificio, ahí donde la señora Fulge blandía un arma blanca en defensa de los LP, los calzones, la salsa cátsup y el Windows 7 que dejaba atrás y para siempre el Charro de Dramaturgos, Simón Jara Oliva, como ponía en su pasaporte.

—¿Y entonces? —dijo el Pollo al tomar el Eje 2 Sur, porque de cualquier modo no había alternativa.

—Pues ya no podemos ir a mi casa, güey. De hecho, ya no hay casa en lo absoluto. Así que adivina cuál es la opción B.

—No hay bronca. Siempre quise tener un mayordomo.

En realidad no se le podía llamar casa como tal, pero ahí había vivido el Pollo desde su separación con Rosa. Y había sido bastante feliz porque no tenía bronca con los vecinos por subirle al amplificador o por hacer fiestas o por recibir visitas a cualquier hora de la noche. Se trataba de una exacademia de baile en el último piso de un edificio viejo en la colonia Roma. La academia tronó y el dueño no consiguió rentárselo sino al Pollo sin tener que cargar con los gastos de remodelación para convertirlo en algo más o menos habitable. El Pollo nunca le hizo grandes arreglos, ni siquiera quitó los espejos de las paredes. Además, era ideal para los toquines que armaba de vez en cuando y donde Billy Montero era la figura estelar. Tenía un baño bastante amplio y una cocineta eléctrica. Y un gato panzón e indolente llamado Botija. En su opinión, no necesitaba nada más.

Llegaron a la pensión donde dejaba el Jeep, compartiendo una semilla de entusiasmo. Tal vez podrían tirarse a mirar la tele hasta las cinco de la tarde del sábado, hora en que deberían ponerse de nuevo en marcha, de acuerdo a la ruta crítica recién trazada. Cargando cada uno su porción de Juventinas, entraron al edificio, llamaron al viejo elevador, aguardaron.

El Pollo lo presintió cuando iban en el piso tres. Les faltaban otros tres.

—Qué —dijo Simón.

—No. Nada.

Pero sí. Había algo. Lo supo en cuanto se abrió el elevador. Era el perfume. Ese perfume.

Los gritos al interior del departamento los alcanzaron de inmediato.

—Puta madre —dijo el Pollo.

—Qué.

Tú ya comiste papas, cara de escusado. Pero quiero más, cara de caca de mono. Son de todos, animal. Por eso, animal.

El Pollo habría podido reconocer esas voces hasta en sueños.

Prefirió no hacer conjeturas. Ni siquiera sacó sus llaves. Giró la manija y abrió. La escena era de no creérsela. En su tele de cuarenta pulgadas, imágenes de Bob Esponja. Frente a la tele, los gemelos y Sebastián tirados sobre los cojines que usaba para evitar tener muebles donde se sentaran las visitas. Se disputaban una bolsa grande de papas Sabritas. En el comedor, o lo que usaba como comedor, es decir una mesa y cuatro huacales, Priscila, su hija de dieciséis años, leyendo un libro gordo sobre la vida animal, los tigres blancos de Siberia o algo así. En el amplificador sonaba música del iPod de ella, lo supo por el sonsonete. Sólo hard rock escuchaba la pelirroja. De preferencia, death metal para arriba. Y, a la izquierda, parada frente a la cocineta, Rosa, su exmujer, asando unas hamburguesas. Simón no pudo evitar recordar, aunque fuese fugazmente, el día en que el Pollo se enamoró de ella. La había descrito como la mujer más hermosa del planeta Tierra. Y Simón supo, sin siquiera haberla visto una vez, que muy probablemente tendría un gran trasero, la parte anatómica femenina que más apreciaba su camarada. Y no se equivocó. De hecho, aún lo tenía; pero también tenía treinta kilos o más de sobrepeso repartidos por todos lados. Morena, veracruzana, voluptuosa, de pelo ensortijado, sus hijos sólo habían sacado de ella un ligero tono café con leche en la piel. Y, si acaso, también los labios gruesos, pero nada más. Los cuatro eran pelirrojos como el más vikingo de los vikingos.

—¿Se puede saber qué carajos hacen aquí? —gritó el Pollo ante la invasión de los bárbaros.

Priscila levantó la vista del libro. Se puso de pie como un soldado que es sorprendido durmiéndose en el servicio.

—Perdón, papá.

TOMY, EN UN FUTURO MUY IMPROBABLE... SI ME QUEDO SOLTERONA, ¿TE CASARÍAS CONMIGO POR PURA AMISTAD?
JAJAJA. ¿TE IMAGINAS A NUESTROS HIJOS?
¿Y QUIÉN TE DIJO QUE HABRÍA SEXO, CABRÓN?

La primera deducción cayó por su propio peso. Habían entrado usando las llaves de Priscila. El Pollo le había dado copias por si algún día tenía una emergencia, por si se peleaba con su mamá, en fin, cualquier cosa. Pero al Pollo le costaba creer que eso fuera una emergencia.

Los gemelos corrieron hacia ellos. Aunque en realidad miraban a Simón. Sin decir palabra alguna. Sebastián, por el contrario, aprovechó la ausencia de sus hermanos y levantó la bolsa de papas del suelo. Siguió mirando la tele sin hacer más alharaca. Rosa quitó el sartén de la parrilla y fue también a la puerta, donde aún seguían los recién llegados.

—¿Es cierto, Simón? —dijo la ex del Pollo, con los ojos chispeantes puestos sólo en Simón.

—¿Es cierto qué?

—Que eres multimillonario.

A pesar del rock pesado y a pesar de que Patricio y Bob Esponja peleaban en ese instante y a pesar del crepitar de las carnes aún en el sartén y a pesar del claxon de un camión materialista en la calle, se hizo un silencio tan denso como no ha habido desde el principio de los tiempos, un silencio como no ha existido desde aquellos días en que el universo era una masa ultramegaconcentrada al interior de una pelota de ping pong oscura. Debe haber durado como siete segundos, pero para el Pollo fueron los mismos siete segundos que le toma a un paracaidista darse cuenta de que por más que tira y tira y tira, la mochila no se abre y a todo ya se lo cargó el carajo. Fue Priscila, no obstante, quien habló al octavo segundo.

—Perdón, papá —dijo, nuevamente.

—¡Priscila, te dije que no le contaras a nadie! —rugió el Pollo—. ¡Mucho menos a tu madre!

—¿Es cierto? —dijo Rosa, con la pala para voltear las carnes en la mano y los ojos puestos en Simón y la sonrisa puesta en el futuro. Los gemelos, ídem. Y Sebastián, comiendo papas.

Simón, no obstante, sólo se llevó una mano a la cara, cubriéndose la frente. La bajó poco a poco por el rostro hasta llegar a la mandíbula, donde se apretó los cachetes, los labios y, al fin, se soltó a sí mismo con un último pellizco, como si se quisiera arrancar la dermis y dejar al descubierto la calavera. Giró el cuello y miró al Pollo con el gesto más elocuente del mundo. No abrió la boca pero su amigo comprendió perfectamente el cuestionamiento. "¿A quién más le contaste, pinche traidor de porquería?"

20

Molina, en todo caso, no quería renunciar a su trabajo. La razón principal tenía nombre y apellido: Augusto Heredia.

Augusto siempre había querido andar con un ejecutivo bancario. Le parecía "increíblemente sexy e insoportablemente irresistible". Palabras suyas.

Y Molina estaba enamorado.

Enamorado como un adolescente de secundaria. O acaso como le hubiera gustado enamorarse cuando era un adolescente de secundaria.

Esa misma tarde, Molina aguantaba la mierda que le tiraba su padrino por estar tan abajo en sus metas mientras tenía la vista fija en su teléfono celular. Específicamente en dos imágenes que le habían sido enviadas por WhatsApp el día anterior en la mañana. La fotografía de un boleto específico de un sorteo en particular del programa de concursos para la asistencia pública con un corazoncito como símbolo y la captura de una pantalla anunciando los premios de ese sorteo en específico.

Imágenes sublimes, hipnóticas, avasalladoras, que lo extraían mágicamente de la oficina del gerente y lo llevaban a sitios muy, muy lejanos en donde sólo existían la paz, la concordia y la barra libre.

—¡Es que verdaderamente no puede ser, Everardo! ¿Tú crees que te puedo solapar todo el tiempo? Nada más en comparación con el año pasado vas abajo de tu propia estadística un treinta por ciento. Y dieciocho por debajo de Luis Cervantes. ¿Qué voy a hacer contigo?

Era más o menos el tono del discurso, aunque Molina sólo escuchaba:

—¡Bla bla bla bla bla bla! ¿Bla bla solapar bla bla bla bla? Bla bla bla. Bla Bla. Dieciocho bla bla bla. ¿Bla bla bla?

Porque en ese momento jugaba al volibol de playa. Y se reía porque la borrachera lo hacía trastabillar. Se caía de espaldas en la arena pero no le importaba. Era feliz.

A partir del envío de los archivos, había tenido un mínimo intercambio de mensajes con el Pollo y ambos habían convenido en que diez millones sí le daba el Charro de Dramaturgos. Diez millones bien valían un año sabático y una buena mentada de madre a todos los directivos de la institución bancaria que lo había empleado por los últimos tres años.

El problema era que no quería renunciar. Cierto que bien podía decirle a Augusto que no hay nada más sexy que diez millones de pesos en la cuenta bancaria. Ni siquiera un ejecutivo de cuenta bancario. Pero no quería correr el riesgo. Estaba enamorado como adolescente.

—¿Bla bla bla bla bla?

—¿Mande?

—Que qué es tan gracioso.

Ni modo de decirle a su padrino que se acababa de caer de borracho en la playa, que estaba jugando con Augusto y otros amigos. Que se habían puesto de acuerdo para ir a bailar en la noche. Que por la mañana salía su avión a Nueva Delhi.

—Nada. Perdón.

Pero poco había de arrepentimiento. En el fondo sabía que su padrino no lo había colado a la nómina del banco sólo por procurarle un futuro por ser su ahijado. Cuando tenía diez años los descubrió, a él y a su mamá, dándose un beso cachondo a espaldas de todo el mundo en una reunión familiar. Nunca supo si llegaron a más pero a cada muestra de cariño que tenía su padrino con él, Molina lo extrapolaba a su madre, lo cual tampoco le importaba demasiado. Su papá era tan gris y tan mequetrefe que un amorío extramarital le parecía una suerte de justicia divina para su mamá.

Hasta ese momento se sentó en su sillón de amplio respaldo el gerente de la sucursal, el licenciado Sergio Yépes.

—Perdón, licenciado —replicó Molina, despidiéndose rápidamente de sus amigos en la playa, haciendo estallar la fantasía en mil pedazos para poder volver a la sucursal en seguida y tratar de rescatar su empleo.

El licenciado miraba hacia afuera de su oficina, a través de las paredes de cristal, a los clientes que aguardaban con un papelito en la mano a ser llamados para poder pagar el agua, la luz, el teléfono, el mínimo de la tarjeta. Después de un estudiado lapso de espera regresó la mirada hacia su ahijado.

—Me pidieron tu cabeza.

—¿Qué? —saltó Molina.

—Lo que oíste, Everardo. ¿Y cómo decir que no? Yo te metí, yo te recomendé. Yo te defendí. Incluso negué nuestra relación familiar. Y no has dado el ancho en tres años. Ya no puedo seguir cubriéndote.

—Pero...

—¿Pero qué? De repente se volvió importante el asunto y ya me pones atención, ¿no?

—Sí te estaba poniendo atención desde hace rato. Es que ando un poco desvelado.

—Siempre andas desvelado, distraído, enfermo, con alguna madre encima.

Ni cómo negarlo. Él también miró hacia afuera. Sus ojos se encontraron con los de uno de los cajeros, uno que apretó los dientes y agitó la mano a manera de burla.

—Ya ni siquiera es por ti. Es por mí —insistió el licenciado, claramente preocupado—. La sucursal también anda baja en captación. ¿Y a quién crees que le van a cargar el muerto? Necesito gente que me ayude, no que me estorbe.

El mismo cajero se pasó el dedo índice por el cuello, sacó la lengua y puso los ojos en blanco.

Y de pronto Molina se imaginó la escena. Tito, me corrieron. ¿Te qué? Lo que oíste, mi amor, me corrieron del banco. Pero no te preocupes por nada. De hecho, es lo mejor. ¿Y sabes por qué? Porque somos ricos. ¡Somos ricos!

Luego pensó que en realidad no eran nada de nada. El Pollo lo había amenazado de muerte si por alguna razón Simón se enteraba que le había contado lo del premio. Así que no podía contar con esos diez millones de ninguna manera. ¿Y si no era cierto? ¿Y si buscaba trabajo y no encontraba? ¿Y si terminaba de viene-viene en la Nápoles? A lo mejor Simón sí se apiadaba de él pero sólo hasta que esto último ocurriera, hasta que se viera a sí mismo bañándose en las fuentes del World Trade Center. Pinche culero, para eso me gustaba, se sorprendió pensando.

—Me pesa mucho por ti. Y por tu mamá. Y por tu papá, claro. Pero de veras no puedo hacer más. La idea es que trabajes hasta el fin de la quincena.

A Molina le dieron ganas de decirle que no chingara, que no era cierto, que no lo sentía ni por él ni por su papá. A lo mejor por su mamá y también quién sabe. Sintió deseos de pararse y decirle que se fuera a la mierda con su trabajo de mierda, abandonar la oficina con un portazo y seguirse hacia la calle, sin siquiera hacer escala en su escritorio, llenarse los pulmones de aire libre, contaminado pero libre, y echar la cara al sol de las personas sin obligaciones. Tres segundos después se vio a sí mismo lavándose esa misma cara en las fuentes del WTC y moviendo una franela roja como rehilete para conseguir diez pesos para un café.

Su celular se había puesto en modo de ahorro de energía.

Como viene-viene no podría conservar ni el iPhone ni a Augusto. Ese fue su siguiente pensamiento. Así que lo escupió.

—¿Y si te dijera que ando tras de una cuenta muy importante?

—Ay, por favor, Everardo… no lo hagas más difícil.

—Te lo juro. Por mi mamá.

En las pantallas del banco sonaba musiquita de Herb Alpert. Daban consejos para despintar las manchas de vino tinto de los sillones blancos de tu casa.

—¿De cuánto estamos hablando?

—Quinientos setenta y dos millones de pesos.

—¿Qué?

—Menos impuestos.

—No te creo.

Ahora hablaban en la tele del trastorno de déficit de atención en los niños. Dos niños rubios y sonrosados del Imagebank aparecían en cuadro, dos niños que seguro tendrían cualquier cosa menos TDA.

—No te creo —insistió el gerente—. Y si no puedes demostrarlo, mejor no me hagas perder mi tiempo, Eve.

—Ya sabes que me caga que me digan Eve. O Everardo. A ti te lo paso por gerente, no por ser mi padrino.

—Pues considérate despedido para el final de la quincena, Molina —sentenció Yépes, treinta y tres años trabajando para la institución, a punto de terminar de pagar su segundo crédito hipotecario, tasa superblanda, con posibilidades de jubilarse voluntariamente el año siguiente, sin esposa y sin hijos pero con dos gran danés y carro del año.

Molina, por respuesta, se pasó del otro lado del escritorio. Ingresó al navegador en la computadora de su padrino. Entró a la página de resultados de los concursos para la asistencia pública, fue al sorteo que correspondía al boleto de la imagen. Único ganador. Mostró la imagen del boleto que tenía en su celular.

—Puta madre —dijo el licenciado.

—Exacto.

—Quinientos setenta y dos millones.

—Menos impuestos.

21

Simón fumaba en la azotea, sentado junto a los tinacos y los tendederos y los tanques de gas cuando subió Priscila, harta de estar escuchando a sus padres decirse todas aquellas linduras por las que hasta había tenido que ir a terapia seis años atrás; de hecho, con ese mismo hombre que ahora fumaba con la vista puesta en las antenas de televisión y las copas de los árboles y las lianas de cables de la colonia Roma.

Se sentó a su lado, le quitó el cigarro y le dio una fumada.

—Perdón, Simón.

—¿Así que ahora fumas?

—Sólo cuando estoy nerviosa.

—¿Por qué le dijiste?

Una brisa fresca comenzaba a soplar. El cabello encendido de Priscila se mecía al viento como algunas de las sábanas puestas sobre mecates, a las espaldas de ambos. Le devolvió el cigarro a Simón.

—Por pendeja —hizo una pausa para escupir el humo—. Es que empezó a joder con lo de siempre, con que mi papá es un inútil y un bueno para nada. Y pues, sí lo es, pero se esfuerza. Y bueno, una noticia de cien millones de pesos cuesta mucho quedártela guardada.

—¿A quién más le contaste?

—Nada más a ella. Te lo juro.

—Sí, eso es lo interesante de todo esto. Que todo el mundo jura que va a guardar el secreto y aún así se va corriendo como pinche reguero de pólvora. A estas alturas ya lo ha de saber hasta el pinche Papa.

—Bueno... en mi caso es cierto. No le dije a nadie más. Te lo juro por el pinche Papa.

Sonrió. Sonrieron.

—¿Puedo verlo? ¿Es cierto que lo traes contigo?

Simón sostuvo con los labios el cigarro. Sacó la cartera y le extendió el sobrecito color verde. Priscila sacó el boleto. Se puso de pie.

—Que me echaba a correr con él —bromeó.

Simón ni siquiera la miró por encima del hombro. Siguió con la vista puesta en el apretado horizonte.

—En serio. Me echaba a correr con él —insistió Priscila—. O ya sé, lo dejaba que se fuera con el viento.

A las espaldas de Simón, hizo un amague de dejarlo ir. Lo miró a contraluz. Lo hizo rollito, acaso incapaz de creer que ese pedazo de papel valiera tanto dinero. Volvió a sentarse con las piernas en escuadra al lado del hombre que, años atrás, le ayudó a decir en voz alta "a la chingada mis padres si no quieren seguir juntos" y continuar con su vida y sus broncas, "yo me merezco más que eso".

—Entonces... —le devolvió el boleto y el sobrecito. Simón envolvió al primero en su cubierta verde fluorescente y regresó ambos al cobijo de su cartera—. Si le entendí bien a mi papá, no piensas cobrarlo hasta que no des con el amor de tu vida.

Simón apagó el cigarro en la superficie del techo, color rojo impermeabilizante. Aventó la colilla contra uno de los tanques de gas, como si se estuviera jugando el pellejo, y volvió a ceder a esa sonrisa suya de desamparo.

—La verdad es que sí suena muy pendejo, ¿no?

Cien millones son una fortuna. La quinta parte de una gran, gran, gran fortuna. Y valen un buen agarrón. Valen los cientos de insultos que se colaban por las ventanas del estudio de baile hasta la azotea. Rosa había decidido que de esos cien millones a ella le tocaba algo, lo que fuera, y que no iba a permitir que el Pollo, su exviejo, se hiciera ojo de hormiga. Por eso la decisión loca, arrebatada, de irse a vivir con él, cargando a toda su prole, como si no hubiera pasado nada entre ellos cuando en realidad nunca había dejado de pasar y, de hecho, seguía pasando en ese mismo momento. ¡Parece que ya se te olvidó que por eso nos separamos, porque la siguiente fase lógica en nuestra relación era el homicidio! ¡Tanto tú me querías ahorcar como yo a ti aventar por las escaleras!

Priscila sonrió con una amargura similar a la de Simón al escuchar a sus padres. Al menos agradecía que sus tres hermanos fueran bastante más inmunes a la gritadera.

—Ni siquiera sé si es el amor de mi vida —se encogió de hombros Simón—. Lo más probable es que esté casada y tenga nietos y ni se acuerde de mí.

—Según mi papá no quieres cobrar la lana porque quieres que se enamore de ti por como eres ahora. ¿Es cierto?

—Carajo, Priscila. Ni siquiera sé si quiero que se enamore de mí. A lo mejor nada más quiero cerrar ese capítulo de mi vida.

—No mames —gruñó la pelirroja, poniendo sus manos sobre las rodillas, balanceándose hacia adelante y hacia atrás—. El chiste es que se enamoren, si no qué chiste.

—Es una pendejada, lo sé. No llevo ni una semana de búsqueda y ya siento que es una pendejada. Tu papá lo dice.

El mundo lo dice. Que el amor es una pendejada. Y chance tienen razón. Pero igual lo tengo que hacer.

¡Cómo quieres que vivamos aquí si ni hay paredes! ¡El único cuarto, si se le puede llamar así, es el pinche baño, Rosa! ¿Qué privacidad vamos a tener? ¡Mira a tus hijos, no les tomó ni media hora adueñarse del lugar, ya descordaron una guitarra, Sebastián ya hasta trae puestas mis pantuflas de garra de oso, el pinche Botija no sale de atrás del refri desde que llegaron! ¡No hables así de ellos, también son tus hijos, si cuando los ves los trajeras para acá en vez de llevarlos a tus tocadas o donde sea que andes, no estarían ahora como en Disneylandia!

Simón comenzó a comerse los padrastros de nuevo, señal inequívoca de que entraba en una curva de estrés. Al instante aventó la mano que despellejaba, consciente de que no podía permitirse ningún estado de ánimo jodido. No mientras no diera con Majo.

—¿De veras te gusta el metal o es nada más para hacer enojar a tu papá?

—Un poco de ambos. ¿Es cierto que te querías aventar a las vías del metro?

—...

—Deberías ir al psicólogo.

Bajaron en cuanto los gritos altisonantes de Rosa cambiaron de destinatario y se dirigieron a todo aquel que quisiera presentarse a comer. Simón y Priscila se unieron a la mesa improvisada en donde una buena pirámide de hamburguesas esperaba a ser devorada. En la tele pasaban ahora Kick Buttowski y, como los gemelos fueron abducidos por el programa, la comida fue un poco más civilizada, considerando que Sebastián sólo hablaba si era absolutamente necesario.

—¿En proporción, cuánto nos toca a cada uno de tus hijos, Gerardo? —dijo éste mientras rociaba de cátsup su primera hamburguesa—. Quiero hacer el cálculo para saber a qué universidad voy a poder inscribirme cuando sea grande.

—Tú limítate a comer, mocoso —respondió el Pollo, malhumorado.

Al final todos se deslizaron más por fuerza de gravedad que por ganas en un acuerdo tácito: nadie se iría de la casa, ni aunque el Pollo llamara a la policía, así que intentarían convivir lo mejor posible, a pesar de la falta de muros y puertas y muebles, al menos por ese primer día. La tele estuvo corriendo todas las temporadas posibles de programas infantiles en Netflix hasta que los niños se quedaron dormidos sobre los cojines. El hard rock también sonó hasta que el Pollo puso orden. Rosa en principio no quería pegar ojo, segura de que el Pollo y Simón se darían a la fuga a la primera oportunidad, así que el Pollo tuvo que hablar con ella.

Pasaban de las once. El Botija se había animado a abandonar su escondite; Priscila leía otro libro de animales salvajes; Simón atendía una llamada de emergencia de "Pedro-Bullying, Victimario-11"; el Pollo repasaba en su guitarra algunas canciones; Rosa atendía un chat en su celular y vigilaba. Vigilaba. Vigilaba. El Pollo fue a sentarse con ella a la mesa. No se le veían muchas ganas de pelear. Había sido un largo día.

—Habrá que llegar a otro acuerdo, antes de que esto se vuelva insostenible.

—Ajá —dijo ella sin quitarle la vista al celular.

—Por supuesto, sabes que el premio no se va a cobrar hasta que demos con la noviecita del Charro.

—Ajá.

—Y supongo que también podrás imaginarte que una búsqueda implica que alguien siga un rastro. ¿Escuchaste? Siga un rastro. Y eso, necesariamente, nos lleva a que Simón y yo nos vamos a tener que ausentar en algún momento. Y NO podemos cargar con toda la bola.

—¿Y por qué no? En el Jeep cabemos apretados.

El Pollo sintió esa cosquillita que siempre encendía la mecha y que los llevaba a terminar gritoneándose. Procuró tolerarla. Pasaban de las once y los niños dormían.

—Vas a tener que confiar en mí, Rosa. Te lo juro por la memoria de mi abuelo que, en cuanto Simón me pase mi parte, yo me arreglo contigo.

—¿Confiar en ti? ¿Como confié cuando empezaste a andar con Selene?

—¡Tú estabas pasando por una etapa! ¿Ya lo olvidaste? ¡"Una etapa"! ¡Así lo llamaste! ¡No me dejabas tocarte ni cuando nos encontrábamos en el pasillo más estrecho de la casa!

—Baja la voz, Pollo. Que si se despiertan los gemelos vas a tener una noche de película de terror.

El Pollo volvió a recurrir a todo su poder de concentración, que tampoco era tanto, para no dejarse llevar por la pasión de una nueva pelea.

—No podemos cargar con ustedes. Punto. Vas a tener que creerme.

—El boleto se puede quedar aquí —dijo Rosa sin levantar la vista del celular—. Yo se los cuido.

—Ni madres.

—¿Ves? Yo sí tengo que confiar en ti pero tú no puedes confiar en mí. Por eso me vine con todo y chamacos. Y mañana nos trae Manolo nuestras cosas.

—¿Manolo?

—Mi novio.

El Pollo sintió que tenía el rostro congestionado. La oscuridad no fue impedimento para saber que estaba rojo por completo, del cabello hasta las puntas de los pies.

—¿Le contaste a tu novio?

—Ay sí. ¿Y tú no le contaste a tu novia?

—Ahorita no tengo novia.

—Ah.

El Pollo de plano tomó el celular de Rosa y puso en suspensión la charla que sostenía con alguien por WhatsApp. Arrojó el aparato a los pies de uno de sus hijos.

—Escúchame, Rosa. Simón y yo vamos a tener que salir en algún momento. Y NO podemos llevar a nadie. ¿Entendiste?

Rosa lo miró con una sonrisa socarrona. Le divertía esa imagen del hombretón fuera de sí. El Pollo por mucho tiempo creyó que provocaba las peleas porque le encantaba verlo vociferar y ponerse loco. Sebastián, de hecho, era producto de una de tantas reconciliaciones probablemente inducidas.

—Está bien. Pero que conste que no vine por mí, Gerardo. Vine por tus hijos.

—¿Y crees que no voy a pensar en ellos cuando me pase mi parte Simón?

—Quién sabe. Conociéndote.

—Ya. A dormir. Chingada madre.

—Me parece bien. Supongo que no te opondrás a que Priscila y yo usemos tu cama. ¿Eh?

El Pollo, por respuesta, se puso de pie y salió del departamento con un portazo. Rosa no pudo evitar soltar una risita. Fue por su celular y se metió al baño. Justo al momento en que Simón ponía a Pedro el Bully a morder un zapato como ejercicio de empatía con su última víctima, a la que le había hecho pasar por lo mismo, segundos antes de que Priscila se acercara, con cierto sigilo, a su otrora psicólogo. La muchacha lo tocó en el hombro, sin despegar la vista de la puerta del baño.

—Espérame tantito, Pedro —dijo Simón al celular—. ¿Qué pasa, Priscila?

—Quiero preguntarte algo.

—A ver.

—¿Será un delito muy grave hacerse de una credencial de elector falsa?

—Pues… pues… supongo que sí.

La miró con curiosidad. No quería meterse en su vida pero tampoco quería hacer como si le hubiera preguntado las probabilidades de lluvia para el domingo.

—¿Por qué te urge tener dieciocho?

—Por algo.

—¿No querrás casarte sin el permiso de tus papás, eh?

Priscila nada más le sonrió. Le dio un beso en la mejilla y volvió a su libro, sólo que esta vez sobre la cama del Pollo. La ciudad caía en el sopor. Simón lo mismo. Se contentó con sacarle a Pedro la promesa de que el día siguiente no tocaría a ninguno de sus compañeros, ni siquiera si se lo encontraba en el pasillo más estrecho de la escuela.

22

El sábado, a las cinco de la tarde, frente a la televisión del Pollo, todos veían en silencio un documental de National Geographic sobre la vida salvaje. Fue a sugerencia de Priscila y el único consenso posible entre los congregados que ya sumaban, aparte de los que se habían reunido ahí el jueves, al novio de Rosa, a la hermana más grande de Rosa y sus dos hijas treintonas, a la maestra de español de los gemelos y a un amigo de Sebastián, este último el único que creía que era una inofensiva reunión vespertina de un sábado como cualquier otro.

El narrador describía, con voz monótona, cómo los chimpancés son proclives a la violencia e incluso cometen actos de barbarie y canibalismo.

Simón y el Pollo eran los únicos que contemplaban el documental de pie, recargados en sendas columnas. Una de las treintonas no dejaba de acicalarse a la distancia en uno de los espejos; al parecer aún albergaba la esperanza de tener una primera cita romántica algún día.

Cuando un chimpancé adulto utilizó una gruesa rama de árbol para aniquilar a un chimpancé bebé, los congregados dejaron salir una sola exclamación al mismo tiempo:

—¡Oooh!

Al narrador, en cambio, le parecía que era lo más natural del mundo.

Eran cinco y veinte cuando al fin sonó el teléfono celular del Pollo.

—¡Bájenle! —gritaron varios.

—¡Bájale, Tom! —gritó Manolo, una especie de antítesis del Pollo, bajito, moreno, con bigote bien recortado y cabello engominado. Vendía piratería en un mercado y no le iba nada mal económicamente. Al menos le iba mejor que al Pollo. Pero era escrupuloso en su venta, entregaba los DVD con una garantía personal y pagaba sus cuotas a los líderes puntualmente. Incluso iba a misa el 12 de diciembre, en Navidad y Año Nuevo.

—Soy Lalo —bufó el gemelo al tiempo en que bajaba el volumen.

Daba lo mismo. El Pollo salió del departamento para contestar el teléfono. Simón tuvo que sentar con la mirada a todo aquel que quisiera seguirlo. Su poder era ya de ese tamaño; pero, para que ese milagro se gestara, hubo que correr el chisme de que el boleto lo tenía asegurado en una caja fuerte de algún banco desconocido; la noche anterior había sorprendido a Concha, la hermana de Rosa, queriéndole meter mano mientras dormía. Ay qué pena, fue lo único que dijo la señora a manera de disculpa, carente por completo del *sex appeal* de su hermana, antes parecía la madre superiora del mismo convento en el que bien podrían estar enroladas sus hijas, ambas solteras, ambas negadas al afeite y el cosmético. Ay, qué pena. Así que hubo que tomar cartas en el asunto y se inventó lo del boleto perfectamente resguardado en algún lugar inaccesible.

Pero el boleto, de hecho, seguía en el sobre verde y, éste, entre los pliegues de su cartera. Y la cartera, eternamente en el bolsillo derecho de su cada vez más sucio pantalón de mezclilla.

Simón se quedó de brazos cruzados mirando a los chimpancés teniendo sexo frente a los niños, sin decir una palabra. Sólo los demás atendían la puerta. Incluso el amiguito de Sebastián, por puro contagio.

En breve, volvió el Pollo. Con una nueva excitación pintada en la cara.

—Nos vamos.

—Niños. Busquen un suéter —dijo Rosa.

—No. Ni madres. Nos vamos Simón y yo.

Hubo un conato de descontento, mismo que Simón aplacó como sólo una persona con quinientos setenta y dos millones de pesos, menos impuestos, puede hacer: apenas arrugando el entrecejo.

Luego, simplemente se acercó a la puerta, bajo la mirada nerviosa de los otros. Ahora corría en la tele un anuncio que prometía que, al contratar cierto servicio en tu celular, tenías derecho a bajar una aplicación para ver encuerada a cualquier persona, sin excepción, incluyendo a tu maestra de Español, así que los gemelos tomaron nota mental. El anuncio en cuestión sólo lo atendían ellos, nadie más. El resto de los congregados miraba a Simón, excepto Priscila, quien parecía como si mirara a través de las paredes.

El Pollo sí fue por una chamarra. Y una guitarra, la de uso rudo, la que cargaba como quien carga la anforita de whisky o la biblia.

Rosa, aún sentada, aún con la mano de Manolo entre las suyas, se atrevió a arrojar una última soga.

¿HAS VISTO EL COMERCIAL DE LOS LENTES PARA VER A LA GENTE ENCUERADA?

SÍ.
PUES NO SIRVEN.

¿LOS ORDENASTE PARA VER A TU MAESTRA EN PELOTAS? YA NI LA HACES, COCHINO.
¿QUÉ? YO NO ORDENÉ NADA. ME CONTÓ UNO DEL SALÓN.

PARA LA OTRA ME DICES Y NO GASTAS.

TE HUBIERA PRESTADO LOS QUE YO ORDENÉ HACE UN CHINGO.

DE HABER SABIDO...

—Nos hablamos, Pollo. Nosotros te cuidamos la casa. ¿Eh? Vete sin pendiente. ¿Eh? No te preocupes por el Botija. ¿Eh?

No obtuvo respuesta. El Pollo salió del estudio-departamento sin mirar atrás. Simón tras él. Al interior se quedó un ambiente muy cuajado, uno parecido al de las salas de espera de los hospitales cuando el cirujano dice "haremos todo lo posible" y se pierde dejando tras de sí una estela de aroma a antiséptico.

El Pollo prefirió bajar por las escaleras a esperar el elevador, seguramente temiendo que alguien hiciera un último intento por colgársele del cuello.

—¿De veras te habló el tipo ese?

—Sí. Pero no consiguió mucho. Ahorita te cuento.

Salieron del edificio y fueron a la pensión por el Jeep. El Pollo aún tenía encima la aprensión de aquel que huye de la manada de zombies y teme que el auto no encienda en el último minuto. Arrancó. Echó reversa. Sacó el auto de la pensión. Ingresó a la calle. Apenas para encontrarse con una pelirroja estorbando el paso con las manos metidas en los bolsillos de su chamarra de mezclilla y que de zombi tenía muy poco.

—Carajo —espetó el Pollo al momento en que frenaba.

Priscila caminó a un lado de la ventanilla, para hablar con su padre.

—Bueno, ya te imaginas. Me mandó mi mamá con la consigna de que los tengo que acompañar a como dé lugar. Pero no te apures. Yo entiendo. Le voy a decir que no los alcancé.

—Gracias, Pris —dijo el Pollo, tranquilizándose—. Tú sabes que la onda no es contigo. Ni con tus hermanos. Pero ya ni la hace tu madre. Y luego el novio de tu madre. Y ya ni hablar de la bola de buitres culeros que se unieron espontáneamente al elenco —le extendió cinco billetes de doscientos—. Para que arregles tu coche.

—Gracias. Bueno —concedió con una media sonrisa—. Tengan cuidado.

Le dio un beso en la mejilla a su padre. Miró a través de la ventanilla a Simón. Ya se había hecho fila de coches detrás del Jeep, bloqueando toda la calle.

—Oye, Simón... estuve pensando —añadió la muchacha—. Y no. No creo que sea ninguna pendejada.

Empezó la pitadera. Ella se apartó y se despidió con la mano. Simón y ella mantuvieron los ojos, el uno en el otro, hasta que el Jeep avanzó al fin por la calle.

—¿Qué es eso que no es ninguna pendejada? —gruñó el Pollo.

—La verdad ya ni me acuerdo —se encogió de hombros Simón.

El auto avanzó con rapidez por Álvaro Obregón para tomar Monterrey en dirección al norte. Fue hasta que estuvieron sobre la primera vía rápida, en franca dirección a abandonar la ciudad, que el Pollo volvió a hablar.

—Te confieso que a mí también me dan ganas a veces de hacer lo que quiso hacer la pendeja de mi excuñada. Esculcarte a la mala, sacarte los millones y hacerte entrar en razón antes de seguir con esta pinche babosada.

El auto iba a ochenta kilómetros por hora. Y subiendo.

—Luego me acuerdo que los hijos de puta son los otros, no yo. Y se me pasa —agregó.

Noventa kilómetros por hora. Y subiendo. Habían alcanzado el límite del Distrito Federal para entrar en el Estado de México. El espacio que antes ocupaba el Toreo de Cuatro Caminos hizo sentir nostalgia a Simón, a pesar de que apenas un par de días antes había pasado por ahí. El Toreo era una insignia de los límites entre ambos estados en aquellos tiempos en que tenía quince y una amplia perspectiva de la vida. Ahora no era ni siquiera una cicatriz en el frío rostro de la urbe. Y sintió nostalgia.

—Pero a veces... qué ganas de pasarme del lado de los hijos de puta, cabrón —dijo el Pollo, para rematar.

—Sí, me rompes el corazón. ¿Me vas a decir ya a dónde vamos? Supongo que a Satélite a romperle la cara a nuestro informante.

—No. A Querétaro. Son dos horas y media nomás. Con ganas, hasta dos.

—¿Qué te dijo el tipo ese?

—El tipo ese, que además sigue amenazado, sólo nos consiguió la dirección y el nombre del anterior dueño de la casa, antes de que la comprara su mujer. Datos que igual sacó de la escritura de la propiedad o de algún papel ahí en su casa. O sea que el inútil ni siquiera tuvo que salir de la comodidad de su habitación para, según él, salvar el pellejo. Por eso te digo que sigue amenazado. Pero igual hay que avanzar, porque no podemos depender de un idiota que valora por encima de todas las cosas su peinado y el volumen de sus bíceps. El que les vendió la casa es un tal Bernardo López Herrera. Y vive, o vivía, en Querétaro.

—Ajá. ¿Y?

El Pollo desvió por unos segundos la vista del camino para mirar a su colega.

—¿Cómo "y"? ¿Pues qué te imaginas tú? Vamos a hacerle una visita al tipo. Con suerte y era dueño de la casa desde hace cincuenta años y se acuerda de la Popotitos y nos da su dirección y tú le caes y se casan y tienen hijos y terminamos al fin con este peregrinaje de la chingada. ¿Cómo "y"? ¿Cómo "y"?

La mirada de vuelta al camino.

El Jeep rebasó a dos autos que no necesariamente entorpecían su avance.

Simón no supo qué más añadir. Excepto que no permitiría que durante el viaje sonara en las bocinas pura música country. Se arrellanó en el asiento y fingió que dormía. Pero en realidad pensaba que era completamente absurdo que un tal Bernardo López Herrera tuviera datos de su novia de la secundaria, no porque el nombre no pareciera embonar en la investigación para nada, sino porque ir en pos de quién sabe qué persona en Querétaro un sábado por la noche como única pista a la mano, daba la impresión de que, en vez de acercarlos, los alejaba más y más y más.

Terminó por dormirse. Y no soñó nada hasta que lo zarandeó el Pollo.

—Despierta, baboso. A que no sabes quién se comunicó conmigo.

La carretera estaba oscura. Y no se veían todavía trazas de ciudad alguna. Los focos rojos de un tráiler, por delante de ellos, era lo único que rompía la monotonía del negro sobre negro.

—¿Quién?

—El profe Quintana.

—¿Quién?

—Quintana, güey. El profe de Química. Me acaba de mandar un mensaje. Lo busqué en el face y me contestó. Sóplate esa.

Avanzaba el Pollo con una mano en el volante y otra en el celular. Simón se despabiló. Quintana era una persona que sí ocupaba un sitio en el círculo de posibilidades de conexión con Majo. O al menos así se lo parecía. En comparación, el tal Bernardo López se volvía un puntito en el horizonte.

—Se acuerda de mí. Sóplate esa también —siguió el Pollo.

Ni siquiera le importó a Simón que fuera texteando y conduciendo, acaso porque días antes arrojarse a las vías del metro estaba en el número uno de su lista de prioridades.

—No se acuerda de la Popotitos. Mmmh... —gruñó ahora el Pollo. Hizo una pausa para teclear un poco más—. Ni de ti, pinche Charro. Qué mal.

En la noche, la pantalla del celular del Pollo flotaba como un luminoso insecto en dirección a Querétaro. Alumbraba la blanca cara del conductor consiguiendo un efecto sobrenatural. A Simón le dio aprensión y prendió la luz interior, como si con ello ayudara a que no se perdiera en la nada, en la noche, la liga con el profesor Quintana.

—¿Qué pedo? ¿Qué le pregunto? —inquirió el Pollo, repentinamente seco de ideas.

—A ver, presta.

Simón le quitó el celular. Le preguntó al profe si había forma de dar con los expedientes de aquellos años. Éste contestó que sólo en la Secretaría de Educación y no creía que fuera a haber suerte, que a lo mejor hasta los habían usado para hacer papalotes. Simón titubeó. Y luego tuvo una mínima inspiración. Hizo la pregunta. Obtuvo la respuesta. Le agradeció infinitamente. Apagó el celular.

—¿Qué? —lo urgió el Pollo—. ¡¿Qué?!

—Te va a conseguir los datos del profesor Vela. Todavía vive.

Ambos se sintieron remitidos a la oficina del que fuera director de la escuela secundaria en los años en que ellos asistieron. El mismo que les había levantado reportes, suspensiones y hasta amenazado con expulsión. Y que había conducido de la mano a Majo al salón del 3º B en los años ochenta. Y que todavía vivía.

Una nueva línea de investigación. Una bocanada de aire fresco. El Jeep se animó a rebasar al tráiler casi enseguida.

Eran las nueve de la noche cuando al fin dieron con la dirección del que hasta hacía dos años era propietario y que, con suerte, acaso también lo fuera en el tiempo en que Quintana daba química en la secundaria y Vela era director del plantel y un muchacho y una muchacha de catorce años de la federal número 17 se dieron cita en su interior para oír a Pablo Milanés y The Commodores y perder la virginidad de ser posible.

No era tan tarde como para no llamar.

Y así lo hicieron. Se trataba de una modesta casa en la periferia de la ciudad. Una casa con luz en las ventanas y la imagen fantasmal, tras las cortinas del segundo piso, de una televisión encendida. Apareció por la puerta una señora de mediana edad, con delantal y pañoleta, seguida de una niña como de siete años.

—Perdone… ¿aquí vive el señor Bernardo López Herrera? —cuestionó el Pollo, a la sazón, más preparado para las decepciones que el dueño del boleto.

—No. Ya no. Vivía, pero ya hace un año más o menos que se cambió. ¿Por?

Y Simón, minutos antes optimista, de pronto se vio a sí mismo cayendo en una espiral infinita, persiguiendo la pista dentro de la pista dentro de la pista. Preguntando por un hombre que los llevaría a dar con otro hombre y así sucesivamente sin nunca dar en realidad con ninguna niña o mujer de nariz respingona. De pronto vio al profesor Vela muerto. A su única pista volverse humo. A Majo corriendo en el parque de atrás de las oficinas de Correos, desapareciendo frente a sus narices como un sueño.

Hubiera soltado la exclamación que le demandaba salir, con todas sus sílabas y todos sus intríngulis poéticos de cantina de los bajos fondos. Pero había una niña de siete años presente y no se le hizo onda.

Comenzaba a caer una tenue llovizna que pronto se convertiría en aguacero.

23

"Todavía viene a recoger su correspondencia".

Ésas fueron las palabras de las que se tuvieron que afianzar para no caer por completo en el desánimo. El Pollo le extendió dos billetes de quinientos pesos a la señora para poder sacarle la promesa de que les llamaría en cuanto fuera el señor Bernardo por su correo. Pero esto podía ser en una semana o en un mes o, de plano, nunca.

Lo único que los consolaba es que ya habían pasado más de dos semanas desde la última vez que recogiera su altero de cartas el mentado exdueño de la casa de Navegantes, así que alguna esperanza había de que no pasara mucho tiempo para que volviera a presentarse. Pero igual podía ser en una semana. Un mes. Nunca. Porque el único número telefónico que tenía la señora de él era el mismo que usaba cuando todavía vivía ahí y que, por cierto, aún estaba a su nombre. Y nada más. Cero conocidos mutuos, cero celulares, cero referencias. Nada.

Simón y el Pollo estuvieron sentados al interior del Jeep, mirando el rítmico golpeteo de los limpiaparabrisas sin decir palabra, temiendo una espera similar a la que hicieron en Ciudad Satélite, de detectives de pacotilla. Pasó una media hora cuando Simón al fin se atrevió a hablar.

—¿Para dónde jalamos? —dijo, arrancándose a sí mismo del hipnótico ir y venir de los limpiadores.

—Ni modo que para tu casa o la mía —sentenció el Pollo.

—Sí. Ni modo.

Y así dejaron pasar otra media hora, hasta que en una mezcla de desgano y resignación se fueron a buscar un hotel no muy caro por las cercanías. No vieron caso en volver a México si ahí en Querétaro era donde surgiría la siguiente pista. Así que, con la lluvia aún de buen tono, se alojaron en un modesto tres estrellas no muy lejos de la Plaza de la Corregidora, con desayuno incluido pero sin alberca y sin cable en la tele. El único equipaje que llevaban era una guitarra de medio pelo y sus chamarras.

El aburrimiento de pasearse por la plaza, pendientes por completo de que el celular tuviera buena pila y buena señal, los alcanzó hasta el siguiente miércoles, día en el que el Pollo ya había buscado a Quintana por más de cinco ocasiones, recordándole de los datos del profesor Vela que le había prometido; día en que Quintana dejó de contestarle, molesto por la insistencia; día en que la señora del delantal y la pañoleta le aseguró por quinta vez consecutiva que don Bernardo no había pasado aún, que no se preocupara, que ella le avisaba. Día en que, a varios kilómetros de ahí, se desarrollaba una peculiar escena.

Lorena ingresó a la oficina de su jefe aprovechando que éste estaba en junta en el corporativo. A nadie le llamó la atención el posible allanamiento, pues todos sabían que el licenciado Yépes se apoyaba en Lorena para las labores secretariales a las que no tenía derecho (como ningún otro gerente de sucursal de la institución bancaria: desde que habían sido absorbidos por aquella firma asiática que hasta le cambió los colores al logo, ninguno de ellos contaba con asistencia personalizada, pero el licenciado Yépes sentía que había entregado los suficientes años de su vida al banco como para no poder sacar a una cajera de su ventanilla y pedirle que le hiciera algún mandado, pedirle que comprara la leche o llevara el coche a verificar). Así que la mañana de ese miércoles ordinario a nadie le pareció fuera de lugar que ella cerrara momentáneamente su caja y entrara a la oficina del licenciado, se sentara en su silla, moviera el *mouse* para despertar a la computadora del letargo y comenzara a dar clic aquí y allá.

Molina atendía a dos ancianas que aseguraban no haber dispuesto de efectivo en toda la semana y tener un faltante de dos mil pesos en su cuenta, mismo que había sido retirado de un cajero según lo estipulado en su portal de banca electrónica, todo un misterio de la vida moderna. Así que a él tampoco le pareció anómalo que Lorena, gordita, simpática, tímida pero eficiente, se sentara a la silla de su padrino, el gerente, y clic, clic, clic sin recato y sin miramiento. Acaso sí le habría parecido extraordinaria la cara que puso en determinado momento del tour por los correos de su jefe. Si la hubiera visto. Pero en ese momento presenciaba con beneplácito una agria discusión entre ambas hermanas septuagenarias, es que tú a veces sacas dinero y no te acuerdas, Esperanza, mira quién habla, la que se salió a la calle el otro día en fondo y pantuflas.

La cara de Lorena fue de asombro, de alegría, de desconcierto, de incredulidad, de espanto, de alegría nuevamente, de excitación, de emoción, de entusiasmo, de pasmo, de sorpresa y de alegría finalmente. Todo eso en apenas cinco segundos. Acto seguido, intentó disimular. Y entonces se envió a sí misma el correo que Molina había hecho llegar a su padrino con el asunto: "Metas alcanzadas" y que no llevaba texto en el cuerpo del mensaje, apenas dos archivos adjuntos: dos JPG de dos fotos tomadas con celular.

Luego, borró el mensaje de la carpeta de "Enviados" para deshacerse de toda evidencia. Se paró de la silla. Fue al baño de mujeres de la sucursal. Y, encerrada en un cubículo, sentada sobre la taza del baño con todo y tapa, recibió la imagen en su teléfono.

Entró a la página de los resultados de los sorteos de la institución gubernamental para la asistencia pública. Constató la veracidad de lo que había escuchado dos días antes. Y reprimió un "yupi" mientras se daba a la redacción de lo que postearía en las redes sociales y que, en su opinión, le valdría la fama más espectacular e inmediata de toda su vida.

Antes de continuar, habría que decir algo en favor de Lorena Huízar.

Era toda una romántica.

La mataban las historias de amor. Todas. Incluso las más malas y palomeras le sacaban lágrimas y le rompían el corazón. Bastaba con que el asunto terminara bien para que ella afirmara que era lo mejor que había visto a lo largo de toda su existencia. Naturalmente, cambiaba de parecer a la siguiente película, que de pronto le parecía muy superior a la anterior. Y así sucesivamente.

Volvió a su caja. Siguió con su chamba. Vio a su jefe volver de la junta y entrar a su oficina. Jamás se equivocó Lorena en operación alguna.

Y mientras atendía a uno con traje luido y corbata con lamparones que cobraba la nómina completa de la empresa en la que trabajaba, empleado por empleado y sobre por sobre (nada más veintinueve, hasta eso que no lo consideraba un abuso), se puso a trabajar, mentalmente, en aquello que postearía en su blog: "Corazón de Chocolate".

Comenzaría con algo así como:

"Ella tenía quince. Él también. Y se amaban con locura".

La sonrisa la traicionó. Finalmente, una oportunidad así no se vuelve a tener jamás. Y en su opinión tendría más de mil retweets y más de doscientos shares en Facebook, ya ni hablar de las visitas a su página.

Mientras pasaba un cheque por la lectora y constataba firma con el sistema, recordaba el feliz momento en el que Molina se había desprendido de la historia sin contar con que ella estaba todavía haciendo corte y parando oreja. Ese mismo día, pero en la mañana, el licenciado Yépes había cambiado su estado de ánimo como si lo hubieran embrujado. Primero se encerró con Molina en su oficina y las apuestas entre los cajeros se cargaban hacia el inminente despido del ejecutivo. En cambio, el gerente abandonó la reunión con una luz en los ojos tal, que parecía que el infeliz de Molina le hubiera echado algo en el café. Pero luego, por la tarde, el ejecutivo y el gerente volvieron a encerrarse. Fue cuando ella escuchó la historia completita, con el añadido de que él, Molina, le enviaría al gerente la foto por email, la prueba para que pudiera convencer a sus jefes en el corporativo de que no había nada de qué preocuparse en cuanto al alcance de los objetivos de la sucursal.

Todo el fin de semana soñaría con eso. Y el lunes. Y el martes. El miércoles no pudo más. Se animó a ingresar a la oficina de su jefe y constatar la veracidad de los hechos. Por eso le ganó el sentimiento a la mitad de un pago de luz.

—¿Está usted bien? —dijo la señora, del otro lado de la ventanilla.

CURSI, NO CABE DUDA.
FIN

¿DE QUÉ HABLAS? AL FINAL CADA UNO SE VA POR SU LADO.
¿CÓMO LA HABRÍAS TERMINADO TÚ?

ÉL LA MATA POR LA ESPALDA Y LUEGO SE DA UN TIRO.
ERES CASO PERDIDO. CON TUS ESTÁNDARES HASTA "VIERNES 13" ES CURSI.

PUES SÍ, BASTANTE CURSI. A LO MEJOR PORQUE USAN PURA SANGRE QUE PARECE CATSUP REBAJADA.
¡SLAM!

Lorena lloraba, literalmente. Era como vivir una de las películas que tanto amaba. Sólo que ésta era mejor. Y más bonita. Porque era real. Porque había pasado. Y porque ella estaría ahí para ver el final.

—Sí —dijo, limpiándose con un klínex las mejillas. Y miró a Arturo Lara, el cajero que siempre le había gustado, con un poco más de atrevimiento que otros días.

24

Llegó el viernes. Y le siguió el sábado. Y después, claro, el domingo.

El Pollo y Simón estaban en el restaurante del hotel. Uno terminaba su desayuno en silencio. El otro revisaba su Facebook, también en silencio. No había habido avances. Por ningún lado. La salud mental de ambos nuevamente corría peligro. Se hablaban apenas, aunque nunca se separaban. Acudían al cine, a los bares, a las plazas como un par de jubilados a quienes sólo importa contemplar la vida. Esa mañana dominical no fue la excepción. Compartían mesa y silencio, pero nada más.

Al principio, Simón creyó que se trataría de una jugarreta de su mente, producto de los días de hastío. Luego confirmó que no, que era perfectamente real. La nota había sido compartida por uno de sus expacientes, adornada con un emoticón que representaba sorpresa. "Megadeth Beto ha compartido el enlace de CorazondeChocolate91". Para no hacerse mala sangre, cerró el Facebook. Lo volvió a abrir. Entró al muro de Megadeth Beto, quien ahora tenía veinte años y ya no se masturbaba cada dos horas. Ahí estaban el emoticón, la nota, la foto.

—Pinche Pollo. Explícame esto, cabrón.

Tres minutos después de balbucear incoherencias y malabarear explicaciones que se le deshacían en las manos, el Pollo acabó por admitir que le había tomado una foto al boleto. Y que se la había enviado al Molina pero sólo a él.

—Te lo juro por mi abuelo, cabrón.

—Pinche Pollo —dijo Simón, negando con la cabeza como si todo eso fuera un episodio de alguna otra vida. Finalmente, estaban ahí, lejos, esperando a que les llamara una señora cuya imagen mental seguía teniendo pañoleta y delantal o un profesor de Química que, en su recuerdo, aún tenía veintisiete años y bigotes de Nietzsche.

El Pollo, por otro lado, lo sentía como un episodio de su vida corriente, real, palpable, tangible y con muchas posibilidades de afectar sus planes para volverse millonario. Tomó su celular, fue a los contactos y marcó a uno de la pestaña "Favoritos". Esperó y fue mandado al buzón. Volvió a repetir la operación. Y de nuevo.

Tres veces más. Hasta que al fin contestaron.

—¿Bueno? —dijo una voz ronca, de desmañanada o de desvelo. O de ambas.

—Hola, Augusto. Habla el Pollo. ¿Me pasas al Molina?

—Pérame.

Simón hacía circulitos con la punta del dedo índice sobre el mantel.

—¿Bueno?

—Pinche Molina hijo de tu puta madre.

—Qué onda, Pollo. Cálmate. ¿Qué te pasa?

—¿Quién es Corazón de Chocolate?

—¿Qué? ¿De qué hablas?

—Revisa tu Face, cabrón. Seguro que ya alguien te lo compartió. Y me llamas.

Puso su celular sobre la mesa. Simón siguió haciendo circulitos sobre el mantel. El Pollo le rehuía la mirada. Torcía la boca. Tamborileaba los dedos.

—¿Estás encabronado? —le preguntó a Simón.

—¿Tú qué crees?

—Perdón, güey. Jamás me imaginé que...

Fue como si el intento de disculpa hubiera recibido un balazo en la frente. Bajó la mirada. Se recargó en una de sus grandes manos. Miró su celular con impaciencia.

—Nada más asegúrate que no nos relacionen con la historia porque entonces sí estamos jodidos —dijo Simón—. Lo único que nos falta es que se sepa que soy yo el lindo y romántico pendejo ése para que se fastidie por completo el asunto.

Sonó el celular al fin. El Pollo, como una fórmula de atención a Simón, contestó sin levantar el aparato. Activó el altavoz.

—Perdón, güey. Jamás me imaginé que... —dijo la voz de Molina, compungida.

Simón negó y miró hacia otro lado. Como broma era bastante mala.

—Pues sí, cabrón —rugió el Pollo—. Clarito te dije que no le contaras a nadie.

—Cálmate. Lo mismo te dijo Simón a ti y a'i vas tú de lengualarga.

—Cuidado con lo que digas porque te está oyendo.

Un mínimo silencio.

—Qué onda, Charro.

—Ya qué te digo, pinche Molina.

—Mi padrino amenazó con correrme. Por eso se me salió. Se los juro.

—¿Con todo y la historia del par de adolescentes enamorados? ¿Con todo y el envío de la foto del boleto? No jodas.

—Pues sí. Era para que me creyera. Lo que no sabe, ni él ni nadie, es que se trata de ti. Todos creen que es un cliente, nada más. Un cliente anónimo y misterioso.

—No jodas, si te está oyendo Augusto.

—Se volvió a jetear. Además, me encerré en el baño, güey.

—¿Quién es Corazón de Chocolate?

—Una cajera de ahí del banco. Al rato le llamo para mentarle la madre.

—Igual la puedes matar y hacer cachitos, de todos modos la foto ya fue compartida más de doce mil veces. Y eso nomás en Facebook. No sé si quieras asomarte tú al Twitter.

—Uta.

Nuevo silencio. Igual nivel de congoja. ¿Más café?, preguntó un mesero. Ambos negaron.

—Okey, ya lo saben hasta en Siberia. Ni modo —dijo Simón—. Pero lo que sí no puedes revelar, o no te tocan ni veinte pesos del premio, es el nombre del cliente misterioso. Júralo por tu madre, pinche Molina.

—Lo juro por mi madre y todos los santos a los que les reza mi madre.

—Más te vale, cabrón. O nosotros somos los que te vamos a ir a sacar de los pelos de tu pinche escritorio para hacerte cachitos —intervino el Pollo.

Simón apenas lo miró con fastidio. El Pollo asumió, de nueva cuenta, la actitud de niño regañado.

—Sólo por curiosidad —dijo la voz de Molina al teléfono—. ¿Sí tenías pensado prestarme un poquito, aunque sea, en cuanto cobraras la lana? Nada más para salir de jodido, te lo prometo.

—Pinche Molina… como si no supieras que sería incapaz de dejarte fuera de la repartición.

—¿En serio?

—Mejor ya lárgate o me va a dar un arranque y voy a quemar el boleto.

—¿Lo traes contigo?

—Fue un placer hablar contigo, traidor hijo de tu pinche madre.

Simón mismo presionó el botón rojo del celular del Pollo. Luego, llamó al mesero para que le llevara más café. Y regresó a la entrada en el blog de Corazón de Chocolate, no por interés particular. En realidad le seguía pareciendo parte de alguna otra vida que poco o nada le incumbía. Lo hizo por mera distracción. En ese momento tenía la mente y las esperanzas puestas en una pista, la que fuera, que en verdad lo condujera a Majo.

Majo en letras rosas con guinda.

Majo, representada como una niña morena en una foto robada de algún otro sitio de internet.

Majo sonriente. Majo bonita. Majo con calentadores y fleco de aguacero, un remedo gacho de cualquiera de las integrantes de Flans.

Majo.

Quien…

… tenía quince años. Él también. Se amaban con locura.

Pero el destino a veces es cruel. Y tuvieron que separarse a la mitad de su noviazgo.

Eso fue en los años ochentas, cuando nuestros padres veían XE Tú en la tele, con René Casados y Erika Buenfil.

Ahora, en los años posteriores a la caida de las torres gemelas, el ha decidido buscarla.

¿Por que?

Porque de repente se sacó el gordo.

En dias pasados acudio a la sucursal en la que trabajo y nos mostro el boleto ganador. 572 millones menos impuestos. Y nos conto su historia.

Lo mucho que la amó y lo mucho que lo traicionó el destino.

Y que quiere ahora dar con ella a como de lugar.

Pero lo que es en verdad impresionante de esta historia es lo siguiente:

No quiere cobrar el boleto si antes no ha dado con ella, con el amor de su vida.

¿Porque?

Porque no quiere que ella lo acepte por su dinero sino por lo que es.

Ahora diganme si no es este señor el tipo mas lindo y mas romántico de todo este frío mundo.

Corazones y caritas llorando conmovidas.

Y foto de boleto ganador.

Y link a la página de los ganadores de los sorteos del corazoncito.

Y 341 comentarios. No, espera. 342. 343. 344…

25

Estaban comprando las entradas para una película que ya habían visto, pero que no les importaba ver de nuevo, cuando sonó el celular del Pollo. Un número desconocido.

—Qué onda, Pollo. Habla Manolo. Manolo Hernández. ¿Cómo van?

—¿Quién te dio mi número, cabrón?

—Rosa. ¿Cómo van? ¿Qué noticias?

Sin dar explicación alguna colgó, molesto.

—Hazme el chingado favor.

Estaban dentro del cine cuando volvió a sonar el teléfono. Otro número desconocido. No le importó al Pollo contestar ahí dentro. Ni siquiera bajó el volumen a su voz.

—Fue una herencia.

—¿Qué? ¿Quién habla?

—Héctor, señor Flánagan. El señor Bernardo no compró la casa. Se la heredaron.

Tardó el Pollo en ponerle rostro al nombre. El de los bíceps. El míster México de bolsillo.

—¿Y a mí para qué chingados me sirve ese dato?

—¡Sssshhhh! —lo callaron varias voces.

—Pues para algo, supuse. Es lo único extra que he podido averiguar.

—O sea que no me averiguó quién le heredó la casa o dónde vive o su teléfono o mínimo una muestra de saliva para rastrear su ADN.

—Este... no.

—Carajo. Me están dando ganas de mandar las fotos a su mujer. No sé por qué me sigo esperando.

—No, no sea así. Es que no ha estado fá...

El Pollo volvió a colgar, molesto. Intentó poner atención a la película pero prefirió dormirse. Igual ya la había visto.

Estaban camino de vuelta al hotel cuando el teléfono nuevamente repiqueteó. Otro número incógnito.

—Bueno —gruñó. Se imaginaba que se trataba de la maestra de Sebastián o la directora de la escuela de los gemelos o el cuñado de la novia del mecánico de Priscila.

—¿Señor Flánagan?

—¿Sí?

—Aquí está. El señor Bernardo. Que lo puede esperar hasta las ocho.

Miró su reloj. Eran siete y cuarto de la noche. Caminaban con indolencia sobre las calles adoquinadas del centro.

—Rápido, Charro. Para un taxi.

Eso no fue problema. Ni tampoco pedirle al taxista que le metiera velocidad. Mucho menos ofrecerle una comisión extra si llegaba al domicilio antes del cuarto para las ocho, al fin no había tráfico y el ruletero se sabía bastante bien las calles queretanas. El problema fue que, si el tal Bernardo López Herrera no quería esperarse hasta las ocho, a pesar de haberlo afirmado, no había nada que hacer al respecto.

—¿Qué? ¿Cómo que se fue? ¡Si todavía no son las ocho!

La señora, que en el recuerdo de ambos seguía teniendo pañoleta y delantal, ahora se encontraba vestida con cierta formalidad: tacones, blusa, pantalón. Al fin era martes y era posible que hubiera ido a trabajar. En ese momento se le ocurrió a Simón que tal vez el señor Bernardo hubiera ido varias veces antes a recoger su correspondencia y no hubiera nadie en la casa. En ese momento pensó que así debía ser el infierno, una desoladora espera que, cuando crees que está a punto de terminar, se alarga repentinamente.

Probablemente la señora leyó esto en los ojos de Simón porque, sin mayores aspavientos, les extendió una tarjetita.

—Me dejó sus datos.

Simón tomó el papel. "Bernardo López. Poeta." Y un número de celular.

El Pollo no quiso perder más tiempo. Marcó en seguida. Y fue mandado al buzón.

—Me lleva el demonio —dijo, a pesar de haber querido utilizar una expresión notablemente más soez. Acaso fuera que la niña de aquella vez ya se había asomado también a la puerta.

Insistió el Pollo. Mismos resultados. Misma imprecación.

—A lo mejor va manejando y no puede contestar —dijo la señora.

—Pero iba a su recital, ¿no, Ma? Eso dijo.

La señora quiso callarla con sus buenos ojos de pistola pero era demasiado tarde. Tanto el Pollo como Simón se dieron cuenta de que mucha buena voluntad no había.

—¿Recital?

La niña no se atrevió a agregar más. La señora enrojeció. Se sintió obligada a explicar.

—Es que me dijo que era posible que fueran ustedes acreedores. Que mejor les dejara su tarjeta y ya él veía si se comunicaba con ustedes.

El Pollo contó hasta veinte en el interior de su cabeza. O lo intentó. De hecho, llegó hasta el cuatro.

—Señora mía... este señor que ve aquí está buscando a la única persona que le puede salvar la vida. Le juro por lo más sagrado que no somos acreedores.

Las dos miradas, la de la señora y la niña, sobre Simón.

—Está buscando a una hermana que perdió cuando era niño y que vivía en la casa que en su momento perteneció al señor Bernardo. Esa hermana perdida es la única persona que tal vez le pueda donar un poco de médula ósea.

Simón prefirió ya no echarlo más a perder. Sonrió con timidez. La señora tragó saliva. La niña preguntó qué es médula ósea. La señora suspiró.

—Lee sus poemas en un bar del centro. Les apunto la calle. Creo que se llama "El Hueso" —dijo, no sin cierto pesar, apuntando en la tarjetita—, uno que está frente a una gasolinera. A las nueve creo que empieza. No lo hagan pasar muchos corajes, por favor, él también está enfermo. Del hígado.

El Pollo asintió con desgano. De repente se le ocurrió que la señora conocía esa información desde hace mucho. Intentó contar nuevamente hasta veinte. Llegó hasta el dos.

—Dígame la verdad... ¿Qué es de usted el señor Bernardo?

—Es mi papá.

—Puta madre —se le salió esta vez al Pollo—. ¿Y por qué no lo dijo desde el principio?

La señora se encogió de hombros. Parecía preguntarse, más bien, por qué se los estaba diciendo ahora.

Simón agradeció con el mismo ánimo de un enfermo terminal. Dio la mano a la señora y a la niña. El Pollo todavía tuvo que sufrir el incordio de que le pidieran la gratificación monetaria y de que le preguntaran, tres veces consecutivas, qué es médula ósea. Cuando alcanzó a Simón, éste ya había parado otro taxi.

Se subieron. Dieron la dirección. Prefirieron el silencio. A esas alturas cualquier cosa les parecía posible.

Pero al llegar a la calle referida, en efecto, había una gasolinera del lado derecho. Y, en efecto, un bar enfrente. "El Hueso". Tal cual.

"Hoy, duelo de poesía", ponía un pizarrón parado en escuadra al lado de la puerta.

Entraron. Se trataba de un bar con su onda conceptual. Del techo pendían todo tipo de porquerías, desde maniquíes hasta tazas del baño. Ellos se sentaron en una mesa hecha con una llanta de tráiler y una tabla, debajo de un tololoche sin cuerdas. Ocuparon un par de botes de pintura, a pocos metros de un improvisado escenario al que le pegaba un reflector de varios miles de watts. La mesa tenía nombre, de hecho: Charles Bukowski. Sobre el escenario se encontraba un hombre viejo, de traje y sombrero gris, encorvado, sosteniendo unas hojas. A su lado, un granuloso muchachito de no más de veinte frente a un micrófono sobre un pedestal leía algo de sus propias hojas que, ya se enterarían, eran versos.

—¿Qué les sirvo? —preguntó una muchacha que llevaba una playera negra que decía "Yo nací un día que Dios estaba enfermo" por delante y "Bar Huesos" por detrás.

—Una chela y un Pascual de guayaba —resolvió el Pollo por fórmula. Es lo que habían tomado todo el tiempo en Querétaro. Sólo variaba la marca de la cerveza o el sabor del Pascual.

Había bastantes asistentes, y todos bien a tono con el lugar. Todos menores de treinta, todos con tenis Vans, jeans de tubo, playeras negras y un sombrío entusiasmo por lo que

¡MAMÁ! ¿SI TE DIGO QUE DE GRANDE QUIERO SER PERFORMANCERA, ME DEJAS?
¿PERFORQUÉ?

UNA DE ESAS ARTISTAS QUE SALEN ENCUERADAS AL ESCENARIO Y SE MEAN EN UNA OLLA DE FRIJOLES MIENTRAS SE SACAN SANGRE Y RECITAN POEMAS DE LA MUERTE.
¡TERMINA TU TAREA Y DÉJATE DE ESTUPIDECES!

SE VE QUE TÚ NUNCA TUVISTE SUEÑOS.
LOS SUEÑOS DE LOS HIJOS SON LAS PESADILLAS DE SUS PADRES.
COMO SI NO LO SUPIERAS.

ODIO CUANDO SE PONE PROFUNDA. OJALÁ HUBIERA SIDO ACTRIZ DE CINE GORE, COMO QUERÍA MI ABUELA.

escuchaban en voz del poeta. El Pollo pensó que, de ser una película de la tele, hubiera activado los subtítulos porque no entendía absolutamente nada.

Al terminar su lectura, el poeta agradeció los aplausos y se fue a sentar a una mesa en la que lo esperaban sus amigos, todos cortados con la misma tijera. Una voz en el sonido local anunció, como por trámite:

—Gracias al Conde Luc. Y ahora, nuestro ya conocido B. L. leerá parte de su obra. Por favor, B. L.

El abuelo se acercó al micrófono. Acomodó sus hojas. Y comenzó:

—Ella era una diosa. Ella era una flor. Ella era una rosa. Ella era el amor.

A esto siguieron quince minutos de lo que, salvo mejor opinión de los otros escuchas, a Simón y al Pollo les pareció la más espantosa poesía que hubieran oído en su vida. Los poemas llevaban títulos que, en un campeonato de cursilería, hubieran perdido por rebasar los límites de empalagamiento humanamente soportables. "Tus ojos son dos zafiros". "Ámame, mi ángel de amor" y así por el estilo. El Pollo tuvo que pedir un whisky para tolerarlo. Al final de esos quince minutos, sólo aplaudieron las dos meseritas. Y sin muchas ganas. Simón y el Pollo lo hicieron por conveniencia. El abuelo se fue a sentar a la única mesa desocupada y el hombre en el micrófono dijo, también por trámite:

—Gracias, B. L. Bueno, pues creo que es obvio. El ganador es el Conde Luc. Felicidades, Conde.

Más aplausos. El Conde Luc se paró. Inició música electrónica. El Pollo le hizo una seña a Simón y, con el vaso en la mano, fue a la mesa de B. L., la mesa "Manuel Acuña".

—Don Bernardo... ¿nos permite invitarle una copa?

El abuelo, aún con el sombrero puesto, los miró con suspicacia. Luego, pareció adivinar.

—¿Cuánta lana le dieron a mi hija por soltar la sopa?

Ambos ocuparon sendas sillas improvisadas. Llegó una cuba a la mesa. El anciano poeta movió el agitador, lo echó sobre la tabla y dio un gran trago.

—Nos gustó mucho su poesía —dijo el Pollo.

El viejo volvió a mover su cuba.

—No mamen.

Los tomó desprevenidos. Ninguno supo cuál era, entonces, el siguiente paso.

—Es la poesía más mala del universo. Si les gustó es que tienen serios problemas.

—Pues ya que lo dice… —aceptó el Pollo—. Sí es un poquito mala. ¿Eh?

—Es tan mala que deberían arrestarme —se terminó la cuba y pidió otra con la mano—. Bueno… entremos en materia. Primero deben saber que, si les debo lana, no tengo para pagarles. Estoy quebrado.

—No, don Bernardo… es por otro asunto que lo hemos estado buscando —dijo Simón.

—A ver…

Y fue el Charro de Dramaturgos el que se arrancó con la historia. Desfilaron dos whiskies, cuatro cubas y dos Pascuales más pues el hombre del boleto prefirió contar la historia verdadera. Los quinientos y cacho millones de pesos fue lo único que se calló, pero todo lo demás sí salió a relucir, incluso el color de cabello de Majo y que se parecía a Winona Ryder y le gustaba la trova cubana. El abuelo, a pesar de los cinco tragos que ya llevaba en la cuenta, nunca se mostró afectado. Era un bebedor de ligas mayores.

Para ser sinceros, yo sentí que Simón narraba la historia como una necesidad de escucharse a sí mismo, una especie de desahogo, pues era muy probable que el hombre no tuviera conexión con ese pasado que estábamos persiguiendo y todo eso fuera una vil pérdida de tiempo. Pero igual ni modo de intervenir, si se le veía que el ambiente, la oscuridad, la música, lo emborrachaban más que al resto de los congregados, y eso que estaba tomando puro Pascual Boing.

El viejo se acabó el último chicharrón del platito. Con el bocado entre los dientes habló al fin:

—A ver, déjeme ver si lo entendí bien. ¿Usted quiere dar con su novia de la secundaria porque, según usted, ella es su última oportunidad de ser verdaderamente feliz?

Simón asintió. El viejo, con mirada felina, lo confrontó.

—Déjeme decirle algo, Simón... soy un pésimo poeta pero, en contraparte, soy un gran degustador de poesía. Acaso el mejor. Sé cuando tengo frente a mí el más malo de los poemas pero también sé cuando tengo frente a mí un verso enorme, irrepetible. ¿Por qué? Porque los he degustado, valorado y sopesado a todos. A Paz, a Neruda, a Vallejo, a Cummings, a Whitman, a Baudelaire, a todos. Y por eso puedo decirle que eso que usted está haciendo y que le parece acaso un soberbio poema, un acto heroico, una misión de vida, en realidad no es más que una grandiosa, absoluta y magnífica pendejada.

Simón miró al Pollo. Al tololoche. Al trasero de una chava que bailaba, ebria, a pocos pasos. Dio un gran trago al envase vacío de su Pascual.

—Y si por mí fuera, lo pararía en seco. Le diría que más le valdría seguir con sus planes de quitarse la vida.

Como ya no tenía nada en su vaso de cuba, y para no intentar, como Simón, un trago en seco, Don Bernardo tomó el vaso del Pollo y se echó al gañote lo poco que le quedaba. Masticó el hielo ruidosamente.

—Pero en cambio, le voy a ayudar. ¿Por qué? No sé. Llámelo morbosidad. Llámelo pendejez al cuadrado. El caso es que le voy a ayudar. ¿Ve ese contrabajo? ¿Aquella cama de allá? ¿Ese secreter? ¿Ve aquella caja registradora? ¿La música que suena? ¿El micrófono? Todo es producto de un sueño imbécil como el de perseguir al primer amor. Le vendí a mi yerno la casa para poner este bar con el único fin de poder escuchar poesía en voz alta, mi único vicio. Organizo estos duelos de poesía y me hago pasar por un poeta malo, malísimo, para acicatear a estos chavos a que lean sus creaciones, también malas, por cierto, pero a fin de cuentas genuinas, sinceras. Los jueves hay lectura de clásicos. Los viernes viene un guitarrista. Los sábados le pago a un par de actores para que declamen. Pero todos los días pierdo. No sólo en los duelos de martes y miércoles, sino en la caja. ¿Por qué le sigo? No lo sé. A lo mejor porque tengo sesenta y cuatro años y puedo hacer lo que me dé la gana.

Repentinamente Simón sintió deseos de una borrachera real. De cine o de alcohol. Una necesidad de arrojarse en los brazos de ese monstruo que, felizmente, engañosamente, asegura que todo saldrá bien. Pese a todo y pese a todos. Pero sabía que esa necesidad, feliz y engañosa, no solucionaría nada hasta que los conatos de esperanza como ese "lo voy a ayudar" no cuajaran en una sola salida: él y Majo mirándose a los ojos como aquel lejano viernes de su adolescencia.

Algo notó don Bernardo porque le apretó el antebrazo. Forzó una sonrisa.

—Primero debe saber que yo heredé la casa de Circuito Navegantes. No la compré. Y eso fue hace diez años.

El Pollo hizo la cuenta. Diez años no eran nada. Si aquel que le había heredado la casa ya había muerto, se rompería la cadena de las pesquisas. Y si aquel que le había heredado había comprado apenas la casa, digamos hace doce años, entonces habría que buscar al comprador anterior. Y al anterior. Y al anterior hasta dar con aquel de los años ochenta. Y preguntarle si se acordaba de una familia con una sola niña, que había habitado esa casa por cuatro meses, para que acabara diciéndoles que no, que era una pena pero no se acordaba en lo absoluto y que muchas gracias y aquí no ha pasado nada. Y eso si no resultaba que estaba muerto. Y siempre y cuando...

Mierda.

"Es una grandiosa, absoluta y magnífica pendejada", pensó el Pollo. "¿Qué estamos haciendo aquí? ¿En un oscuro y surrealista bar queretano? ¿Esperando un cochino milagro?"

Lo pensó. Pero no dijo nada. Él sí estaba un poco borracho. Y si la noche terminaba en un desencanto total, ni modo. Siempre le quedaría el recurso de ahorcar a su mejor amigo con sus propias manos para obligarlo a soltar el boleto.

"Carajo", se oyó decir. O pensar. Sí, sí estaba un poco borracho.

—La mala noticia es que la casa me la dejó mi padre, quien murió hace cinco años.

"Aquí vamos...", pensó el Pollo. Y revisó, por reflejo, su celular. En una de esas y tenía noticias del profesor Quintana. Y, por consiguiente, del director Vela. Y de los papás de Majo. Y de Majo. Y... Y...

—La buena...

En ese momento inició una trifulca. El Conde Luc, bastante briago, se daba de mamporros con otro de su mesa. Cates entre vates, pensó el Pollo, feliz. Y se dejó conducir por la embriaguez hasta el sanitario. La buena... se dijo. La buena es que yo mandé al carajo mi trabajo, no tengo ni un quinto en los bolsillos, tengo a cuatro escuincles que mantener, una tarjeta de crédito robada en el bolsillo y, sin embargo, puedo todavía echar una meada sin tener que pedirle permiso a nadie.

—¡Tu poesía no es buena ni para limpiarse el culo! —se escuchó un grito a la distancia, seguido del estrépito que hacen las cosas, muchas cosas, cuando son aventadas con fuerza y, naturalmente, se rompen.

26

La escena fue más o menos así, según palabras del directamente afectado y de acuerdo a como lo relató después.

"Iba llegando a la casa. Bastante animado, la verdad. Había quedado con Tito de vernos temprano para ir al cine o a cenar o a bailar. En un día así nos habíamos conocido y queríamos celebrarlo. Cuando digo un día así me refiero a que también estaba lloviendo a cántaros. Él mismo me llamó a la oficina y me dijo: Moli, quiero que llegues temprano, hay que celebrar. ¿Celebrar qué?, le dije. Y el muy romántico que me la suelta: que nos conocimos en un día como éste, tonto. Me encantó que se acordara de ese día en el que, debajo de un parabús, esperábamos los dos a que llegara el pesero y nos gustáramos de inmediato. Me encantó. Así que mandé a mi padrino al demonio. Quería que me quedara después de mi hora a checar con él unos números. Pero me esperé a que entrara al baño y que me doy a la fuga. Total. De todos modos yo, y nadie más, le resolvería sus broncas de metas del semestre. Y chance del año. Así que dije, al demonio. Y me fui. Pasé todavía a comprar chocolates, que ya ves que le encantan a Tito. Pero al llegar a la casa, todo ensopado porque ni paraguas llevaba, en cuanto metí la llave en la cerradura de la puerta del edificio, que me apañan dos tipos por detrás y que me empujan hacia adentro. Ya en el edificio, me apretaron del cuello y me amenazaron con un cuchillo en la espalda. No hagas pendejadas y no te pasa nada, cabrón. Casi me cago del miedo porque, además, nadie había prendido la luz de las áreas comunes del edificio. Odié a la pinche portera. Me empujaron escaleras arriba, se veía que sabían dónde vivo. No tengo dinero, les dije. No queremos dinero. Bueno, no el tuyo. Y, ya que llegamos al cuarto piso, que me avientan contra la puerta. Abre, me dijeron. Pensé que si tocaba, Augusto podría abrir, pero se iba a morir del susto, así que saqué mis llaves y dije, todo lo fuerte que pude, para que Augusto se previniera y se escondiera: sí pero no me lastimen, por favor, se los suplico. Me pegaron en la nuca. No seas escandaloso, pinche maricón, ándale, abre. Total que abrí, nada más estaba puesta la chapa de en medio, o sea que Tito sí estaba pero se había escondido, pensé: ojalá que llame a la policía. Me aventaron al sofá y hasta ese momento les vi la cara. Eran dos güeyes grandes y gordotes, uno de ellos pelón y con las narices de boxeador, el otro con los pelos chinos y cara de niño, los dos como de veintitantos. El de los pelos chinos me la echó: los datos del cliente que se sacó el gordo y no te cortamos los huevos, cabrón. ¿Qué?, les dije. Los había oído bien pero no me cayó el veinte luego luego. ¿Qué? Que nos des el nombre y los datos del cliente que se sacó el gordo y no te cortamos los huevos para ponértelos de corbata, cabrón. Uta, pensé. Pinche Lorena pendeja, pensé. Si no ella, ¿quién? No se veían muy listos, la neta, pero tampoco quería arriesgarme demasiado. Pues no me los sé. ¿Cómo que no te los sabes? No me los sé. ¿Por qué iba a sabérmelos? Cara de bebé me arreó un chingadazo en la cara. Me hizo saltar la sangre de la nariz. Pinche Lorena, pensé de nuevo. Oh, aguanta cabrón, le dijo Narices de boxeador a su compinche. Da igual, dijo después. Ya viste que sabemos dónde vives. Y que no estamos jugando. Si llamas a la policía nos metemos con tu güey o con tus jefes, que sabemos que viven en Satélite, así que no intentes nada. Para mañana en la noche queremos los datos de ese cabrón. No te pedimos más. Nosotros nos encargamos, pero queremos los datos de ese cabrón. Y tú nos los vas a dar. Si no cumples, se mueren tus jefes, tu güey y luego tú, en ese orden. Otro chingadazo, ahora de Pelos chinos. Y, sin más, se fueron sin siquiera cerrar la puerta. Me quedé pendejo, escurriendo sangre al mosaico del suelo. Se abrió una rendijita de la puerta del baño y se asomó Augusto, cagado del miedo. ¿Ya se fueron?, dijo. Y entonces se escuchó la voz de Cara de bebé, cuatro pisos abajo. ¡Oiga... señor del banco... que si nos abre! Augusto volvió a encerrarse y yo me tuve que parar a accionar el timbre del interfón. ¡Gracias!, gritó Cara de bebé antes de que se cerrara la puerta del edificio. Me puse una servilleta contra la cara. Y volvió a salir Augusto de su encierro. Se puso a llorar, me llenó de besos, los llamó brutos, bárbaros, cabrones, hijos de la chingada, brutos otra vez... y me dijo que no jugara con esos cabrones, que les diera lo que pedían y ya, que no lo hiciera por él sino por mis papás, que qué culpa tenían. Y yo pensé que estaba bien cabrón inventarse una mentira. Una buena."

En todo caso, dicho reporte no llegaría a Simón y el Pollo hasta un par de días después. Por lo pronto, nueve de la mañana del día siguiente, se encontraban frente al teléfono del cuarto del hotel, mirándolo como un lobo miraría la entrada a la madriguera de un conejo, esperando a que salga, todo confiadote, para poder zampárselo.

La buena noticia.

El atribulado poeta que solía firmar como B. L. se las transmitió hasta que pudo poner en orden a los enconados actores de la madriza, asunto que no le llevó mucho tiempo, pues era algo que ocurría con bastante regularidad y que tampoco le quitaba mucho el sueño pues no había que cuidar demasiado el mobiliario o la cristalería, dado que hasta el mismo dueño clasificaba todo eso como "porquerías por las que no das un peso".

La buena noticia. Que la casa de Circuito Navegantes había estado en poder de su familia desde los años setenta. Su padre, el mismo que le había heredado el inmueble algunos años antes de morir, tenía varias propiedades. Le había dejado una casa a cada uno de sus hijos. La buena noticia era que el hermano mayor siempre le había ayudado a su padre en la administración de dichos inmuebles. La mala noticia (otra, pues) era que vivía en España (el hermano) desde hacía quince años. La buena (otra, sí) era que tenía una memoria envidiable aunque, a sus setenta, nunca se sabe. La mala (la última) era que a veces se iba de vacaciones a Canarias hasta por un mes y no había modo de dar con él.

Así que eso era. Una cadena de malabarismos con la suerte que ya le parecían tan inverosímiles al Pollo que prefería no cuestionarlos. Afortunadamente estaba crudo cuando llamaron a la recepción del hotel y se sentaron, con la vista en el aparato, a esperar, cada uno en su propia cama individual, a que sonara.

Para entonces tenían dos mudas de ropa extra cada uno, aunque mismo estilo de siempre: jeans, playeras de cuello redondo, bóxers. Habían ido a empeñar nuevas joyas a los montepíos de Querétaro para hacerse de efectivo. Hasta habían mandado imprimir tarjetas de presentación que decían "Bufete jurídico" debajo de sus nombres. La camarera ya los tuteaba y hasta hacía la limpieza con ellos dentro. Una vez se había sentado a ver la televisión un rato, se había descalzado, el Pollo hasta se le había insinuado.

El teléfono sonó. Y Simón, después de dos timbrazos, puso el altavoz.

—Señor Jara… —dijo la operadora—. Está lista su llamada a Madrid.

—Gracias.

—¿Diga? —saludó una voz femenina.

—Buenas tardes. Quisiera hablar con el señor Ernesto López.

—¿Quien lo busca?

—Simón Jara Tuck. Un amigo de su hermano Bernardo. Le llamo desde México.

—¿Está bien el tío Ber?

—Sí. No se preocupe. Es por otro asunto. ¿Está Don Ernesto?

—Sí.

Un desinflón al unísono. El Pollo sintió que se le iba para siempre la resaca.

—¡Papá! ¡Teléfono!

Aguardaron, mirándose.

—¿Sí?

—¿El señor Ernesto López?

—Servidor.

—Qué suerte. Creímos que tal vez estaría en Canarias.

—No. Hasta mañana nos vamos. ¿Quién habla?

Una nueva mirada cómplice. Un día más que se hubiera demorado esa llamada y…

El Pollo prefirió no pensar más en ello. Las acrobacias del destino se ponían cardiacas. Se levantó, nervioso. Finalmente el de la voz cantante era Simón.

Con el pretexto del transplante de médula, que requería menos explicaciones, Simón (Jara Tuck) hizo el relato de la búsqueda de María José Tuck García. El señor López lo escuchó todo con interés. Cuando Simón hizo la específica pregunta de aquellos años, esos cuatro meses en particular, se hizo un mínimo silencio. Luego, al fin habló aquel que, en algún lugar de Madrid, tenía en sus manos ese nuevo giro de la suerte, el destino, la fatalidad.

—Pues... tengo que comenzar por decirle algo que le va a resultar muy triste. Pero es mi obligación hacérselo saber antes que ninguna otra cosa.

"Puta madre", pensó el Pollo, y miró a Simón. Se llevó las manos a la nuca, completamente seguro de que el señor no sólo había recordado sino que sabía la verdadera razón de la desaparición de Majo. Casi hasta pudo oírlo antes de que lo dijera: "siento decirle que la niña y sus padres murieron en un accidente".

—Siento decirle que... —hizo una pausa para aclararse la garganta—. Siento decirle que su búsqueda es totalmente infructuosa.

"Puta madre", insistió el Pollo en su cabeza. Los ojos de Simón se agrandaron. ¿Lloraría?

Puta madre.

—Y le voy a decir por qué —insistió el señor López—. Recuerdo muy bien a esa familia de la que habla. Se hospedó en la casa de Circuito Navegantes unos meses apenas. El caso es que... ellos... no se apellidaban Tuck García, como usted piensa. Esos eran apellidos inventados.

Un nuevo silencio, que el señor en Madrid aprovechó para pedir, a los gritos, que le bajaran a la televisión.

—Lo sé porque fui yo quien hizo el contrato de arrendamiento. El señor no me mostró ningún documento que avalara su identidad. Yo le creí porque... escuche esto... me pagó un año completo de renta por adelantado. Y me da mucha pena hacerle saber que eran apellidos inventados porque eso significa que usted no está en realidad relacionado con ellos… señor Jara Tuck. Me apena en verdad.

En cambio, Simón sintió que la sangre volvía a correr por sus venas, que el corazón se reanimaba.

—¿Qué tan seguro está de esto, señor López? El hombre no le mostró ningún documento de identidad, pero eso no necesariamente significa que le haya dado un nombre falso.

—Tiene razón. Eso lo supe después, cuando habían abandonado la casa sin decir ni hasta luego. Llegó una carta dirigida a otra persona… pero yo supe que se referían a él, al mismo tipo que nos arrendó tan misteriosamente. No me acuerdo de los nombres pero eran distintos.

Ahí la razón de que no dieran con ninguna María José Tuck en Facebook, en Twitter, en el internet entero: porque era un nombre ficticio. Simón no pudo contener un conato de esperanza, uno que contagió al Pollo también, porque en ambos nació una mínima posibilidad: la de dar con Majo ahora sí, de una vez y para siempre.

Simón lanzó la pregunta.

—Esa carta… ¿la tendrá aún consigo?

—Bueno… conmigo no. No me traje nada a Madrid. Pero es probable que la tenga mi hija Luisa. Ella tiene en su casa todos los expedientes y los archivos viejos de la contabilidad de mi papá. A lo mejor en la caja de los papeles de la casa de Navegantes está la mentada carta.

—¿Podría darme los datos de su hija, por favor?

—Déjeme decirle algo. El señor ése andaba en cosas raras. Siempre supe que andaba huyendo. Yo creo que estaba metido en algún lío con la justicia. Por eso se manejó siempre tan misteriosamente. Y cuando se fueron sin dejar ni una miserable nota, lo confirmé. A partir de eso, mi papá me exigió que siempre pidiera referencias a los inquilinos, antes de rentar.

—Entiendo. Aún así... ¿cree que podría contactarme con su hija?

—Pues... sí, pero no entiendo. ¿Para qué, si ya no tiene caso? Yo que usted buscaba algún pariente más cercano por otro lado. En su caso, el tiempo es oro. Se lo digo yo, que me operé de la próstata el año pasado.

La suerte cambiaba de casilla. Ahora dependía de una nueva llamada y de la existencia de una carta. Simón se vio a sí mismo tecleando en un recuadro de búsqueda de internet el verdadero nombre de Majo. Vio la cara de aquella niña, convertida en mujer, apareciendo en la pantalla. Sintió una nueva forma de excitación, de miedo, de congoja.

—Señor López... regáleme algunos minutos más. Le voy a contar la verdad de todo esto. Creo que se la merece.

Y el Charro de Dramaturgos contó, por enésima vez, la historia de amor perdido que ya blandía como una bandera.

27

—Porque es una tontería, Regina. ¿Estuviste siete años estudiando ballet para terminar botándolo por un niño que no te hace caso? ¿De veras? Créeme. No vale la pena. En menos de lo que piensas te va a dejar de importar. Claro. Ahorita parece lo más cabrón del mundo y te sientes horrible y quisieras nunca haber nacido. Y es perfectamente válido sentirse así, pero créeme, no vale la pena. No por ninguna persona que no seas tú misma. Imagínate lo siguiente: Imagínate que conoces al chavo más guapo del mundo, el más simpático, el más inteligente, el más rico… ándale, como ése que te gusta de One Direction. Y que te pide que, para andar con él, pierdas siete años de tu vida. Que así, de repente, siete años de tu vida sean como si no hubieran ocurrido. ¿Lo harías? Claro que no, porque en el fondo sabes… exacto, ¿ves?, que no vale la pena. Entonces… no lo hagas por Lázaro que no está tan guapo como… ¿cómo dices que se llama? Como Harry Styles, exacto. De veras, en menos de un año te va a valer gorro. Te lo prometo. A todos nos pasa, a esa edad, que creemos que hemos descubierto al amor de nuestras vidas y, por lo general, no es así. Es un espejismo. Siempre terminas encontrando a alguna otra persona que te complemente. Y hasta te dices a ti mismo: qué bueno que no anduve con aquel. Es en serio. O bien: qué bueno que troné con aquel o con aquella. Te lo juro. Así que quiero que vayas a la clase de ballet de hoy, por favor, y te recuerdes a ti misma lo mucho que te gusta bailar. Mucho más que cualquier chavo del mundo. Excepto Harry Styles, claro. Pero él, bueno, no creo que tenga muchas intenciones de venir a Iztapalapa próximamente, así que ánimo. Y me llamas, si necesitas algo. Desde ahí mismo, desde la clase, si quieres. Bye.

Manejaba el Pollo lo más rápido que podía de vuelta a la Ciudad de México, para de ahí seguirse hasta Cuernavaca. Hubiera querido no escuchar la consulta a distancia que daba su mejor amigo porque bueno, no esperaba que al final Adriana, la camarera del hotel, le diera su teléfono y lo despidiera con un beso muy cerca de la comisura de los labios. Se llevaba eso en el talante para pensar en cualquier cosa que no fuera un boleto incobrable y un amor inencontrable. Pero igual en el radio sonaba una mezcla de rock pesado que lo sacaba paulatinamente del buen ánimo y el estupor.

—Chale contigo, pinche Charro. Eres todo un fariseo. Si te escucharas a ti mismo…

—Cállate y maneja.

Acaso decía todo eso Simón porque en verdad quería convencerse a sí mismo de que es lo que valía la pena creer. Porque media hora antes habían hablado con Luisa López, la hija de Ernesto López, y en el horizonte se vislumbraba algo parecido a la felicidad. Y no quería hacerse demasiadas ilusiones.

—Sí, tengo todos los papeles. Si mi papá lo archivó, debe estar por aquí —dijo una cordial mujer al teléfono.

A eso, la petición de que los recibiera fue inmediata. Pero aún no salían de Querétaro cuando ya había recibido Simón

ES QUE ME DI CUENTA DE QUE ME GUSTA UNO DEL SALÓN PERO YO A ÉL NO.
Y HE CONSIDERADO SERIAMENTE CAMBIAR PARA GUSTARLE.

OÍR POP, VESTIRME DE ROSA, CAMBIAR MI PORTADA DEL FACE POR UN ARCOÍRIS Y TODO ESO, DOC.

¿PERO QUÉ CASO TENDRÍA GUSTARLE ASÍ?
EL GÜEY SE CLAVARÍA CON ESA OTRA VIEJA EN LA QUE ME CONVERTIRÍA Y NO CONMIGO.

O SEA, PARA ABREVIAR...
¿ESTÁ MUY MAL PAGARLE A DOS DE SECUNDARIA PARA QUE LE DESFIGUREN LA CARA A CABRONAZOS Y ME DEJE DE GUSTAR, DOC?

en su celular un mensaje de un número con prefijo de Cuernavaca, Morelos.

"Sí. Aquí está. Está fechada en septiembre de 1984. Y está dirigida a un tal Martín."

Le marcó inmediatamente. Y ella respondió muy amable. Pero no quiso leerla por teléfono.

—Mejor le entrego una copia. La semana que entra voy al Distrito Fede...

—No. Yo voy para allá. De veras.

—O se la escaneo y se la mando.

—No, señora. De veras... voy para allá. ¿Hasta qué horas puede recibirnos?

Simón no tuvo que convencer al Pollo de que era lo mejor. Últimamente lo que necesitaban ambos era movilidad. Además, la mera posibilidad de tener que hacer otra espera, de horas o de días, aguardando una llamada o un correo electrónico los volvía locos. Por eso salieron de inmediato hacia Cuernavaca. Y durante el camino sólo abrió la boca el Pollo para preguntar:

—¿Por qué no te la quiso leer?

—Sepa.

Cinco horas les llevó llegar a Cuernavaca, con una sola parada para cargar gasolina y aliviar urgencias del cuerpo.

Mientras tanto, el blog Corazón de Chocolate se llenaba de anuncios y aumentaba su ancho de banda.

Y las cámaras de televisión realizaban una entrevista a cierto gerente de cierta sucursal bancaria. Y a una de las cajeras. Everardo Molina, ejecutivo de cuenta, por cierto, no se había presentado a trabajar. Y su celular no dejaba de sonar.

—¿Entonces es cierto? —dijo Valentina Iris, la guapa reportera.

—Ciertísimo —respondió Lorena, sonriente y tal vez con exceso de maquillaje. En su casa la veían sus papás, sus hermanos, los vecinos del cuatro y el hijo de la portera.

El licenciado Yépes, sonriente y tal vez con exceso de nerviosismo, también buscaba entrar a cuadro. Tenía a dos cajeros intentando comunicarse con Molina, pues necesitaba corroborar con él que el cliente, quienquiera que fuese, se comprometía a cobrar el premio ahí mismo, en su sucursal, el día en que diera con el amor de su vida, pues la muy guapa señorita reportera se lo había pedido varias veces para cubrir la nota y ni cómo negarse.

Mientras Yépes hablaba, se creaba el hashtag en redes, #MásGordoElAmor, a raíz de una ocurrencia que había tenido la guapísima señorita reportera, al decir que el misterioso cliente se había sacado el gordo, sí, pero más gordo es el amor cuando es verdadero. Un hashtag y una frase que, increíblemente, aguantaron la caballería más pesada de los trolls del internet.

Tres minutos después, en ese mismo canal, entrevistaban a una señora que le pedía al señor ganador del gordo, por amor de Dios y la virgen, que le prestara nomás veinte mil pesos para la prótesis que necesitaba. Y dos minutos después, a un señor que le había prometido a su hija Obdulia su fiesta de quince años, que si no quería, el cliente misterioso, ser padrino de sonido. Y luego, una entrevista exclusiva con el director de difusión de la institución gubernamental encargada de los concursos, quien se negó a dar más información que la estrictamente necesaria, es decir, que en efecto el premio no se había cobrado pero no podían hablar más de ello. Además, pedía encarecidamente a la empresa de televisión que participaba en el borlote, que protegieran el anonimato del ganador, pues no consideraban conveniente andarlo balconeando por todos lados dado que atentaba contra su propia seguridad. Corazón de Chocolate se pronunció al respecto y dijo que una historia tan hermosa como esa debía ser del dominio público, el gerente de la sucursal la apoyó, lo mismo que los directivos de la institución bancaria (en comunicado extraoficial), la televisora por supuesto, y, finalmente, pasaron a otra entrevista con una viejita que pedía prestados nomás cinco mil pesos para salirse de trabajar de afanadora y poner su negocito de tamales, que le juro que me quedan bien buenos, señor ganador del premio, el día que quieran los invito aquí a su pobre casa.

Simón y Molina llamaron al timbre de la casa en la periferia de Cuernavaca. La señora López había dicho que iba a estar ahí todo el día, que no pensaba salir, y, que en caso contrario, les dejaba la carta con la muchacha de servicio.

Y ocurrió de esa misma manera.

La señora Luisa tuvo que salir, uno de sus hijos chocó el coche de su papá, nada grave, pero quién sabe a qué horas regrese, les dejó este sobre, que se lo pueden quedar si quieren.

Simón se congratuló por la decisión de lanzarse así, en caliente, en viaje express de Querétaro a Cuernavaca. Cada día se convencía más de que no convenía dejar nada a la desgraciadísima suerte.

Se sentó en la banqueta con las piernas en escuadra, frente a la casa de la señora López. El Pollo a su lado. Comenzaba a pardear la tarde.

Del sobre amarillo manila extrajo otro sobre, amarillo de tiempo, con sello postal de los años ochenta. Sin nombres en el remitente y en el destinatario, pero con direcciones bastante claras: la primera, una dirección en Campeche; la segunda, aquella de la casa de Majo en Circuito Navegantes.

Simón comprendió la razón por la que el señor López había abierto la misiva: era imposible saber a quién iba realmente dirigida sin asomarse al interior. Sacó una hoja carta doblada en ocho, aplastada por los años. Al desdoblarla notó que algunas de las orillas se transformaban en alargadas bocas, fisuras que se empeñaban en dividir la hoja en las ocho partes a las que había sido reducida y archivada por tanto tiempo. Con letra cursiva, Simón y el Pollo se enfrentaron a un escueto mensaje:

20-IX-84

Querido Martín:

No tienes idea de cuánto nos ha alegrado a Lucio y a mí saber que estás bien. El día que nos llamó María yo estuve llorando casi toda la tarde.

Nos ha contado todo y creemos que has hecho bien en escapar.

Pero también creemos que es mejor que no estés tan cerca del centro del país, por eso te escribimos. Vénganse para acá los tres. No les va a faltar nada. Y aquí es una ciudad hermosa. A Majo le va a encantar. Es tan fácil enamorarse del mar. Ya verás que, si vienen, se quedan.

Te lo pido yo que tanto te quiero.

Voy a seguir insistiendo con la línea telefónica, pero como ha estado falle y falle, preferí escribirte.

Te quiere y anhela abrazarte,
Susa.

El Pollo comprendió el estremecimiento en el cuerpo de su amigo, el espesísimo silencio, la necesidad de quedarse ahí sentado, dejando que la noche destiñera el mundo sin que él interviniera para nada.

Ahí estaba el nombre. No era una invención. Y era real. Y era suyo. El mismo con el que se había referido a ella cuando la conoció, cuando se hicieron novios, cuando la retuvo en la memoria. Cuando decidió que tendría que recuperarla.

Pero siempre podían contar con Molina.

El celular del Pollo comenzó a vibrar, primero, y a sonar, después.

—Qué —gruñó el Pollo al ver de quién se trataba.

—¿Dónde andan? —cuestionó Molina.

—Ah, de veras... ya me cansé de andar empeñando porquerías para tener efectivo. Consígueme el NIP de la tarjeta, cabrón. Haz los favores completos o no los hagas.

—Te pregunté dónde andan, pinche Pollo.

—Por a'i. Qué quieres.

—Asilo.

—¿Asilo?

—Ay cabrón. Luego te hablo.

Y colgó. Pero ni al Pollo ni a Simón les quitó el sueño pues aún no tenían ni idea de lo que había pasado en la vida de Molina. Por lo pronto, tendrían que buscar dónde pasar la noche. E ir haciendo planes para un próximo viaje.

"Es tan fácil enamorarse del mar", se repetía Simón con el corazón henchido.

Tenían la dirección. Y una sutil promesa: "Si vienen, se quedan".

Si vienen, se quedan.

¿Y si así había sido?

¿Y si llegaban y tocaban a la puerta y les abría ella misma, las olas y las gaviotas como telón de fondo?

¿Y si de veras estaban a uno o dos días del final?

El Pollo, tácitamente, compartía el sentimiento. Se aproximaban ya a los primeros treinta días de plazo. El cobro del boleto se volvería imposible si pasaban otros treinta días. Pero por primera vez sentía que estaban sobre la pista correcta. Tenían la dirección. Y aun si Majo no vivía ahí, tal vez sus papás sí. O algún pariente. O alguien que les pudiera decir "se fueron a este otro lado, ¿María José? Sí, aún vive con ellos, nunca se casó que yo sepa".

Alquilaron un cuarto en un mesón cualquiera. Uno con la alberca sucia de hojas de palmera, sin televisión ni desayuno incluido. Pero Simón durmió a pierna suelta. Soñó con una fotografía de sí mismo. Una donde portaba una camiseta de Tom y Jerry. Y, aunque la foto estaba partida en dos, la esperanza, al menos dentro del sueño, se mostraba intacta.

28

—Te cuento pero no te burles.

—Qué. A ver.

—Pero no te burles, Simón. O de veras me voy a enojar.

—No me burlo.

—Júralo.

—Lo juro.

—Que te mueras si te ríes, Simón.

—Ya, Majo.

—Que te coman las ratas.

—Que me coman.

—Bueno.

—Bueno.

—No conozco el mar.

Se lo contó con la misma aprensión de quien cuenta que sigue mojando la cama. No le apartó la vista por un minuto completo. Simón apenas hizo una mueca, pero más porque le parecía gracioso el asunto; él estaba esperando que le dijera eso mismo: que mojaba la cama o que seguía creyendo en los Reyes Magos o que tomaba su leche en mamila.

—¡Te estás riendo!

—¡Claro que no!

—Qué poca.

Veían los carteles de las películas que daban en los Multicinemas. Una de ellas era *El Submarino*. De ahí, tal vez, la necesaria confesión.

Nunca fueron al cine juntos. Ni siquiera cuando realmente se lo proponían, como esa vez, que prefirieron no entrar. Acaso por eso, después, ese espacio se volvió un verdadero refugio para Simón en la edad adulta. Esa ocasión Majo prefirió gastar el dinero en maquinitas. Y luego de perder varias veces en el *Space Invaders*, su favorito, volvió a llevar a Simón de la mano a la puerta de los cines. A los carteles. A ese anhelo que le costaba tanto aceptar.

—Cuéntame cómo es.

—No sé. Normal.

—Cuéntame, no seas así.

—Es que yo sólo conozco el de Acapulco. Y hace mucho que no voy.

—Pero es mar, ¿no?

—Pues sí.

—Por eso, cuéntame.

—Pero qué quieres que te diga. Es, no sé, muy grande. Y azul. Creo. En la playa no tanto, en la playa es color café, por la arena. Y sabe feo, todo salado.

Igual se le llenaban los ojos a Majo. Era lo único que dibujaba. No se le daba el dibujo, pero cuando había que hacer algo por iniciativa propia pintaba el mar. Con su trazo infantil y sus gaviotas de V curva y su sol sonriente, pintaba el mar. A veces Simón se ponía a delinear sus monos típicos y ella lo acompañaba haciendo dibujos del mar. Tampoco fueron muchos, los que puedan caber en un noviazgo de verano.

Una de sus preguntas de examen había sido ésa, por supuesto.

¿Y si estamos casados y te pido que vivamos en la nieve?

¿En el desierto?

¿En el mar?

Simón se dio cuenta de que no le era indiferente y le robó una caracola a Mónica, su hermana, para regalársela a Majo.

—Pero eso de que se oye el mar, ni madres. Mi tío Rubén dice que es el sonido de tu propia sangre, recorriendo tus arterias.

—Eres un romántico.

—Sí, ya sé.

Lo mismo Majo se la ponía sobre una oreja incluso cuando estaba viendo la tele. No es que fuera una obsesión en forma, pero era un buen motivo para soñar. En alguna ocasión le contó a Simón que la canción de sus padres era la versión de Ray Conniff de "El mar", que estaba de moda cuando se conocieron. Y en cierto modo le parecía que eso la marcaba.

—Vas a ver que cuando lo conozcas te vas a cagar. Pero de la decepción.

—Si tú lo dices.

—Claro que lo digo.

—Y nunca te equivocas.

—Pocas veces.

—Ajá.

—Ajá.

29

El mar, como sea, tiene lo suyo.

Yo también me acuerdo cuando lo conocí, a mis nueve años. Fue en Veracruz. Uno de esos viajes que hicimos solos mi abuelo y yo. Me trepó a un ADO a las seis de la mañana y me dejó dormir todo el trayecto. Cuando al fin lo tuve enfrente, agradecí que el viejo me hubiera obligado a llevarme el traje de baño puesto. Me encueré en la mera orilla y corrí a brincar con las olas mientras él rentaba una palapa.

Sí. Tiene lo suyo.

Ahora mismo, mientras tecleo esto y veo las olas acariciar la playa, teñir la arena, replegarse en un vaivén que no se ha detenido desde la creación del agua en la tierra, pienso en las palabras de aquel Simón púber.

Y me atrevo a afirmar que estaba completamente equivocado. No creo que el mar sea decepcionante para nadie. Nada de este tamaño tiene la humildad necesaria para ser decepcionante.

Pienso en todo esto al momento en que recibo un mensaje en mi celular. Alguien me pregunta si estoy bien, si no se me ofrece nada. Si tengo el dinero suficiente. Si tengo todo lo que necesito…

Sonrío. Mejor volver al relato.

Porque bueno, escucha esto. Siempre se puede contar con Molina.

Lo primero de esa mañana, la que siguió al hallazgo de la carta, fue una llamada al celular del Pollo. Eran las seis de la mañana y aún no despertaba ninguno de los dos.

—Qué onda, güey. ¿Dónde andan?

Era el Molina. Su historia resumida fue la siguiente: Al momento en que tuvo que colgar, durante la llamada anterior, contemplaba a la distancia la entrada al edificio en el que vivía con Augusto para ver si los hampones cumplían su amenaza. Lo hicieron. Se presentaron pero esta vez hasta llevaban llave de la puerta principal del inmueble. Observaba todo esto en el preciso momento en que se le escapó un "Ay cabrón" y un "luego te llamo" y, acto seguido, colgó. Le preocupó en verdad darse cuenta de que los dos gordos eran hombres de recursos. Haber conseguido la llave del edificio era demasiado. Le marcó en seguida a Augusto a su celular y lo previno. "Por nada del mundo vayas a ir a la casa, luego me comunico contigo, te amo." Luego, otra llamada a sus padres. "Váyanse con mi tía Esperanza en Pachuca unos días. Nada más hazme caso, mamá, sí, ya sé que ya sabías que algún día iba a terminar mal, pero igual haz lo que te digo y no discutas." Luego se fue a casa del Pollo. No le volvió a llamar porque asumió que ya estaba avisado. Varias veces le marcaron de números desconocidos, llamadas que prefirió no contestar, pero sí checó al menos un mensaje que le dejaron en el buzón. "Pinche maricón pendejo. Ya te dijimos, güey, atente a las consecuencias." Finalmente, una noche después, cuando apenas estaba clareando, decidió llamarle al Pollo al celular.

—Hoy en Cuernavaca —respondió el pelirrojo—. Mañana, quién sabe. ¿Por qué querías asilo ayer? ¿Qué pasó?

Molina estaba, de hecho, en la azotea del edificio en el que vivía el Pollo. Se había recargado en una jaula de tendido, la mirada en el firmamento poblado de antenas de televisión y copas de árboles.

—Cabrón… ¿sí sabes que tu casa está llena de paracaidistas?

—¿Paracaidistas?

—Uta, güey… hay como treinta cabrones viviendo aquí.

—¿Quéééééé?

—Me vine para tu casa ayer, cabrón. Pero no sabía que tú y el Simón andaban dándole la vuelta al mundo. Y que, en cambio, aquí tienes metida hasta a la esposa del pinche viejito de la pensión.

El Pollo ya estaba completamente despabilado. Ya se había sentado. Ya hasta había extrañado el primer trago de escocés, aunque el sol todavía ni asomaba el greñero.

—No mames.

—Te lo juro. Ayer me dejaron quedarme nada más porque saben que yo estoy metido también. De alguna manera saben que trabajo en la misma sucursal que Corazón de Chocolate. Pero, según esto, están amenazados todos los que viven aquí: que nadie más debe saber el secreto de que Simón es el ganón o no se la acaban. Uno más que lo cuente y se va de la casa. Y ya no le tocan "ni cien pinches pesos". De hecho, estoy citando a tu vieja, Pollo. Bueno. A tu ex-vieja.

Simón se despertó en ese momento. Miró al Pollo y leyó en su rostro el espectacular cochinero que le estaban describiendo por teléfono. Negó y se dio vuelta en la cama, dándole la espalda al Pollo, procurando dormir de nueva cuenta.

Como fuera, el daño estaba hecho. Apenas desayunaron y se subieron al Jeep para volver a la Ciudad de México e intentar tomar un vuelo a Campeche, el primero que encontraran. Pero antes había que pasar a un café de la Narvarte, hacer una parada para saber cómo estaba el asunto exactamente en la casa de locos en la que antaño viviera el Pollo y a la cual ya no se atrevía a regresar, ni siquiera a rescatar al gato. La cita fue concertada por Molina en un café grande, luminoso y perfumado, lo suficientemente lejos del cuartel general de los buitres del premio gordo, como para temer ser encontrados. Pero en cuanto se sentaron a la mesa, el moreno ejecutivo bancario la soltó.

—Llévenme con ustedes, cabrones, tengo miedo.

Era miedo real. De hecho, cuando llegaron Simón y el Pollo, Molina ya ocupaba una mesa. Y al llevarse la taza de café a los labios, tenía que afianzarla con las dos manos para no salpicar el mantel de líquido oscuro.

—¿Por qué? ¿Qué pasó? —preguntó Simón, que era el menos enterado de todo el jelengue.

—Primero enséñame el boleto, Charro —pidió Molina—. Nada más para convencerme de que todo esto tiene sentido.

Simón concedió sólo porque la mirada inyectada de Molina era la de un hombre en las últimas. Además, tenía las narices hinchadas y los ojos de antifaz de alguien que ha recibido un buen fregadazo en plena jeta. El ejecutivo miró el boleto a la distancia y sonrió. Como muchos, se había aprendido la secuencia de números. Como muchos, había soñado con ese pedazo de papel albinaranja. Acto seguido, contó todas sus vicisitudes. Desde el momento en el que fue acompañado por los dos matones obesos a la sala de su casa, hasta el momento en que tuvo que decir a los huéspedes del Pollo que se iba a cagar a la calle porque la cola del baño estaba muy larga, apenas un par de horas atrás.

—Qué desmadre... ¿cómo llegamos a esto? —se quejó Simón.

El Pollo y Molina se miraron, pero ninguno quiso decir nada. De hecho, minutos antes, Molina había entrado al Twitter a ver si #MásGordoElAmor seguía siendo trending topic. Seguía. Aunque su nombre no aparecía por ningún lado, cada vez mucha más gente de todo el mundo de habla hispana se apuntaba, ya fuera para dar su opinión respecto al buen uso que debía dar el ganador al dinero o para pedir una caridad. Los únicos nombres propios, de hecho, que aparecían en la red ligados al boleto eran los de la reportera Iris, el gerente Yépes y la cajera Huízar, quien, por cierto, negó por completo haberle contado a nadie que el ganador del gordo era un cliente de Molina. Sus palabras exactas al teléfono habían sido: "Ni pendeja daría tu nombre. Si quieres fama, búscatela por ti mismo".

Flotaban en el silencio de la consternación. Simón pensaba que aún no compraban los boletos a Campeche y cualquier minuto contaba; el Pollo reflexionaba sobre lo mucho que todavía se les podían salir de control las cosas, odió el momento en que tomó la fotografía al boleto y más aún cuando no pudo aguantarse las ganas de contárselo a su hija y a su otro mejor amigo; Molina se preguntaba quién habría sido entonces el que le habría mandado a los matones y hacía una lista mental de sospechosos, principiando por uno de intendencia de la sucursal que le caía mal. Entonces, una voz bastante conocida los arrancó del letargo.

—Mírense, trío de inútiles. Quién diría que son los hombres más ricos de varios kilómetros a la redonda cuando nadie daría un quinto por ninguno de los tres.

Y luego, otra también bastante familiar:

—Perdón, papá.

Rosa y Priscila se encontraban de pie, frente a la mesa. La una, confrontando al trío; la otra, disculpándose, principalmente con su padre.

—De veras perdón, papá. Me pidió que siguiera a Molina y le avisara a dónde iba y con quién se reunía. Se vino en friega en un taxi en cuanto le conté.

—No te disculpes, hija, tú sabes que hiciste bien —gruñó Rosa, quien iba vestida como si se acabara de levantar, con la excepción de un mínimo detalle.

—¿Y esos pinches aretes? —advirtió el Pollo el detalle, que no era tan mínimo ya visto de cerca: unas arracadas de puros brillantes que colgaban de los lóbulos de su exmujer.

—¿Te gustan? Los pagué a meses sin intereses.

—¿Y te puedes dar ese lujo, pinche Rosa?

Ella prefirió ignorarlo. Sus ojos fueron de inmediato a Simón.

—No has dado con ella, ¿verdad? Se te nota de aquí a China.

Simón sólo negó, apesadumbrado.

Ambas seguían de pie. Priscila con las manos en los bolsillos de la chaqueta de mezclilla; Rosa, de brazos cruzados. Y pants. Y chanclas con calcetines.

—Falta casi un mes para que se te acabe el plazo, Simón —insistió Rosa.

—Lo sé.

—¿Y si no la encuentras a tu novia?

—Rosa... no lo chingues con eso —se enfadó el Pollo—. Y baja la voz, que nos vas a meter a todos en un pedote.

Rosa miró a los lados. Concedió. Se mordió el labio inferior.

—Está bien... nada más vine a decirles, principalmente a ti —y se dirigió al Pollo— que no puedes huir. Si cobras el dinero sin avisarme, no sólo te voy a demandar. No. También te persigo hasta el fin del mundo y cuando dé contigo, te voy a agarrar de las pelotas y no pienso soltarte hasta que cumplas como padre y veas por tus hijos.

—Siempre tan linda—dijo el Pollo, dando cuenta de un pedazo de bolillo.

—Y a ti... —miró a Simón con un montón de cosas atoradas en la garganta, una letanía que, sabía bien, ya le había soltado todo el mundo antes a Simón: es una estupidez, primero cobra el dinero, esto no tiene ningún sentido, seguro que ni existe o está muerta o está casada o...

Pero igual se aguantó. Respiró. No le apartó la vista a Simón por un buen rato. Acaso tratando de dar con aquello que nadie se explicaba pero igual solapaba, en un afán insulso por creer en algo más grande que el mentado materialismo. Hasta en la estadística que llevaban en el blog Corazón de Chocolate —un termómetro rosa que irradiaba corazones— los votos a favor del amor casi triplicaban los votos a favor del dinero. Carajo, pensó.

—Y a ti... —suspiró como si se desinflara. Negó. Sonrió. Se acercó y le dio un beso en la mejilla a Simón—. A ti quiero desearte toda la suerte del mundo. Vámonos Priscila.

—Sí, ma.

Priscila se despidió de beso de los tres. Dio un abrazo apretado a su padre y fue tras de Rosa. No obstante, antes de salir del restaurante, se detuvo. Y volvió a mirar hacia la mesa en la que se encontraban los tres hombres, soportando un súbito acongojamiento. Simón fue el único que levantó la vista. Y fue el único que vio, a la distancia, cómo ella le presumía una reluciente credencial para votar. Una niña de dieciséis años que siempre había parecido mayor y que repentinamente tenía ya dieciocho, o más, le confiaba ese último secreto. A él. Ni siquiera a su padre. Sólo a él.

Una mesera se interpuso entre ellos y, cuando se apartó, Priscila ya no estaba ahí. El Pollo pidió la cuenta. Volvió la pesadumbre.

—Oye, Pollo… —dijo Simón, seguro de que era algo que no podía esperar—. ¿Tú conoces al novio de Priscila?

—Más o menos.

—¿Y qué clase de tipo es?

—¿Qué te puedo yo decir? Es el novio de mi hija. Así fuera el príncipe de Asturias, para mí sería un perfecto bueno para nada.

Trajeron la cuenta. El Pollo puso la tarjeta de crédito sobre la bandejita. La mesera se la llevó.

—Okey, sí, pero… ¿es en verdad un bueno para nada o no?

—Es un lacra.

—Ya, pinche Flánagan…

—Está bien. No. Es un buen tipo. Igual y hasta algún día se casan. Al imbécil le gusta la misma pinche música que a Priscila y la apoya en lo único que parece que le importa en la vida.

—¿Qué es eso? —preguntó Molina.

—Salvar animales en peligro de extinción —respondió Simón—. ¿Y el cuate éste, ya es mayor de edad?

—Eh… supongo. Está en segundo semestre de ingeniería. ¿A qué vienen estas preguntas, cabrón?

Entonces Molina se puso de pie como si alguien le hubiera prendido fuego al asiento. O como si el restaurante se hubiera inundado de pronto y él tuviera que levantarse para poder respirar de nuevo, salvar la vida.

—En la madre —dijo con tranquilidad en la voz pero angustia, verdadera angustia, en el rostro.

DA CORAJE QUE LOS NIÑOS NO PODAMOS VOTAR.
ESTÁS LOCA. ¿UNA OBLIGACIÓN MÁS APARTE DE LAS TAREAS Y LAS VACUNAS? GUÁCALA.

VOY A IR CON UN FALSIFICADOR PARA QUE ME HAGA UNA CREDENCIAL DE ELECTOR.
VAS A ACABAR EN EL BOTE.

¿POR QUÉ? NO SERÍA SUPLANTACIÓN DE IDENTIDAD. SERÍA YO.
ESTARÍAS SUPLANTANDO A LA JUVENTINA DEL FUTURO.

Y SEGURO A ELLA LE VA A CAGAR IR A LAS URNAS.

¿ME METERÍAN A LA CORRECCIONAL DE MENORES O SE SERVIRÍAN DE MI CREDENCIAL PARA REFUNDIRME EN LA CARCEL DE MUJERES?

—¿Qué pasó, cabrón? —dijo el Pollo, desconcertado, mirando hacia todos lados.

—Es que hace rato, cuando estaba solo, antes de que ustedes llegaran, me llamó mi padrino.

—¿Y?

—Principalmente fue para decirme que si quiero tomarme unos días está bien, pero que le tengo que asegurar que el ganador del premio va a cobrar en nuestra sucursal.

—¿Y por eso te pones así? —insistió el Pollo—. Hasta te pusiste pálido, cabrón. Y mira que, en tu caso…

—No. No fue por eso. Es que además aprovechó para preguntarme sobre un asunto de trabajo.

—¿Qué asunto?

—Me contó que llamaron de la casa de un cliente. Que le llegó a su esposa el primer estado de cuenta de una tarjeta de crédito que no hemos entregado. Una tarjeta que debería estar en ceros pero no, tenía un chingo de movimientos. Me preguntó si yo sabía algo de eso…

—Puta madre —dijo el Pollo.

—Como no supe qué responder, me dijo que la iba a boletinar como robada.

—Reputa madre —dijo Simón.

Las miradas de los tres se dirigieron a la caja, donde en ese momento un hombre de saco rojo y el pelo relamido intentaba planchar una tarjeta de crédito por segunda ocasión. Sin éxito.

30

No se pudo aguantar. Cuando estuvieron rodilla con rodilla en asientos contiguos del avión, el Pollo le soltó un guamazo a Molina en el muslo. Uno de tal calibre como no le había dado desde que abandonaron la secundaria, de esos que llamaban "penicilina" entre el estudiantado, allá en los años ochenta. Y el dolor se quedaba, como el de la inyección, por un muy buen rato.

—Puta madre —dijo Molina, doliéndose, cerrando los ojos, mirando por la ventanilla.

Las sobrecargos llevaban a cabo su rutina de información de seguridad, evitando las miradas de los pasajeros; al parecer compartían con ellos el sentimiento de inutilidad de esa coreografía a la que están obligadas vuelo tras vuelo.

Simón ocupaba el asiento del otro lado del pasillo.

Al final, él había sido el único que corrió peligro, pues casi lo atropellan sobre División del Norte, la avenida que tuvieron que atravesar a la carrera, sin fijarse y haciendo caso omiso de la luz del semáforo. Todo el mundo en el restaurante reaccionó tardíamente, para fortuna de los tres evadidos. Hasta que no estuvieron en la calle les gritó un inspector con traje, diadema y gran estómago. Se pasaron la calle a toda prisa pero sólo Simón hizo que un auto, una camioneta conducida por una señora, rechinara las llantas. Del otro lado, pararon un taxi con dirección a ninguna parte, el Pollo le dijo al chofer que se siguiera derecho hasta que la calle cambió de nombre y le pidieron que se enfilara hacia el aeropuerto. Tres horas después Molina recibía un repentino puñetazo en la pierna.

—Y eso por qué, pinche Pollo...

—¿Tú por qué crees?

Las sobrecargos terminaron su coreografía, el capitán dio algunos anuncios, Simón se durmió.

Molina prefirió no seguir indagando. En todo caso, sabía, al igual que sus compañeros, que el problema se acrecentaba. Hizo como que leía la revista de la aerolínea cuando en realidad pensaba que las cosas se habían puesto color de hormiga. Habían perdido la prestación de la tarjeta de crédito robada, así que sólo contaban con su propia capacidad de pago, que tampoco era como para morirse del gusto. De hecho, cuando pagó los tres boletos de avión, estuvo cruzando los dedos tras la espalda para que no le preguntaran, en el mostrador, que si no tenía otra forma de pago porque ésa nomás no. En su tarjeta de nómina tenía como mil pesos. En efectivo, trescientos. Color de hormiga tostada al sol.

Igual se durmió como los otros dos. Y no se despertó sino hasta que el avión había puesto de nuevo las llantas sobre la tierra.

—Bueno... la verdad es que hay que ser optimistas —dijo el Pollo, a su lado, ya de mejor talante—. Lo más probable es que llamemos a la puerta de la casa y nos reciba la mamá de la Popotitos. Y a partir de ese momento, todo sea de música de violín. ¿No crees, Charro?

Simón, a su lado, aunque con un pasillo de por medio, se limitó a sonreír sin ganas.

Bajaron del avión, a un sol primaveral de treinta y cacho grados centígrados. En cuanto entraron a la terminal, estaban los tres chorreando sudor.

Sin equipaje de mano ni equipaje de ningún tipo, salieron y fueron directamente a los taxis. Pasaba de la hora de la comida, el sol iba en franco descenso, pero ninguno se atrevió a cuestionar a Simón cuando pidió que los llevaran a la dirección que llevaba plasmada el sobre que sacó del interior de su chaqueta.

Entre los tres juntaron los cuatrocientos cincuenta pesos que les habría de cobrar el taxi. Ninguno dijo nada durante todo el trayecto.

Sí, el mar tiene lo suyo, pero en circunstancias como esas…

El ruletero se fue directamente al centro. Había puesto el GPS, para no errar. Llevaba puesta música tropical bajita. Y ninguno de sus intentos de socializar cuajaron.

Simón, a diferencia de los otros dos, iba verdaderamente nervioso. Llevaba apretada en la mano la primera pista real de una de las posibles residencias de Majo. Y tan era posible que acaso fuera como conjeturó el Pollo: una simple llamada a la puerta y fin de la búsqueda. Comenzó a imaginarse que ella misma le abría, que se reconocían de inmediato, que iniciaban el resto de su vida juntos. Y, al mismo tiempo, se sorprendió permitiéndose ese tipo de estúpidas licencias. ¿El resto de nuestra vida juntos? Se dijo. ¿Qué quiero decir exactamente con eso? Se empezó a comer los pellejitos de las uñas. Molina lo vio y prefirió no decir nada. ¿Qué quiero decir con eso?, se dijo Simón a sí mismo mientras Campeche, ciudad desconocida, se empezaba a delinear frente a sus ojos. ¿Qué quiero decir? Si lo más posible es que esté casada o lejos o se haya vuelto otra persona, una completamente distinta, una que en cuanto me vea diga, al instante, como me ha dicho todo el mundo, que todo esto ha sido una pinche pendejada.

—Servidos.

Dijo el taxista.

—No mames.

Dijo el Pollo.

El chofer no había apagado el motor. No pensaba ni bajarse. Se puso a textear en su celular.

—¿Dónde es?

—Ahí —señaló el moreno de camisa de cuello y sonrisa comercial, sin levantar siquiera la vista de su celular.

—Puta —dijo Molina.

—Ha de ser una señal del cielo —se atrevió a decir el taxista.

Igual se bajaron. Y Simón añadió, también, como por reflejo:

—No mames.

La dirección era correcta. Pero era lo único que concordaba. Ninguno se había imaginado algo como eso. Atravesaron el jardín, el pequeño atrio. Llegaron al portón de madera, abierto a los espontáneos feligreses, y preguntaron al hombre que barría la entrada.

—Sí, es aquí.

—¿Cómo se llama esta iglesia? —indagó Simón.

—Parroquia de San Román.

—¿Y desde cuándo existe?

—Uhh...

Entraron para huirle al calor, que aunque ya mermaba, era todo lo insoportable que puede ser para un trío de exsatelucos malvenidos en chilangos. Se sentaron en la banca más alejada del altar arrastrando los pies. El murmullo de un novenario los alcanzaba apenas. Eran tres las beatas que perseguían el rezo desde la banca más cercana al altar. La sombra, el silencio y el aroma del incienso no hicieron nada por hacerlos sentir mejor. Por el contrario.

—Esto ya me rebasa, cabrones —dijo el Pollo—. Parece pinche burla del destino.

—Déjame ver el sobre, Simón... —pidió Molina.

El Charro de Dramaturgos le extendió el pedazo de papel que, aunque viejo, aún transmitía pulcramente la dirección del remitente. Y era ésa.

—Da lo mismo. Hay que preguntar —resolvió Molina poniéndose de pie. De los tres era el que menos se había dado de bruces con las pesquisas, así que se acercó a las viejitas. Desde su posición vieron el Pollo y Simón que una de ellas le señalaba una puerta lateral, misma que Molina atravesaba.

—Te libero de tu deuda, Pollo —dijo Simón, sin apartarle la vista al cristo que contemplaba la escena desde la posición más alta de la nave.

—¿Qué?

—Que te libero de tu deuda, cabrón. Te puedes regresar si quieres. Y volver a tu vida, si quieres.

El Pollo sonrió, primero. Luego se dejó vencer por una risita. Luego, fueron francas carcajadotas. Las viejitas detuvieron el rezo y una de ellas soltó un implacable ¡Ssshhh!

—No mames —resolvió el Pollo—. ¿Qué vida, cabrón? ¿Qué vida? Dejé mi trabajo. Me acabé todo mi dinero. Mi casa está invadida por los chacales. Mi coche está abandonado en un estacionamiento de la Narvarte. No tengo más que dos mil varos en la bolsa, que por cierto son robados. ¿A qué vida quieres que regrese, cabrón? ¿Eh?

Simón torció la boca. Siguió contemplando al cristo.

—Bueno. Yo decía.

Volvió a aparecer el Molina. Sus pasos, a lo largo del pasillo lateral, producían un eco melodramático. Se sentó frente a ellos y se dio vuelta por encima de la banca para confrontarlos.

—Cuál quieren primero. La mala o la peor o la super peor.

—Puta madre... —dijo el Pollo, poniendo los ojos en blanco.

Simón recargó los codos sobre las rodillas. Entrelazó las manos. Cualquiera habría dicho que iba a rezar, pero seguro estaba echando madres contra todo y contra todos, santos y querubines incluidos.

—La mala es que el padre que me atendió es uno que tiene aquí apenas ocho años. Y dice que no ubica a ningún Martín. Ni a ninguna Majo. Ni a ninguna Susa. Y que sí se le hace muy raro que alguien utilice como remitente la dirección de la iglesia para enviar una carta personal.

—¿Y la peor?

—Que el padre anterior a él, uno que oficiaba desde los años setenta, se murió hace ocho años.

—¿Y la super peor?

—Que algo me cayó mal al estómago y el pinche cura no me quiso prestar el baño.

31

Se sentaron en una fonda cercana a hacer el recuento de los daños. Molina pudo aliviar la tripa sin tener que pasar por horribles y penosos incordios. Tan poca la suerte y nosotros desperdiciándola en la higiene de tus calzones, cabrón, fue la frase del Pollo. Y le salió del corazón.

Pidieron sendos caldos de pollo y coca-colas. El calor remitía, no así las moscas. O el desánimo. Y es que el balance general no era para menos. Entre los tres no juntaban ni cuatro mil pesos, o sea que ni para regresarse a la Ciudad de México; apenas tenían para comer y pagar unas pocas noches de hospedaje en el mesón más piojoso. De cualquier modo, ninguno tenía casa a la cual volver. Molina estaba seguro de que los matones ya se habían colado a su departamento y ahí lo estaban esperando; Augusto no le contestaba el celular, aunque sospechaba que era más un berrinche que un peligro real, pues le marcó del celular del Pollo y contestó para luego volver a colgar. La investigación estaba nuevamente detenida. El panorama no podía ser más desalentador.

La señora de la fonda les preguntó por cuarta vez si no se les ofrecía otra cosa justo al momento en el que el Molina volvía de su cuarta visita a un oscuro y apretado bañito en el que la taza carecía de asiento.

—Hay que cobrar el boleto —dijo el Pollo, aprovechando un nuevo silencio.

—Ni madres —se opuso Simón.

El Pollo se llevó las manos a la cabeza.

—Güey… entiendo que quieras seguir pero no jodas. No se puede buscar a ninguna persona estando muerto. Y, según nuestras posibilidades financieras actuales, vamos a estar muertos antes de que se acabe la semana.

—A lo mejor. Pero ni modo.

El Pollo hizo como si se arrancara los cabellos.

—Voy a pedir prestado para que ustedes se regresen.

—¿Qué? ¿A quién? ¿Al banco? No chingues.

—Ya veré. El caso es que yo pienso quedarme aquí a seguir buscando. Voy a preguntar casa por casa si hace falta. Pero ustedes no tienen por qué seguir. Así que les consigo para el boleto de avión, se regresan y todos en paz.

—Eso que dices es muy conmovedor y la madre —dijo Molina—, pero…

Pero tuvo que levantarse y hacer uso, nuevamente, de los servicios sanitarios del local. Mientras se encontraba sudando la gota gorda en un reducido espacio maloliente, Simón recibió una llamada, una de corte mensual, que lo puso al borde del llanto. ¡Ya sé que tienes muchas cosas mejores y más importantes que atender a tu madre, malagradecido, pero lo único que tienes que hacer es depositarme mi ayuda! ¿O tanto trabajo te cuesta? ¡Si quieres me arrastro hasta tu casa por ella!

Colgó mecánicamente después de decirle a su madre que, sin falta, en la mañana. Creyó que se descomponía del estómago, que tendría que disputarse el sanitario con Molina, quien, por cierto, ya volvía para continuar su frase.

—Pero está de la chingada —se secó el sudor con una servilleta y suspiró—. Yo, en cambio, sí puedo hablarle a mi jefe y pedirle un préstamo. Al fin ahorita está todo encandilado con la historia de #MásGordoElAmor. A lo mejor vamos a tener que hacer algunas concesiones... pero no creo que se niegue.

—¿Qué tipo de concesiones? —gruñó el Pollo.

—¿Cómo de qué tipo? Económicas, por supuesto.

—Qué poca madre —insistió el Pollo, pero comprendió, al igual que Simón, que no había mejor salida.

De mutuo acuerdo, convinieron en hacer la llamada. Y puesto que no había ningún otro cliente en la fonda y la mesa que ocupaban estaba bastante lejos de oídos inoportunos, utilizaron el celular de Simón, el único que aún tenía pila, depositándolo al centro y poniendo el altavoz.

—¿Licenciado?

—¡Molina! ¡Qué bueno que te escucho! Me contó tu mamá. ¿En qué líos andas, ahijado? ¿Por qué mandaste a Pachuca a tus papás?

—Es una larga historia, licenciado.

—¿Pero estás bien?

—Sí. Más o menos. Aunque... Necesito un favor.

—¿Sí? ¿De qué se trata?

Molina miró a sus dos camaradas a los ojos. Y, tragando saliva, la soltó.

—Padrino... estoy en este momento con el dueño del boleto.

—¿Quéééé?

—Como lo oyes. Es una larga historia. Pero el asunto es que, como tú ya sabes, él no quiere cobrar el premio todavía.

—Sí, sí, sí, sí.

—Hasta no dar con el amor de su vida.

—Sí, claro. Está en todos lados. ¿Viste el anuncio que salió en el medio tiempo del América-Cruz Azul? Lo pagó el banco. "Porque creemos en todos los sueños." Está bueno el eslogan, ¿Eh? Por cierto, dile que dos empresas de tiempos compartidos quieren patrocinarle la luna de miel.

—Este... sí... yo le digo. El caso es que... ahorita necesita un préstamo para seguir con su búsqueda.

—¿Un...?

—Sí. Como comprenderás, él no es rico. O, al menos, no todavía. Y ya se le acabó el dinero.

—Eh... pues bueno. Déjame ver con mi jefe si...

—No, padrino. Esto urge. Vas a tener que usar tus superpoderes gerenciales.

—Pero... pero...

—Necesito que me deposites a mi cuenta, a más tardar mañana, unos treinta mil pesos.

—¿Qué?

—Por lo pronto.

Del otro lado de la línea se apagó la voz. Luego volvió con un nuevo brío.

—Debí imaginármelo. Ésta es una pinche artimaña tuya para sacarme dinero. Estuve a punto de caer. No has cambiado nada desde que tenías ocho años. Eres una vergüenza.

—Padrino, te juro que...

—Debes estar metido en deudas de drogas o algo así. Y por eso tanto misterio. Y por eso tu desaparición tan abrupta. Qué pinche vergüenza, en serio...

Ahora se apagaron las voces de este lado de la línea, pero es que la señora de la fonda volvió a preguntar si no se les ofrecía nada y el Pollo, nomás para evitar una segunda vuelta, le pidió un refresco.

—Te pediría que me pusieras en la línea al ganador si tuviera la mínima sospecha de que tu llamada es cierta. Pero como ya sé que es un completo engaño...

—Te está oyendo.

—¿Qué?

—Que te está oyendo. El ganador. El dueño del boleto. Señor... salude a mi jefe, por favor.

Simón se aclaró la garganta e intervino.

—Buenas tardes, señor licenciado. De veras me apena mucho tener que molestarlo de esta manera pero...

La forma en que el licenciado Yépes se deshizo en elogios y disculpas a partir de ese momento fue lo verdaderamente vergonzoso de esa llamada. Repitió media docena de veces que lo disculpara, que contara con el dinero, que por favor no dudara en llamar, que ojalá que encontrara a su novia...

El Pollo no dejaba de imaginarse al usualmente cara de agrura gerente de banco como un perro chihuahueño que interpone el trasero ante un dóberman para poder congraciarse con él y salvar el pellejo. Ni siquiera hubo que hacer concesión económica. Aunque sí una de corte logístico.

—Por favor... es una cosa de nada pero... bueno, usted debe saber que, a partir de que hizo el anuncio de que cobrará el monto del premio en nuestra sucursal, la captación de cuentas se ha incrementado el doble... y... y...

—Dígalo, licenciado... sin pena —lo instó Simón.

—Por favor... permítanos ir conociendo sus avances... una llamadita de vez en cuando... yo lo molestaría sólo a través de mi ahijado... qué dice... ¿sí?

Simón escrutó en los ojos de los otros dos la respuesta que debía dar. El Pollo le obsequió su mejor gesto de "allá tú". Molina torció la boca, reconociendo que no tenían escapatoria. Al final Simón accedió y, después de una buena dosis de enhorabuenas por parte del licenciado Yépes, colgó no sin sentirse un poquito devastado, como si avalara tácitamente el relajo mediático en el que se había convertido ya ese asunto.

—¿El América-Cruz Azul? ¿En serio? —dijo en cuanto volvió la calma a la mesa.

Molina, quien se sentía mucho mejor del estómago, levantó la mano y pidió, por fin, la cuenta.

Sonó el teléfono, aún de espaldas sobre la mesa. Simón contestó y puso el altavoz por puro reflejo.

—Simón, habla Mariana. Tuve sexo con Mauricio Medina, el gordo de la casa de enfrente —y una pausa—. ¿Simón? ¿Simón?

El cónclave se declaraba oficialmente cerrado. Ahora fue el Pollo quien se puso de pie para ir al baño. Molina se levantó y estiró las piernas.

—Mariana... ¿se protegieron?

—Sí.

—¿Te gustó?

—A mí bastante. Pero... a él creo que no tanto porque terminó llorando.

—Mariana... quién sabe si no fue lo mejor que te pudo pasar en la vida, así que no necesitas hablar con tu psicólogo. Habla con Jimena. O con Arantza, no sé. Luego nos vemos.

Pero igual no tenían un plan. Ni siquiera uno chiquito. Con todo, el saber que podían pagar la cuenta sin tener que echarse a correr los hizo sentir bastante menos miserables. Salieron de la fonda y caminaron sin dirección, aunque la perspectiva del océano los atrajo como un imán. Arrastraron los pies por la calle hasta que consiguieron meterlos en la arena. La brisa era revitalizante. Lo mismo que el tronar de las olas y el inabarcable y tornasolado horizonte.

Con la vista fija en la inmensidad, Simón fue el primero que habló.

—Y entonces... ¿cuándo se regresan?

—No chingues —gruñó el Pollo.

—No tienen que quedarse, güey.

—Dije que no chingues.

—Sí, no chingues —confirmó el ejecutivo de cuenta.

Ninguno le apartaba los ojos a la cada vez más difusa línea divisoria entre el mar y el cielo. Ninguno quería renunciar a esa improvisada melancolía. Ninguno quería saber, por lo pronto, nada de premios millonarios o chamacas huidizas.

El mar tiene lo suyo.

32

Era de consecuencia lógica. Puesto que así como una fotografía puede parecer inofensiva, lo mismo la revelación de un dato aparentemente sin importancia. El Pollo había capturado el boleto en su celular con el único afán de volver tangible el milagro, poder observarlo a todas horas, con permiso o sin permiso de Simón. Compartirlo con gente querida como su hija o su otro mejor amigo parecía tan inofensivo como presionar un botón y accionar un obturador. Pero cuando está en juego tanto dinero, hasta el acto más inocuo puede adquirir proporciones insospechadas. Tomar una foto y compartirla… o hacer una llamada desde el celular equivocado.

Lo que nos lleva al hecho de que #MásGordoElAmor ya se había vuelto una franquicia en toda forma. Lorena Huízar había sido llamada por la cadena televisiva que la entrevistó en días anteriores para proponerle intervenir su blog. Pero luego, ambas partes decidieron que sería mejor invitarla a llevar el asunto enteramente con ellos. Diseñaron un logo y registraron la marca. Y esto los llevó a buscar a la gente encargada del premio en el gobierno y proponerles publicidad conjunta, a lo que ellos se negaron rotundamente… primero; luego pensaron que si de todos modos la cadena televisiva iba a sacar hebra del asunto, ellos por qué no. Así que tuvieron una reunión con los dueños de la marca, es decir, la televisora en un 70% y Lorena Huízar en un 30% y varios de los patrocinadores interesados en tener su rebanada, es decir, el banco, una aerolínea, una cadena de hoteles y otros productos que tal vez podían estar involucrados, como una empresa de chocolates que lanzaría al mercado corazones de chocolate con el hashtag grabado.

Al final, la resolución fue que había que darle el mayor seguimiento posible al asunto porque eso redundaría en un mayor beneficio para todos. Finalmente, tenían menos de treinta días para aprovechar el boom; la gente de la instancia gubernamental no podía hacer ninguna excepción ni conceder ninguna prórroga. Y si el ganador no cobraba antes de los 60 días, no habría tal premio y bueno, sí, ojalá que triunfara el amor, pero del otro gordo ya podían irse despidiendo para siempre. El director de mercadotecnia del banco fue quien, en plena reunión, preguntó a Lorena Huízar quién era la persona indicada para rastrear los avances del ganador. Y Lorena lo platicó con el director de mercadotecnia, ahí presente, y éste se comunicó con el mero director general del banco, quien a su vez se comunicó con el gerente de la famosa sucursal, el licenciado Yépes, quien, ya metido hasta las orejas y puesta su llamada en altavoz, dijo que estaba bien pero sí pidió hablar en privado con la guapa reportera que lo había entrevistado aquella vez que #MásGordoElAmor había visto la luz por vez primera, porque le había inspirado confianza desde aquella ocasión.

Apenas había pasado un día. Era la primera mañana en Campeche. Habían alquilado un cuarto bastante decente en un hotel de cuatro estrellas. La habitación tenía tres camas individuales, aire acondicionado y vista al mar. De ese tamaño era el optimismo de los tres camaradas. Pero habían pagado la noche en efectivo… y en las arcas no había dinero para una noche más. Aún no daban las doce de la tarde cuando ya estaban en la calle, en pos de un cajero automático para consultar el saldo de la tarjeta de Molina. Aún no daban las doce de la tarde cuando el aparato comercial de #MásGordoElAmor ya se había reunido y ya le habían llamado a Yépes y éste ya le había confiado a la guapa reportera el insignificante dato.

El número del celular de donde le habían llamado la tarde anterior. No, no el de su ahijado. El otro.

En la televisora tenían las grabadoras corriendo. Y en la sala de juntas se hubiera podido escuchar el alma cayéndosele a los pies a Lorena Huízar, cuando ésta escuchó la voz del otro lado de la línea, que sonó en las bocinas de la sala de juntas. Después comentaría en Corazón de Chocolate que ese era el timbre perfecto de un hombre que aún cree en el amor.

Y esto fue lo que se reprodujo en todos los canales a disposición de la cadena televisiva, tanto de tele abierta como de tele por cable, en redes, páginas, blogs y Youtube.

—¿Quién habla?

—¿Con quién desea hablar?

—¿Quién habla?

—Señorita, usted fue quien me llamó a mí. Dígame a quién está usted buscando.

—Le suplico que no me cuelgue.

—No le cuelgo, pero dígame con quién quiere hablar.

—No pienso hacerle daño. Ni buscarlo ni nada. Sólo quiero que me corrobore una información. Le estoy llamando del noticiero Primera Plana. Me llamo Valentina Iris. Tal vez me haya visto usted en la tele.

—…

—¿Está usted ahí?

—¿De qué se trata?

—¿Es usted el ganador del boleto de #MásGordoElAmor? Por favor no me cuelgue.

—...

—¿Es usted?

—¿Cómo obtuvo mi teléfono?

—No se preocupe. No sabemos su nombre. Ni su paradero. Nada más queremos corroborar la información. Por favor.

—Qué quiere saber.

—¿Es cierto lo que se dice en las redes y que comenzó en el blog Corazón de Chocolate?

—¿Qué se dice en las redes?

—Que usted está en búsqueda de su primer amor. Y que no piensa cobrar el premio hasta no dar con ella.

—...

—¿Señor?

—Sí. Es cierto.

—Señor... quiero que sepa que habemos muchos que aplaudimos su decisión. En un mundo como éste, es bueno saber que todavía hay...

—Tengo que colgar. Discúlpeme.

—¡No! ¡Por favor, no cuelgue! ¡Permítanos ayudarle! ¡Tal vez si nos diera el nombre de ella...! ¡Piénselo! ¡Podríamos transmitir en cadena nacional la información! ¡Seguro que ella lo vería y se reportaría con usted! ¡Nosotros podríamos hacer la cobertura del momento en que se encuentren!

—...

—Señor...

—...

—Señor...

Al momento de colgar, Simón iba detrás del Pollo y Molina, caminando bajo el radiante sol de la península en pos de una sucursal del banco que patrocinaba #MásGordoElAmor, para ver si el dinero ya había entrado a la tarjeta del Molina. Ninguno de sus compañeros advirtió la llamada porque creyeron que era una más de tantas llamadas de consulta psicológica adolescente. Ninguno reparó en el momento en que Simón le sacaba el chip a su celular y lo aventaba al flujo vehicular de la calle.

Los tres se apretujaron en el pequeño espacio del cajero automático para disfrutar del clima artificial. Sólo Simón llevaba pintado un mal augurio en la cara.

—Me cago en ese cabrón —dijo Molina, al ver que su tarjeta seguía con el mismo saldo.

Y, como si lo hubiera invocado, sonó su celular en ese momento.

—Adivinen quién es.

Había fila para entrar al cajero. Y, aun así, se quedaron ahí dentro. Y ahí dentro contestó Molina.

—Padrino… no es que te presione, pero no has depositado.

—¿Está el ganador contigo todavía?

Fue toda la plática. Simón sucumbió a un arrebato. Y tomó el celular. Y lo arrojó contra el suelo. Y ya ni hablar de la pisoteada que le puso ante la estupefacta mirada de Molina, del Pollo y de los que estaban en la fila, del otro lado del vidrio.

—¡Qué te pasa! ¿¡Te volviste loco o qué!?

—Tu pinche padrino es un traidor.

—¿Qué?

La explicación fue somera. Salieron del cajero y tuvo que contarles, sentado en la banqueta, de la llamada que recién había atendido.

—Güey… —trató de intervenir el Pollo—. No es que no apruebe tu decisión de mandarlos a todos al carajo, pero tal vez ya se te olvidó que no tenemos ni en qué caernos muertos y que incluso lo prometiste —hasta ahí llegó conservando la compostura. Lo demás fue a grito pelado—. ¡Y cómo quieres que sobrevivamos a tu pinche búsqueda si el padrino de éste no nos aliviana con dinero! ¿Eh? ¡Dime cómo, cabrón!

De hecho, lo estaba zarandeando de la camisa, levantándolo malamente de la banqueta como a un muñeco desvencijado. Y, puesto que Simón no respondía a tal hostigamiento, acabó por soltarlo y sentarse a su lado, en la misma banqueta.

—Lo hubiéramos sospechado —dijo Simón, ignorando por completo el hecho de que estaba bañado en sudor.

—Me debes un iPhone, pendejo —escupió Molina, aún de pie, aún tratando de recuperarse de la impresión.

—Todavía podemos llamarle a tu padrino de mi celular. O del de este cabrón. O de cualquier número —le dijo el Pollo a Molina.

—¿Y que sepa que estamos aquí? —intervino Simón—. Ni madres. Ya veo a todas las cámaras de la televisión buscándome por toda la pinche ciudad.

—¡Güey! ¡No tenemos opción!

—Me debes un iPhone, pendejo.

—¡No quiero que se meta más gente en este asunto! ¡Lo van a joder todo! —gritó Simón.

—¡De todos modos no tienes nada, cabrón! ¡No hay nada que te jodan porque no tienes nada! —vociferó el Pollo, completamente rojo de calor y exacerbación—. ¡No tienes ni de dónde agarrarte! ¡Ve la fecha que es y nosotros seguimos casi como al principio!

—Da lo mismo. Ya te dije. Ustedes regrésense si quieren. Yo ya veré qué hago.

Y una vez dicho esto, se puso de pie y comenzó a caminar a lo largo de la calle, sin aparente rumbo fijo.

—¡Me debes un iPhone, pendejo!

Y a falta de comunicación entre ellos...

Simón estuvo perdido por cuatro días.

Cuatro días en los que al menos hubo un par de eventos dignos de ser mencionados. El primero, que la llamada fue todo un trancazo. Fue reproducida, tal y como esperaban los dueños de la marca y los patrocinadores, cinco millones de veces en apenas ese mínimo lapso. El segundo, que la compañía celular a la que estaba inscrito el número de Simón, accedió a dar a conocer el nombre y los datos del dueño de la cuenta. Que resultó ser dueña. Una tal Judith. Quien fue buscada en la casa a la que llegaban los estados de cuenta. Todo para que los reporteros se dieran de bruces al constatar que la casa estaba deshabitada desde hacía varios días y que la señora no vivía ahí desde hacía mucho tiempo. Así que dicha línea de investigación se murió ahí mismo, pues el otro teléfono celular, el que sí tenía en su poder Judith, estaba a nombre de un tal Simón. Ambos habían intercambiado números cuando empezaron la relación, en un alarde de confianza mutua que, como ya se vio, resultó ser pura faramalla.

Simón, en ese ínterin, durmió en la playa y luchó contra la locura. A nadie había preguntado siquiera por una tal Majo. O una tal Susa. O un tal Martín. Solamente se paseó por la ciudad, probablemente esperando encontrarse con un milagro, aunque en realidad trataba de silenciar las voces internas que le demandaban claudicar, abandonar la más pendeja de las ideas, cobrar el premio y largarse al fin del mundo, comprar el amor en abonos y emborracharse hasta morir.

¿ALGO MÁS GRANDE QUE EL MAR?

¿LA ESTUPIDEZ HUMANA?

CHALE. TE PERDONO LA FRASE APÓCRIFA NOMÁS PORQUE ERES UN PRODUCTO DE MI MENTE.

ENTONCES, ¿QUÉ TAL... EL AMOR?

LOS SUEÑOS SON SABIOS POR NATURALEZA. TERMINAN JUSTO ANTES DE QUE UNA TIERNA NIÑITA ASESINE A UN GENIO UNIVERSAL.

Al segundo día se encontró una pluma en la calle y, sobre cualquier papel que tuviera a la mano, ya fueran periódicos, volantes, servilletas, carteles, dibujaba y ponía a perorar a Juventina. Es decir que su único contacto con el mundo real era a través de un personaje ficticio.

Cuando el Pollo y Molina lo encontraron, las olas le acariciaban las pantorrillas, tumbado sobre la arena. Tenía los zapatos y las perneras del pantalón completamente mojados. El crepúsculo se anunciaba y la marea hacía su trabajo de reclamo de espacio, avanzando hacia la cintura del postrado y greñudo y barbudo hombre. Tanto el Pollo como Molina iban de chancletas, shorts y camisas holgadas, aunque el Pollo llevaba un sombrero texano y unos anteojos oscuros. Se le pararon enfrente, haciéndole sombra en la cara.

—Pinche Simón... —dijo el Pollo—, nada más dejaste que se mojara o se jodiera el boleto y yo mismo te aviento en pedacitos a los tiburones, cabrón.

33

No había sido una discusión fácil. En el mismo momento en que vieron a Simón arrastrar los pies para alejarse de ellos, justo después de que los mandara al demonio, cuando el iPhone de Molina tenía pocos minutos de muerto, comenzó.

—Al carajo —soltó Molina—. Hay que pedirle a mi padrino que nos deposite aunque sea lo del avión. Y nos largamos a México hoy mismo.

Inició el camino de regreso a la sucursal bancaria cuando el Pollo lo detuvo agarrándolo del brazo.

—Espérate.

—No jodas, pinche Pollo. No empieces tú también.

—¿Y si tiene razón?

—¿Cómo razón?

—Sí. Cualquier disposición de efectivo o pago que hagas con tu tarjeta lo van a detectar en tu banco. ¿Y si de veras se lanza tu jefe con toda la caballería acá a Campeche a intentar dar con Simón? ¿Y si eso, en verdad, lo jode todo?

—¿Pero por qué lo va a joder? Al contrario. Chance y damos con la Majo antes.

Un taxista se detuvo a comprar el periódico frente a ellos. Llevaba las ventanas abiertas y el volumen a todo. Al Pollo le pareció que la canción que sonaba en ese momento en la radio decía algo respecto a que el amor es el más gordo de los premios. Prefirió no hacerse ideas. Volvió a detener a Molina, quien ya se creía a salvo porque el Pollo lo había soltado y reanudaba el camino al banco.

—No lo entiendes, ¿verdad?

—¿Qué es lo que no entiendo?

—Que Simón en verdad quiere dar con ella. Y que quiere dar con ella por sus propios medios. Y que, si nos estorba la gente de la televisión, probablemente haga pedacitos el boleto en nuestras narices. Eso es lo que no entiendes, ¿eh?

Molina recapacitó por primera vez desde que vio a su celular ser destripado a taconazos. Comprendió que se había enfurecido por centavos cuando en el horizonte habían millones. Se zafó de la tenaza del Pollo. Se cruzó de brazos.

—Okey, genio... de acuerdo. Pero... ¿cómo carajos sobrevivimos sin dinero, eh?

—Esa sí es una muy buena pregunta.

Ninguno fue en pos de Simón. Se sentaron nuevamente en la banqueta a intentar dilucidar algo. Al poco rato, el Pollo habló.

—Pero igual y ya está más que jodido. Chance y ya vio tu padrino en tu estado de cuenta que compraste tres boletos de avión a Campeche... igual y ya viene la artillería para acá.

—No. La tarjeta con la que pagué no es del banco. Tendría que hacer un panchote para pedirles mi estado de cuenta a los del otro banco. Y la verdad no creo que le suelten nada con el único pretexto de que el premio más gordo del mundo es el puto amor.

Igual no les causó mucho entusiasmo el descubrimiento. De la banqueta pasaron al pedacito de sombra que ofrecía una paletería a sus espaldas. Sentados en el suelo, recargados contra la pared, fueron encogiendo las piernas hasta que fue imposible huirle al sol y se tuvieron que parar.

—Vamos a acabar pidiendo limosna. Siquiera hay que elaborar un plan —dijo Molina.

El Pollo comprendió a lo que se refería su amigo. Porque de todos modos ahí estaban, sin expectativas de nada, sin dinero real en los bolsillos, y la sola idea de ponerse a preguntar, casa por casa, negocio por negocio, por una señora llamada María José cuyo padre respondía al nombre de Martín, sonaba tan absurdo que los petrificaba. El Pollo miró el reloj. Pasaban de las dos de la tarde y decidió buscar a Simón para intentar, siquiera, elaborar un plan.

Pero nada. El teléfono de Simón estaba apagado o fuera del área de servicio.

—Puta —soltó, sintiéndose, ahora sí, miserable.

Hurgó el Pollo en su cartera. Doscientos treinta pesos.

—¿Cuánto dinero tienes tú, Molina?

Así que la tarde se les fue en caminar por la ciudad y luchar contra la locura. Caminaron por las calles como fantasmas y sólo encontraron sosiego cuando decidieron entrar a un lugar de comida rápida y dar cuenta de un pedazo de su enjuto capital. A las once de la noche los corrieron del aire acondicionado y la luz artificial. En cuanto Molina sintió el golpe del bochorno, se acabó de desmoronar.

—No. Neta no puedo, Pollo. Discúlpenme pero no puedo.

Se recargó contra una farola. El solo paso de la gente y los turistas lo enfermaba más. Era una noche cálida pero apacible, ideal para estar de vacaciones, no tocando fondo.

—¿Qué no puedes, cabrón?

—¡Esto! —se llevó las manos a la cara—. De veras es demasiado para mí. Sí quería una parte del premio pero creo que ahorita prefiero simplemente no morirme de hambre, güey.

—Como si tuvieras un chingo de opciones. ¿Y si tu padrino no te quiere depositar? ¿Y si los mafiosos esos siguen metidos en tu casa? ¿Y si Augusto ya se fue con uno del gimnasio?

—Lo que sea, cabrón. Les voy a hablar a mis papás y les voy a pedir prestado para regresarme. Y también les voy a pedir para ti, por si quieres aprovechar.

A pocos pasos, a un lado de un puesto de periódicos, se encontraba un teléfono de monedas. Le echó diez pesos y pidió una llamada por cobrar al número...

El Pollo colgó con el dedo índice.

—¡Puta madre, pinche Pollo! ¡Diez pesos, cabrón! ¡Como si nos sobrara el dinero!

—Se lo debes.

—¿Qué?

—¡Dije que se lo debes!

—No te entiendo.

—A Simón. Se lo debes.

Y algo leyó Molina en la cara del Pollo que tuvo que cortar también el drama. Un algo de indefensión, de fatalidad. Habían estado esperando a poder comunicarse al celular de Simón, sin éxito, puesto que desconocían que el chip del número había sido arrojado al arroyo vehicular campechano. Pero aun esa desolación que estuvieron compartiendo y extendiendo acompañados de sendas hamburguesas, papas y refrescos, no tenía nada que ver con ese repentino y grave rostro con el que el Pollo había cortado la comunicación del teléfono público a pocos minutos de la media noche. Molina lo comprendió. Y cortó el drama. O al menos decidió posponerlo.

Se sentó el Pollo en una jardinera, instando así a Molina a que lo imitara.

Entonces le contó. Nunca había habido necesidad de revelarlo porque la amistad había fluido sin mayores contratiempos. Toda su vida habían matizado la camaradería con la rudeza innecesaria. Y les había funcionado perfecto. Pero las crisis se rigen por sus propias normas. Y el Pollo entonces le contó. Lo llevó a aquella última tarde de clases del tercer grado de secundaria, cuando dos acontecimientos tuvieron el mal sino de ocurrir al mismo tiempo. Se vio a sí mismo, con las manos en los bolsillos de la chaqueta, llamando a gritos a Simón; vio la cara de su mejor amigo aparecer por la ventana de Majo; vio, a la luz de las farolas, el rostro de uno de los muchachos a los que se suponía que debían romperles el alma; vio el final de su inocencia, el futuro venírsele encima como una cascada y la súbita urgencia por reparar todo lo irreparable, como si fuese su sola responsabilidad. Vio, a través de sus palabras, la participación que podía tener en la edificación de un milagro. Se sintió menos mal por unos minutos. Sin hambre. Sin sueño. Sin miedo. Decidió que tenía que aprovechar tan precario éxtasis porque, en breve, se le pasaría, eso seguro.

—Ven. Acompáñame.

Había divisado, al final de la calle, un bar. En el bar, una pareja, hombre y mujer, cantando trova. En dicho canto, una oportunidad.

Molina no supo qué responder. Ni a la revelación ni a la inesperada orden del Pollo de que lo siguiera. Lo acompañó, sí, pero con la cabeza llena de sentimientos abrumadores. Siempre le había llamado la atención que sus dos mejores amigos no dejaran de serlo cuando les confesó su incipiente homosexualidad, pero el saber que incluso habían intentado vengar la primera paliza que se llevara en la vida a raíz de esto, le hizo sentir extrañamente bien. Sin hambre. Sin sueño. Sin miedo.

Llegó con el Pollo al bar sin tener la menor idea de lo que tenía entre ojos su amigo. Miraba sin mirar. Recordaba sin hundirse en la borrasca de los recuerdos. Se mordía las uñas. Sonreía.

Por su parte, el Pollo supo que la suerte es un animalito huidizo y caprichoso pero no enteramente ruin cuando preguntó por el gerente y una mujer morena de amplias caderas, labios carnosos y ojos café claro le dijo, sin dejar de atender el pago con tarjeta que recibía en ese momento en la caja: sí, yo soy, ¿qué se le ofrece?

Cuatro días después estarían encontrando a Simón tendido en la playa. El Pollo sabía que, sin dinero para meterse a ver películas, estaría en algún lugar en el que pudiera contemplar algo no completamente estático. Lo que fuera.

El boleto, afortunadamente, estaba seco y de una pieza.

34

Melisa Robles, dueña y gerente del "Tres Espadas", tenía una notable debilidad por los pelirrojos. Y este pelirrojo, además, cantaba. Así que esa primera noche, cuando con guitarra prestada, Billy Montero hizo su debut en Campeche, a Melisa no le importó pagarle lo que le pidió, más como un favor que como una justa retribución por sus canciones: un lugar donde quedarse con sus amigos y tres comidas al día. El cuento lo inventó el Pollo al vuelo, pero cuajó a la primera no por la verosimilitud del relato sino porque Melisa, además de tener una delirante debilidad por los pelirrojos, también la tenía por los hombres grandes. Su último novio, un gordo noruego, pesaba 280 kilos antes de ahogarse en el mar como producto de una borrachera. El cuento del Pollo, por cierto, tenía que ver con un sueño de infancia y un individuo a punto de morir. El sujeto era Simón, naturalmente, quien había soñado con visitar el mar junto con sus amigos algún día. Pero un cáncer se le había atravesado. Lo mismo que unos ladrones que los habían despojado de todas sus pertenencias mientras buscaban dónde alojarse. Cuando el Pollo y Molina dieron con Simón, uno ya atendía tres turnos de baladas country y el otro ponía al corriente la contabilidad del bar.

Y dormían en la bodega. Aunque hay que decir que, al cuarto día, Melisa comenzaba a advertir que el pelirrojo grandote tenía una notable debilidad por las morenas de amplias caderas.

Al traspasar la puerta del bar, Simón creyó que había muerto y ésa era la bienvenida que le tenían preparada en el más allá. Lo sentaron en una mesa del fondo —que Melisa reservaba siempre para sí o para algún amigo— a pesar del tufo de sus ropas, de su pelo y su barba de náufrago. Le abrieron una cerveza fría y le sirvieron unas brochetas de res recién asadas. Hasta que la cerveza bajó completa desde su garganta hasta su estómago recuperó la voz.

—¿Qué... cómo... cuándo...?

El Pollo se había sentado frente a él. Le robó un totopo de la canastilla y lo masticó ruidosamente. Aún tenía los anteojos oscuros puestos. Y sonrió como si fuera el dueño del lugar.

—Bienvenido a Shangri-La.

Con un ojo al gato y otro a la caja, desde donde atendía Melisa, le contó brevemente cómo la suerte les había hecho un último pero necesario guiño. Le pidió que sostuviera la historia del desahuciado y el mar. Le indicó la puerta por la que se llegaba a la trastienda, a la bodega y a un baño minúsculo con regadera. Le contó, por si no lo había visto ya, que #MasGordoElAmor estaba en todos lados. Que hasta había actores apalabrados para la película, cuando saliera a la luz la historia completa, misma que había asegurado Corazón de Chocolate tener en exclusiva. Le dijo que le tenían una mínima pero poderosa noticia, que tal vez ayudaría un poco más a adelantarle al asunto. Lo disculpó de presenciar el siguiente turno de Billy Montero al micrófono. Lo mandó a acostar temprano.

Una mano en la suya. Una mirada también. Unos labios sobre sus labios. Y un abrazo tan fuerte que lo deshizo como un montón de arena. Eso soñaba Simón al despertar, al lado de Molina y el Pollo, ambos roncando sobre sendas colchonetas como si no tuvieran mayor preocupación en la vida que lo que ocurriera en el aquí y el ahora. Se levantó y lo primero que hizo fue revisar que el boleto siguiera en donde siempre; de pronto se le ocurrió que tal vez sus compinches hubieran cobrado el premio y ese bar fuera parte del botín. El papelito anaranjado, con sus seis números de entre cincuenta, volvió a su verde escondite de siempre en cuanto Simón se cercioró de su existencia. Miró el reloj de su celular. Pasaban de las nueve. Supuso que podría entrar a bañarse y así lo hizo. Se estaba rasurando con un rastrillo viejo que halló al interior del botiquín del baño cuando despertó Molina, quien se levantó y encendió una laptop gorda que estaba encima de unas cajas de aceite. La secuencia de arranque del Windows XP inició, tomándose su tiempo.

—Te voy a enseñar.

El Pollo despertó también. Se desperezó. Entró al bañito y, con la puerta abierta, se sentó en la taza.

—Chale —dijo Simón y, rastrillo en mano, se salió del baño. El Pollo, aun así, no cerró. Simón tuvo que hacerlo. Ya había entrado Molina a su Facebook.

—Primero la buena noticia.

Ingresó a un chat y giró la pantalla de la laptop para que Simón pudiera verlo.

Era un diálogo sostenido con un tal Domingo Vela. Se tardó en hacer la conexión.

—¿Es...?

—Sí. El director de la secundaria. No sólo tiene setenta y nueve años; también tiene Twitter y Facebook.

—¿Cómo...?

—Digamos que tengo mejores modos que el patán ese que está cagando.

—¡Te oí, pedazo de estiércol! —gritó el Pollo desde el baño.

—Entablé contacto con el profesor Quintana. A la media hora ya tenía el face del profesor Vela y ni siquiera tuve que solicitar su amistad para mandarle un inbox. Ésa es la buena.

PROFESOR VELA... ME LLAMO EVERARDO MOLINA Y FUI A LA ESCUELA SECUNDARIA 17 EN LOS AÑOS OCHENTA.

HOLA, EVERARDO.

SUPONGO QUE NO ME RECUERDA.

LA VERDAD NO.

NO IMPORTA, YO SÍ ME ACUERDO BASTANTE BIEN DE USTED. ¿QUÉ ES DE SU VIDA?

ME JUBILÉ. Y AHORA VIVO EN MONTERREY. PUSE UNA LIBRERÍA CON MI ESPOSA.

ME DA GUSTO. OIGA, PROFE... LA VERDAD ES QUE ESTOY BUSCANDO A ALGUIEN DE LA ESCUELA Y QUIERO VER SI USTED SABRÁ ALGO.

¿DE LOS AÑOS OCHENTA?

SI APENAS ME ACUERDO DE LO QUE HICE LA SEMANA PASADA.

JAJAJAJA.

JAJAJAJA. TIENE RAZÓN. PERO NADA SE PIERDE.

¿QUIÉN ES?

ES UNA NIÑA. BUENO, ERA UNA NIÑA. SE LLAMABA MARÍA JOSÉ TUCK GARCÍA

NO. NO ME ACUERDO.

QUÉ MAL.

A LO MEJOR LE SIRVE EL DATO DE QUE NADA MÁS CURSÓ EL ÚLTIMO PEDAZO DEL TERCER AÑO DE SECUNDARIA. IBA EN EL GRUPO B.

YO IBA EN EL E. PERO ME DIJERON QUE USTED LA ACOMPAÑÓ AL SALÓN EN SU PRIMER DÍA DE CLASES.

¿UNA NIÑA FLAQUITA?

SÍ.

YA SÉ QUIÉN DICES.

¿DE VERAS?

SÍ. PERO NO SE LLAMABA ASÍ. SE LLAMABA DE OTRA FORMA. NI ME ACUERDO CÓMO.

SU MAMÁ ME SUPLICÓ CASI DE RODILLAS QUE LA RECIBIERA A MITAD DEL AÑO.

Y HASTA ME OFRECIÓ DINERO POR QUE NO PUSIERA EN NINGUNA LISTA SUS VERDADEROS APELLIDOS, AUNQUE YO NO ACEPTÉ NI UN PESO.

DABA LA IMPRESIÓN DE QUE ESTUVIERAN HUYENDO DE LA JUSTICIA O ALGO ASÍ. AH. Y ERAN SUDAMERICANOS.

¿NO SE ACUERDA DE QUÉ PAÍS?

NO. LA INSCRIBÍ CON SU NOMBRE PERO PASÉ OTRO NOMBRE A LAS LISTAS DE LOS MAESTROS Y ASÍ LE SACAMOS SU CREDENCIAL.

PERO NO ME ACUERDO DE NADA MÁS, EVELIO.

EVERARDO.

OYE, ¿NO SERÁN TÚ Y ESA NIÑA LOS DE LA TELE? ¿LOS DE #MÁSGORDOELAMOR?

JAJAJAJA. ESTARÍA PADRE, ¿VERDAD? TENDRÍA YO UN BOLETO SUPERMILLONARIO.

JAJAJA. SÍ.

JAJAJA.

JAJAJAJA. ¿ENTONCES PARA QUÉ LA ANDAS BUSCANDO?

ES QUE CONOCÍ A UN RAÚL TUCK EN LA OFICINA Y LE CONTÉ DE ELLA Y LE PROMETÍ QUE IBA A INDAGAR SU PARADERO. A LO MEJOR RESULTAN PRIMOS.

JAJAJAJA.

JAJAJAJA. BUENO, LE AGRADEZCO, PROFESOR.

¿VERDAD QUE SI TÚ FUERAS EL DE LA TELE ME ECHARÍAS LA MANO?

FÍJATE QUE LA LIBRERÍA NO ANDA BIEN ÚLTIMAMENTE.

CLARO, PROFESOR, PERO NO SOY YO.

NO, YA SÉ. PERO SI FUERAS.

SI FUERA SÍ. PERO NO SOY.

PERO SI FUERAS.

SI FUERA, CLARO, SÍ. PERO NO.

BUENO.

BUENO.

SÍ. BUENO.

BUENO. LE AGRADEZCO MUCHO, PROFESOR. NOS VEMOS LUEGO.

—Y ésa es la mala. A lo mejor el pinche viejo no se la creyó y es capaz de divulgar el dato por todos lados y joder el asunto.

—¿Sudamericanos? —dijo Simón en respuesta—. ¿Y eso se supone que me tiene que ayudar en la búsqueda?

El Pollo había salido del baño. Había abierto la puerta de la bodega; le había ofrecido a Melisa trapear el bar y por eso, desde el dintel, gruñó:

—Es una pista más. Ahora te nos vas a poner roñoso. Tienes los nombres de pila. Tienes la ciudad. Tienes su posible nacionalidad. Algo saldrá, cabrón.

Y se adentró en el área de las mesas desnudas de sillas a hacerse de una cubeta, un trapeador y poner a todo volumen un CD de Dolly Parton para abrillantar el piso con imágenes muy placenteras de Melisa sonriéndole desde la caja metidas en la cabeza, dejando atrás a Molina y a Simón contemplando la luminosa superficie de una laptop de la década anterior, un chat y una promesa de algo. Quizá no lo mejor. Pero sí de algo. Y Simón lo sabía. Por alguna razón no temía que el profesor Vela fuera a contar que la tan buscada novia del ganador del gordo se llamaba María José Tuck García; quizá porque ni siquiera era un dato relevante tratándose de un nombre falso. Lo que sí temía en cambio era haber llegado hasta el final de las muletas externas; tener que reconocer que ahora, más que nunca, estaba solo y sin pretextos. Que ni Vela ni Quintana ni el Pollo ni Molina ni nadie le echarían ya una verdadera mano. Y que no podría echarse para atrás si en verdad quería dar con Majo.

35

Comenzó así una campaña bastante descorazonadora. Durante el día, un largo peregrinar por la ciudad, llamando puerta por puerta. Por la noche, una búsqueda acuciosa a las páginas del directorio telefónico en busca de las Susanas, los Martines, las María Josés. Se inventó el cuento de que estaba haciendo una investigación respecto a los orígenes de los ciudadanos de Campeche, preguntando si los que habitaban la casa a la que había llamado (golpeando la puerta o levantando el teléfono) eran descendientes, todos, de mexicanos o si tenían otro tipo de raíces. Se presentaba como un doctor en sociología por la UNAM. A veces tenía que soportar rollazos insufribles de abuelitas deseosas de presumir su estirpe; a veces, un simple portazo o una negación rotunda. Pocas eran las veces que los residentes admitían ser (o tener ascendencia de) ecuatorianos, brasileños, chilenos, bolivianos... y era entonces cuando Simón hurgaba un poco más, preguntaba nombres, año de llegada a Campeche, edades. Pero nunca pudo hacer coincidir los datos correspondientes. Sólo una vez le hicieron mención a una María José, hija de padres uruguayos, que había vivido en la casa que ahora ocupaban sus primos... pero tenía veintidós años y todavía ni acababa la prepa, la muy desobligada (palabras textuales).

TE VAS A VOLVER LOCO.
HAY QUE SABER CUÁNDO RENUNCIAR.
LLEVAS EN ESO DESDE EL LUNES.
SI FUERAS MI AMIGA, ME AYUDARÍAS.

MI LABOR COMO AMIGA TUYA, SI VAS A AVENTARTE POR LAS CATARATAS DEL NIÁGARA EN UN BARRIL, ES DECIRTE QUE ESTÁS BIEN PINCHE LOCO, NO AYUDARTE A COMPRAR EL BARRIL.

ALGÚN DÍA TERMINARÉ Y TE VAS A SENTIR TAN MAL QUE VAS A AHORCARTE CON UN CINTURÓN DE TU PAPÁ DEL PURO REMORDIMIENTO.

¿POR UN PINCHE ROMPECABEZAS? MEJOR BÚSCAME SI NECESITAS QUE TE AYUDE A COMPRAR UN BARRIL.
¡JÓDETE, JUVENTINA!

Los días avanzaban y la presión se incrementaba. Pero de algún modo el Pollo, Simón y Molina entraron en una especie de engañosa y falaz rutina. Se habían convertido a sus nuevas vidas como si fueran en realidad otras personas. El Pollo, única posible liga con quienes eran anteriormente, había dejado de cargar su celular desde la primera semana. Para la gente que tenía relación con ellos en México era como si se los hubiera tragado la tierra.

"Más gordo es el amor", la canción de moda, triunfaba en la radio. La marca se iba para arriba en *merchandising*. Lorena Huízar no dejaba de buscar a Molina por celular, correo, Facebook... sin éxito, así que comenzó a construir una confusa telenovela, arguyendo cierta comunicación escueta con el ganador. Regalaba avances a su audiencia a través de su cuenta de Twitter para informar si el dueño del boleto ya había dado con su novia o no. Las revelaciones de lo que supuestamente le transmitía el Romeo iban desde frases como: "No pierdo la esperanza", hasta "Si pudiera tocar sus labios una vez más", que obtenían cientos de miles de retweets y comentarios alentadores de todo tipo. A quince días de la fecha límite de cobro del boleto, la gente comenzó a apostarse a las puertas de la sucursal bancaria donde, según afirmaba la publicidad, se realizaría el cobro del boleto. Pegaron cartulinas en los vidrios con mensajes de solicitud de ayuda económica, ofertas de matrimonio de mujeres mejor dotadas que cualquier noviecita perdida en el tiempo, propuestas de negocios.

Y Simón seguía llamando, como uno de esos enfadosos vendedores de antaño, puerta por puerta y número tras número, en una Campeche que cada día le parecía más surrealista. Naturalmente, había llamado a cada embajada y cada consulado del país, desde los argentinos hasta los hondureños.

Y ninguno le ofrecía una ayuda real si no contaba con los nombres exactos. Todos muy amables, sí, pero todos, también, muy inútiles.

Los días, uno tras otro, se matizaban con los mismos tonos de gris. Simón y Molina no cejaban en la intentona. Sólo el Pollo se hallaba como si hubiese alcanzado el verdadero nirvana. La única razón por la que no se atrevía a dar un paso más en la conquista de Melisa era el miedo de echarlo todo a perder y que los pusieran a los tres, nuevamente, de patitas en la calle. Por lo pronto, le bastaba con ayudar en el bar en todo lo que ella le pidiera, tener tres turnos al micrófono excepto domingo y lunes, y estarse haciendo ojitos con su patrona siempre que tenían línea de vista.

Habría que decir, para cuando transcurrieron las dos primeras semanas, que Melisa no era ninguna tonta y ya había detectado varias contradicciones con aquella primera mentira del Pollo, la del desahuciado y el mar, pero no se atrevió a decir nada hasta cierta vez que, después de hacer un depósito, divisó a Simón, a la distancia, llamando a la puerta de una casa para hacer su inagotable censo. De hecho, lo agarró a solas en la noche, en uno de esos momentos en que Simón se salía a fumar al malecón para intentar aplacar sus voces internas.

—Tengo una teoría, Simón.

—¿Cómo?

Le sorprendió verla ahí afuera, cuando siempre estaba atendiendo la caja o viendo que todo estuviera en orden en la cocina o preocupándose por los detalles en el servicio o, incluso, haciéndose ojitos con Billy Montero, el cowboy romántico, mientras se deshacía en baladas country.

—Que tengo una teoría.

—¿Respecto a qué?

—A lo que hacen ustedes aquí.

—¿Ah, sí?

—Sí.

—Este... ¿y cuál es?

—Que tú eres el de #MásGordoElAmor.

Quizá fuera que, después de esa convivencia forzada de quince días, Simón sintió que sería una verdadera ruindad negárselo. O acaso sólo fuera que siempre creyó poder juzgar a la gente a través de lo que dejaba traslucir con la mirada. El caso es que no quiso mentirle. Era una buena persona. Los había hospedado, los había alimentado, los había tolerado. Se lo merecía.

Así que arrojó el cigarro al pavimento, pisó la colilla y se lo contó. Con pelos y señales.

—Ya se me hacía que eso de que te desaparecías todos los días sólo para ver el mar era una verdadera tontería —resolvió ella, sonriendo, cruzada de brazos.

Simón comprendió por qué el Pollo estaba tan deslumbrado por esa chaparrita de ojos color miel. Cuando te miraba y sonreía era como si te abrazara sin tocarte.

—Peor tontería es lo que estoy haciendo —exclamó, haciendo una mueca.

Ella lo tomó de una mano y se la apretó con simpatía.

—¿Es cierto que ya te quedan menos de dos semanas para cobrar el premio?

—Pinche premio.

—¿Es cierto?

—Sí.

El Pollo terminó una canción. Los descubrió a través de la puerta, conversando. Y supo que algo se había derrumbado por el modo en que ellos se veían. Pero no le pareció mal. Antes, al contrario, sintió un inesperado alivio. De todos modos era una mentira bastante chafa.

—¿Son tuyas todas esas cosas que twittea Corazón de Chocolate? —preguntó Melisa.

—¿Qué?

Ella sacó su celular y le mostró a Simón el último tweet de Lorena.

@corazondechocolate91
Dice ganador "hoy me levanté sin ganas de seguirla buscando, pero su recuerdo es más fuerte que todo". #MásGordoElAmor

—Sí... ya decía yo que era demasiado cursi —confirmó ella, guardando su celular.

—Esto se ha desbordado de una manera espantosa. Lo peor, Melisa... es que ya perdí la esperanza. Creo que voy a cumplir setenta años y aún no voy a dar con ella.

—¿Y es cierto que no cobrarías el premio si eso no ocurre?

—Pinche premio.

Y en efecto. Era una buena persona. A diferencia de las hordas de buitres que habían rondado a Simón, Melisa sólo se puso a su disposición apretándole de nuevo la mano, aunque para el caso sólo le estaba diciendo que no había bronca, que podía seguir durmiendo en una colchoneta en la bodega a pesar de que la muerte por cáncer no lo iba a sorprender mirando el mar.

Al día siguiente, Simón salió por la mañana, como todos los días, con su mapa arrugado de la ciudad, lleno de tachones correspondientes a las zonas visitadas, su portafolios de mentiras y su encuesta de mentiras. Molina se quedó avanzándole a la contabilidad y llamando por teléfono a cuanto campechano se dejara. El Pollo a ayudar en la cocina, en las compras, en la limpieza, en lo que fuera con tal de estar cerca de la patrona. Melisa a lo de siempre, aunque con un brillo especial en los ojos; finalmente, lo que hacía Simón le parecía entrañable desde que lo había descubierto en #MásGordoElAmor, y ahora que lo tenía tan a la mano, era como formar parte de una novela; y aunque no podía admitirlo todavía, le parecía que el hecho de que el Pollo estuviera ahí, apoyando a su amigo hasta las últimas consecuencias, lo hacía completamente digno y merecedor de su cariño entero.

Nada cambió ese día. Ni el siguiente. Ni el siguiente.

Pero al cuarto, un jueves, Molina se sorprendió haciéndose de insultos con un tipo al teléfono, un español que lo mandó a tomar por culo. Eso lo llevó a abandonar la oficina de Melisa en el piso superior del bar, sitio donde se ponía a trabajar durante el día, hacer llamadas cuando se acordaba de los posibles diez millones que había en el horizonte si daba con Majo. Se salió al pequeño balconcito desde el que se divisaba el bar. Eran las once de la mañana, aún no abrían. El bartender y el de la limpieza hablaban entre ellos, mientras el primero acomodaba los tarros limpios y el segundo pasaba el trapeador. Melisa y el Pollo habían ido al banco y a abastecer el avío. Y él, indiferente, escuchó como por casualidad, que el bartender se quejaba de su último trabajo diciendo que su jefe era un verdadero dictador.

Acaso es que la aguja indicadora del depósito de su suerte había vuelto a subir. Poquito pero significativamente.

Se le ocurrió de la nada. Pero fue como si lo golpearan en la cabeza.

Volvió a la oficina, a la laptop vieja que Melisa le había cedido. Abrió una ventana del navegador y tecleó su ocurrencia.

Y nada lo detuvo hasta las tres de la tarde, cuando bajó a comer a la cocina. El Pollo estaba ahí, dando cuenta de unos camarones empanizados. Simón siempre comía en la calle, donde lo agarrara el hambre.

—¿Y ahora tú qué traes? —cuestionó el Pollo a Molina, quien no se sacaba de la cabeza su posible hallazgo y, por eso, estaba más callado que nunca.

—Nada.

Pero sí. Traía algo. Y por eso comió de prisa. Y volvió al piso superior, a la oficina de Melisa, donde ella trabajaba en silencio mientras él pasaba en limpio cuentas por cobrar, cuentas por pagar, generaba estados financieros, perforaba, ponía en orden... pero no ese día, no esa tarde, que se la pasó inmerso en el navegador.

Y lo mismo el día siguiente, que trabajó hasta tarde, cuando Billy Montero todavía estaba al micrófono. Tiempo después recordaría que el Pollo estaba a media balada, una canción de Tim McGraw que le había oído varias veces, "Looking for that girl", cuando Simón entró a la oficina. Parecía uno de esos ministros religiosos del Viejo Oeste, con el traje polvoriento y la mirada cansada. Molina se encontraba solo en la oficina de Melisa, con la laptop sobre el pequeño escritorio que ella le había destinado, copiando el último link encontrado, el último JPG con el que quería revelar su hallazgo, cuando entró Simón arrastrando su agonizante fe.

—¿Sabes qué pensé? —dijo repentinamente Simón, arrojándose a la silla de amplio respaldo de Melisa—. ¿Y si estamos en la ciudad equivocada? Es cierto, la carta venía de Campeche, pero la dirección no empataba. A lo mejor si buscamos esa misma dirección pero en otra ciudad...

Se le apagó la voz. Era como decir que, como no había dejado de perder a la ruleta, iba a intentar ahora a los dados.

—No jodas, Molina... —dijo poniéndose las manos entrelazadas sobre la cabeza—. Me falta preguntar en un chingo de casas. Creo que no llevo ni el diez por ciento de la ciudad.

Y Molina esperando a que terminara su lastimero discurso para anunciarle lo que había encontrado. En realidad, todas las noches se quejaba, así que tampoco era como para tomarlo en serio.

—En el fondo... lo que en verdad estoy esperando es toparme con ella por accidente. Y lo más seguro es que ya no viva aquí. A lo mejor nunca vivió.

Mordía los padrastros de su pulgar derecho con fruición. De hecho estaba a punto de sacarse sangre. Todo un psicólogo titulado.

—Me lleva la chingada...

Se recargó en la superficie del escritorio. Una mano sobre la mesa, la otra sosteniéndole la frente. La señal de desvalimiento que Molina estaba esperando. Llevó la laptop abierta al escritorio de Melisa, donde se había sentado Simón.

—Se me ocurrió una cosa —dijo. Simón ni levantó la mirada ni hizo señal alguna de reconocimiento. Molina continuó—. Y la verdad es que todo cuadra. No se nos ocurrió a ninguno a lo mejor porque la clase que más odiábamos, desde la secundaria, fue la de Historia. Claro que la culpa es del profe, que nos hacía pasar todos los apuntes a plumas negra y roja con dibujitos. Bueno... se me ocurrió porque me acordé, gracias a una plática que caché al vuelo ayer en la mañana, que en Chile tuvieron, durante esos años, un dictador de esos de meter miedo.

Simón, ahora sí, levantó los ojos. Apenas para mirar a Molina a través de los dedos de su mano izquierda.

—Pinochet —dijo Simón.

—Pinochet. Sí. Pues se me ocurrió que a lo mejor el papá de Majo no estaba huyendo porque fuera un criminal, sino porque era un exiliado. O algo así. Se me ocurrió. La dictadura chilena empezó en 1973 y terminó hasta 1989.

Ahora tenía toda la atención de Simón.

—Es una idea de nada —exclamó Molina—, pero igual le quise intentar por ese lado. Así que me puse a buscar, en todas las páginas relacionadas con la gente desaparecida, exiliada o incluso muerta por culpa del régimen militar chileno, a todos los Martines posibles.

A Simón se le desataron todas las alarmas internas, la sangre se le volvió una plasta de adrenalina.

—Aquí te puse todos los que he encontrado hasta ahora —dijo Molina.

Y giró la pantalla para que quedara frente a Simón. Notó el brillo en sus ojos. Y supo que algo había abonado a su deuda. Se sintió reconfortado porque, en todos esos días, no se había atrevido a decir un insignificante gracias. Gracias por haber estado ahí. Gracias por haber dejado a Majo esa tarde. Gracias por intentar vengar mi pendeja honra. Gracias por aceptarme. Gracias por los años. Gracias de veras, cabrón.

Simón se volvió a poner los anteojos, que había depositado sobre el escritorio, y llevó un dedo a la flecha de avance para recorrer el documento Word donde Molina había cortado y pegado nombres, referencias, expedientes, fotos...

Martín a secas.

José Martín. Luis Martín. Martín solamente. Martín Eduardo...

Parecía posible. De hecho, muy posible. El plasma sanguíneo era una vibrante gelatina de pura excitación.

—¡Güey, qué ocurrencia! —dijo—. Podría besarte.

—Ni lo intentes. Nunca fuiste mi tipo.

Y así avanzaba. Y avanzaba. Perdiéndose en los ojos de tantos hombres que, padeciendo el régimen totalitario, se habían hecho de un lugar en esa memoria. Detenidos, apresados, torturados, desaparecidos...

Era una búsqueda infame. Pero, también, una búsqueda jubilosa. Ya maquinaba Simón la posibilidad de seguir esa línea de investigación. Recordaba que Argentina también había sufrido un gobierno militar. Y en Uruguay. Y...

Martín.

Juan Martín.

Martín.

Martín.

Martín Lorenzo.

Mar...

Se tuvo que echar para atrás. Se agarró con fuerza de los brazos de la silla.

—Qué. No me digas... —dijo Molina.

Simón se puso en pie. Se llevó la mano derecha a la boca. Comenzó a dar vueltas por la oficina.

—¡Qué!

Volvió Simón a confrontar la pantalla.

Lo copiado por Molina de alguna página web se arremolinaba en su mente. Martín Santiago Almarán Olallo. Casado. Padre de una hija. Empleado del Banco del Estado. Miembro del comité central... fecha de detención... 25 de septiembre de 1976...

Desaparecido.

—¡Qué, pinche Simón!

Un rostro que ya había visto antes. Sobre una cómoda. Y que se quedó en su registro neuronal por treinta años.

Lo miraba. Joven. Patético. Sonriente. Ajeno al tiempo y al dolor y al olvido.

—¡Pollo! ¡Pollo! —gritó Molina al tiempo que asomaba la cara por la puerta de la oficina, sin importarle si interrumpía o no balada alguna.

36

—Es que te quiero dar una noticia.

—¿No piensas hacer la maqueta de Biología?

—Luego. Ven a la casa.

—Me pidió mi mamá que la acompañara al súper.

—Ven, te conviene.

—Estás loca.

—Ya lo sé. Ven.

Y Simón, para variar, arrancaría la bicicleta del sitio del que la colgaba en el patio, por encima de un montón de cajas y llantas y porquerías, se arrojaría a la calle y pedalearía hasta la casa en Circuito Navegantes. Porque tenía un presentimiento. Se lo decía ese "te conviene" que había estado rumiando desde que colgó con Majo hasta que llegó, abrió la reja, aventó la bici al pasto del jardín y llamó a la puerta de madera de la casa.

Ella aún tenía puesto el uniforme de la escuela. Lo tomó de la mano y lo arrastró hasta su cuarto. Simón no dejaba de pensar que ese era el momento esperado. Para entonces ya habían tenido todo tipo de contacto; se conocían desnudos, se habían acariciado con cierta impudicia. Lo único que faltaba era el premio gordo… por decirlo de algún modo. Y Simón, pese a los ruidos en la cocina, que delataban la presencia de la mamá de Majo en la casa, estaba prácticamente seguro de que a eso había sido citado. De hecho, no le importaba hacerlo con la señora en el piso de abajo; lo único que lamentaba era no llevar condones consigo.

Majo cerró la puerta y fue a su mochila. Sacó unas hojas. Empujó a Simón a la cama, donde éste cayó de espaldas… y declaró.

—Somos el uno para el otro.

—Ajá.

Pero Majo no agregó nada.

—O sea… ¿cómo? —dijo Simón.

—Felicidades, tonto. Pasaste todas las pruebas. Y con mención honorífica. Ése es mi veredicto. Felicidades. Somos el uno para el otro.

—Qué bueno —respondió Simón. Se puso en pie. La abrazó. La besó. Fue aventado de vuelta a la cama.

—Promete que te casarás conmigo cuando seamos grandes.

—Ya te lo prometí.

—Pero otra vez.

—Oh, qué…

—…

—Está bien. Te lo prometo.

Ella se sentó a su lado. Le mostró las hojas. El montón de preguntas, si te pidiera acompañarme al Amazonas, si me cambiara la religión, si detestara la religión, incluyendo las pruebas por las que había tenido que pasar, la de la foto, la del proyectil a la maestra, la de la indiferencia, todo estaba ahí. Y al final, con plumón pincelín verde, la conclusión: Simón y yo somos el uno para el otro. Lo amo más que a nada en el mundo. Y él a mí. Para siempre.

Simón prefirió no insistir por el lado de lo sexual. Todavía no sabía si había contestado por conveniencia o por convicción. Tres días después, a la hora de tomarse una foto con ella en el parque de siempre, descubriría que la conclusión, en efecto, era acertada. Que ese "y él a mí" se volvería su bandera.

De cualquier modo, mientras él revisaba las hojas, ella aplacó sus ansias.

—Lo vamos a hacer, ya te lo dije... pero no hoy.

—Bueno —replicó él, aún con la vista en el bonche de papeles que mostraban, en una de las orillas, los estragos de haber sido arrancados de un cuaderno profesional Scribe.

"Mejor", pensaba. "Porque ni condones traigo."

Entonces reparó en que la calificación no era perfecta.

—¿Por qué 9.8? ¿Cuál contesté mal?

—Ninguna.

—¿Entonces?

—Es que más bien hay una pregunta que no te quise hacer.

—¿Por qué?

—Porque me da miedo la respuesta.

—Lo dicho. Estás loca. O sea, no te importa preguntarme si sería capaz de matar a mis padres si se volvieran zombis y nos atacaran pero sí te da miedo preguntarme quién sabe qué cosa.

—De todos modos no importa.

—¿Cómo no va a importar? Por algo te da miedo la respuesta.

—No importa porque es una pregunta hipotética que nunca va a pasar.

—Ajá. ¿Y entonces la de los zombis qué es?

—Es distinto. Pero de todos modos no importa. Ya te dije. No va a pasar. Y si pasara, es porque no estábamos destinados a estar juntos.

—Chale.

Cobraron importancia otras cosas. Cómo pegaba el sol de la tarde sobre el cobertor de canastitas con flores de la cama de Majo. La sonrisa en la foto del papá, a quien jamás había visto fuera de ese retrato, la necesidad de voltearlo contra la pared. El golpeteo de los trastes al ser lavados en el piso inferior. La posibilidad del futuro juntos, el más próximo de los futuros. El aquí y el ahora y el podemos hacer el amor de una vez, total, con que no hagamos ruido, no le hace que no traiga condones. Dejó de importar una maqueta pendiente, un posible regaño en su casa por salirse sin avisar, que ella no estuviera tan sexy o que él no se hubiera lavado los dientes. Porque en ese momento Simón creía que esas dos décimas que lo distanciaban del 10 perfecto eran una excusa para que ella le saliera después con un lo siento, es que era importante, no podemos estar juntos, ni modo. Esa pregunta, Simón. Lo siento. Sí, sí era importante.

—Ya te dije que te lo prometo, Majo. Que nos vamos a casar.

—Y te creo.

—Bueno.

—Bueno.

Una sonrisa. El avance de las sombras. El ruido de pasos de la señora, subiendo las escaleras.

—Y claro que mataría a mis padres si se volvieran zombis. Y a los tuyos también, si quieres.

—Bueno.

—Bueno.

37

Incluso Melisa subió a su oficina, lo que casi nunca hacía. No mientras hubiera clientes y servicios pendientes y comandas por atender.

Y subió a la carrera, igual que el Pollo, quien casi hace venirse abajo las escalerillas de madera con sus grandes trancos.

Una vez que Molina explicó brevemente, hubo un momento de tensa expectación. Porque así, con la vista fija en esos ojos de buena persona que tenía el padre de Majo en su juventud, nadie se atrevía a decir nada. Como si hubiese que pedirle permiso para perturbar las quietas aguas del pasado. Claro que, pasados cinco minutos, el Pollo sintió que no valía la pena seguir alargando el momento. No cuando todo podía llegar a su fin en pocos minutos.

—¿Lo haces tú o lo hago yo? —dijo, luego de aclararse la garganta.

Simón suspiró.

—Lo hago yo.

Abrió una ventana del navegador y tecleó, con dos dedos y miedo a montones: "María José Almarán", incluyendo las comillas. Y un enter. Y esperó.

Se le mostraron resultados sin comillas porque, con comillas, no había nada.

Se estaba acariciando la barbilla cuando el Pollo decidió intervenir. Encimando su enorme cuerpo sobre el teclado, abrió su cuenta de Facebook.

Tenía más de treinta mensajes pendientes, todos de su exmujer, sus hijos, el novio de su exmujer...

—Me lleva —prefirió salirse. Dejó la página abierta en el ingreso—. No vaya a ser de mala suerte. Mejor hazlo desde tu cuenta, Charro.

Ingresó Simón. Tenía bastantes mensajes pendientes también, de la exmujer del Pollo, de los hijos del Pollo, del novio de la exmujer del Pollo. En la parte alta de su timeline vio que había un reclamo bastante altisonante de su propia madre, con más de 50 likes y un comentario de su hermana Mónica llamándolo irresponsable. Hizo caso omiso. Fue al recuadro de búsqueda y tecleó. También con un montón de miedo.

"Majo Almarán."

Presionó enter.

La máquina se tardó en traer los resultados. Abajo, uno de los meseros le gritó a Melisa que un cliente había solicitado su cuenta. Ahí arriba podía escucharse con toda nitidez el ruido del ventilador interno de la laptop.

Simón se empezó a comer los padrastros del meñique izquierdo, último dedo que le ofrecía esta posibilidad.

La máquina seguía en su plácido siseo.

Y aventó los resultados.

Hasta arriba, el único que daba una coincidencia exacta.

Y todos quedaron boquiabiertos. Incluso Melisa, quien había visto la foto apenas unos días atrás.

La coincidencia era exacta.

La misma cara de la misma niña en aquella foto de la que Simón sólo guardaba un pedazo.

María José Tuck García.

Majo Almarán.

La misma.

Cierto que era abril, y algunos usuarios suelen cambiar sus fotos de perfil en redes sociales por sus fotos de infancia, pero, aun y con eso, la coincidencia era asombrosa. Tanto como para dejar a Simón completamente estupefacto.

—Qué loco —dijo Molina.

—¡Señora Melisa! —gritó el mesero.

—No seas lento, Charro... solicita su amistad —dijo el Pollo.

De foto de portada tenía Majo una vista hermosa de un mar de postal turística. Tenía 122 amigos. Y ninguna referencia tangible. La configuración de privacidad no permitía ir más adentro en la página. Casi no tenía información disponible para todos. De hecho, no tenía nada. Apenas su foto del perfil, la portada del mar y absolutamente nada más.

Y Simón, con todo el miedo del mundo, con todo el peso de una espera que habría podido durar seis minutos y no seis semanas de haber tenido, desde el principio, el nombre correcto, presionó el botón de solicitud de amistad...

Y esperó.

Y esperó.

—Qué loco —dijo Molina.

Y siguió esperando.

—La Popotitos en persona —dijo el Pollo.

Y el mesero apareció en la puerta. Y dijo:

—Señora Melisa...

Ella dijo ya voy. Dando un apretón en el hombro a Simón, se apartó de ellos pero luego, acaso sintiendo que era una muestra de alegría bastante parca, volvió al lado de Simón y le dio un beso en la mejilla y, finalmente, se marchó a atender un bar que con muchos trabajos había levantado a lo largo de cinco años.

Y Simón siguió esperando.

Y el Pollo y Molina con él.

Pero nada.

Transcurrió una media hora, en la cual el Pollo se atrevió a conjeturar que era muy posible que no entrara a su Facebook porque 122 amigos no eran precisamente como para una medalla de popularidad, así que la buscaron también en otras redes, sin éxito.

Transcurrió una hora completa, en la cual Molina se atrevió a preguntar si había considerado Simón la posibilidad de que ella estuviera muerta y el Pollo lo fulminó con la mirada.

Transcurrieron dos horas, durante las cuales el Pollo y Molina salieron de ahí, uno para seguir con sus canciones y el otro para echarse algo al estómago. Melisa apareció con un sándwich para Simón y la esperada pregunta, ¿aún nada?

Transcurrieron cuatro horas y nada. El bar cerró. Y Simón no dejaba de apretar el F5 del navegador para refrescar la pantalla. No apartaba la vista de la foto en el monitor, réplica casi exacta de aquella que llevaba al interior del pantalón, en medio del pasaporte. El Pollo y Molina fueron a verlo, a darle ánimos, a avisarle que se iban a dormir. Lo mismo Melisa, quien, para más datos, comprendió muy a su pesar algunas cosas y, a la hora de despedirse del Pollo, en vez de darle un beso en la mejilla, como había estado haciendo, le tendió la mano y se subió a su camioneta para irse a su casa, cosa que dejó al Pollo malhumorado y confuso.

Transcurrieron seis horas y Simón aprovechó para contestar algunos mensajes en su inbox, principalmente de dos pacientes que decían tener cierta urgencia para ser atendidos. Estimado Julio, claro que quiero seguirte atendiendo, pero he tenido que desconectarme de la vida por unos días, también los psicólogos necesitamos descanso, no me parece mal que quieras ser satánico de grande, pero agarra la onda que ahorita vives con tus papás todavía, te mando un abrazo, a mí también me gusta Iron Maiden. Querida Sandra, yo tampoco sé si el amor es lo mejor o lo peor que le puede pasar a alguien, igual que tú lo he disfrutado y padecido. Si tuviera que contestarte algo breve sería esto: el amor no resuelve nada en la vida, a veces ni siquiera la soledad, y a veces más bien empeora las cosas, pero sí creo que es necesario contar con él siempre, no me preguntes por qué, yo tampoco lo sé, pero sí sé que cuando lo he tenido conmigo he creído ser más feliz y eso ya es algo, de todas maneras no creo que sea buena idea que sigas teniendo sexo con tu ex, y menos en la sala de música de la escuela, luego hablamos.

Se puso a hacer tiras de Juventina.

Transcurrieron ocho horas y se quedó dormido frente a la computadora.

—¿Quién es Fulge, pinche Simón?

Se despertó, tratando de desentumirse. El Pollo se encontraba frente a la laptop, que había girado hacia el otro lado. Pasaban de las diez de la mañana.

—¿Qué?

—Que quién es Fulge Love, ¿por qué te manda fotos medio indecentes?

—Pinche Pollo, deja de chismosear en mi Facebook.

¡TÚ NO ME QUIERES, MAMÁ! ¡ME ODIAS!

COMO DIGAS, PERO APÚRATE. AÚN TIENES QUE SACAR A MEAR AL PERRO.

SI ME QUISIERAS, PROCURARÍAS MI BIENESTAR, NO ME PONDRÍAS A HACER TRABAJOS FORZADOS COMO PINCHE REO.

¡TE PONGO A TRABAJAR PARA QUE NO ESTÉS PENSANDO IDIOTECES!
¡YO NO PIENSO IDIOTECES, NO ME JODAS!

AHORITA QUE SAQUE AL PERRO VOY A VER SI LO HAGO DAR VUELTAS DE REHILETE COMO LA ÚLTIMA VEZ. A LO MEJOR HASTA LO HAGO VOLAR DE POCAMADRE COMO EL PINCHE SUPERCÁN.

Giró la pantalla para confrontar su face. De entre los mensajes privados que no había querido atender desde la noche anterior estaba uno de la conserje de su antiguo domicilio, que lo había empezado a asediar románticamente por internet, uno de su hermana donde lo más suave que le decía era pinche muertodehambre y otro de Judith, preguntándole si no le prestaba un comprobante de domicilio para hacer un trámite con Hacienda.

Majo aún no aceptaba su solicitud de amistad.

—¿Y ahora? —preguntó el Pollo, sentado del otro lado del escritorio.

Tenían el nombre y el apellido paterno. Pero nada más.

—¿Y si no te responde pronto, pinche Charro? Estamos a cinco días de que chafee el cobro del boleto.

¿Y si no me responde pronto?, pensó Simón.

¿Y aun si me responde, qué espero de todo esto?

¿Qué es lo que le voy a decir?

¿Qué exactamente es lo que le voy a decir?

—Voy a hacer de desayunar, cabrón…

Salió el Pollo de la oficina. Simón se quedó contemplando la pantalla en un nuevo estado de locura temporal, escuchando los pasos de su amigo bajando las escaleras, entrando a la cocina del bar, conversando con alguien.

Sacó la cartera y, de ésta, el boleto ganador.

Lo puso frente a sí, atorado entre las teclas de la computadora.

572 millones de pesos. Menos impuestos.

Cinco días para que se volvieran humo. Cinco días.

Entonces… lo notó.

Y al poco rato, acaso como parte de esa misma demencia provisional, se echó a reír involuntariamente. Y luego, con toda la voluntad del mundo.

Francas carcajadotas que hicieron que el Pollo subiera a la carrera.

—¿Ya te contestó?

—No. Es otra cosa.

—¿Qué otra cosa?

—Nada. Una cosa de la vida.

—Ya te volviste loco, cabrón.

El Pollo negó con la cabeza y volvió a bajar a la cocina.

Simón, mientras tanto, se dijo que, en el fondo, era lo mejor para todos. No podía afirmar exactamente por qué, pero estaba seguro de que era lo mejor para todos. Como si lo viera en una bola de cristal.

Volvió al recuadro de búsqueda y tecleó un nombre. No se acordaba si eran amigos en el Facebook.

Priscila Flánagan

Estaba como Pris Flan, una pelirroja con anteojos oscuros y haciendo los cuernos del rock. Y sí, eran amigos. Le mandó un mensaje inmediatamente.

Se dijo Simón que tal vez el secreto de la vida es siempre creerte afortunado, pase lo que pase, pero a los tres segundos pensó que era una frase de porquería. Y que jamás la usaría con un paciente, eso seguro.

Priscila le contestó al instante con un emoticón. Una carita ruborizada.

Y Simón se dejó llevar por su propia risa y esa tonta idea sobre la suerte que se le acababa de ocurrir. Volvió a guardar el boleto y comenzó a teclear.

38

—Es tu sueldo —le dijo Melisa, malhumorada, al Pollo cuando se sentaron a comer, luego de poner sobre la mesa un sobre amarillo, abultado de billetes.

—¿Mi sueldo?

—Sí. Por los días que trabajaste aquí. Y de una vez puse también el de Molina. A Simón no le pago nada porque nunca hizo nada… bueno, al menos aquí dentro.

El Pollo aprovechó que tenía la boca llena de mariscos para pensar su contraataque. Dio un trago a la cerveza. Se limpió la boca.

—Tampoco soy una aprovechada —escupió. Ella ya iba en el postre—. Lo que chambearon tú y Molina es más que lo que les pasaba de comida y hospedaje. Además… ni que se le pudiera llamar hospedaje a tres colchonetas en una bodega llena de cucarachas.

—Nunca nos salió una.

—Da igual.

—O sea que me estás corriendo.

—Yo no. Pero seguro que ya estás por irte. ¿O no? Ya nada te detiene aquí.

El mal genio de Melisa era cómico en cierto sentido.

—Sí hay algo que me detiene aquí... —dijo el Pollo después de otro bocado y otro trago—. Y mucho.

Comían frente a frente. Y Melisa le sostuvo la mirada hasta que él la levantó de su plato y ella decidió que sería mejor desviarla hacia otro lado. Hacia Eloy, que atendía la caja mientras ella comía. O hacia los cuadros de los piratas. O la red en el techo. O lo que fuera.

—Pero tampoco me gusta andar de aprovechado. Así que... preferiría volver después. En otros términos.

—¿Qué términos?

—Económicamente más estables... pongámoslo así.

—No vas a volver —sentenció ella, molesta.

—Y tú qué sabes.

—Lo sé.

—Pues no. No sabes ni madres. Voy a volver. Y cuando lo haga, o me llevo conmigo a eso que me anda deteniendo aquí, o me quedo para siempre.

—Tendrías que quedarte para siempre, porque no sabes si eso que dices que te anda deteniendo aquí se iría contigo.

—Sí, sí sé.

—No, no sabes. No sabes ni madres.

El Pollo le sostuvo la mirada. Ella a él no. Prefería detenerse en las barbas de ese tal Francis Drake que adornaba uno de los pilares, el color de su barba, el lustre en sus botas...

—Pero de que vuelvo, vuelvo. Trepado en un carrazo negro. Con botas de piel de víbora y sombrero original de Nashville. Irreconocible. Vas a saber que soy yo nomás por la hebilla de oro de veinticuatro quilates de mi cinturón. Y las letrotas grabadas en él de eso que me anda deteniendo aquí.

—Es el detalle más naco que he oído en mi vida.

—No. Es de una balada country que compuse en estos días.

—Mentiroso.

—No.

—Tú no compones, me lo dijiste.

—No componía. Empecé aquí.

—¿Y por qué aquí?

—¿Y por qué no?

—Es una ciudad como cualquier otra. Nomás que con un mar y una muralla.

—Tampoco la canción es la gran cosa, no te creas.

—Pero es tuya.

—La mitad. La otra... bueno, tendrías que oírla. O ver la hebilla de oro, cuando vuelva.

Se echó a la boca el trozo de pulpo que mantenía en vilo. Seguía mirándola. Ella, en cambio, luchando contra eso que no le parecía justo sentir porque tenía casi cuarenta años y puras relaciones fallidas, sucias de tristeza y abandono. No, no era justo. Pero no podía tampoco sacudírselo o negarlo. No va a volver, se decía y, al mismo tiempo, se vacunaba contra otro desengaño. Al menos éste nunca me tocó, se decía. Y acaso por eso es que más deseaba que volviera, con detalles nacos o sin ellos, que volviera, la tocara y ya después que se largara. Creyó que lloraría y se puso de pie.

Al tiempo en que, tres de la tarde y minutos, Simón salía del azoro.

El pequeño icono circular del mundo, en la parte alta de la pantalla del Facebook, se iluminaba con un insignificante adornito: un número 1 rojo. Seleccionó el icono por reflejo; ya había ocurrido varias veces ese mismo día y siempre habían sido invitaciones impersonales a eventos o a juegos de celular, nada de importancia. Por eso le costó trabajo creerlo cuando lo vio.

Y salió por completo del azoro.

"Majo ha aceptado tu solicitud de amistad."

Sintió el sudor acudiendo a las palmas de sus manos como si le hubieran avisado que tenía cinco minutos para desarmar una bomba.

Ahí estaba. En algún lugar del mundo. Sosteniendo un *mouse* o un celular en su mano. Aceptando su solicitud y pensando...

... pensando...

—Puta madre. A lo mejor me aceptó por reflejo y no sabe ni quién soy.

... pensando...

¿Qué podría estar pensando?

La frente también se le perló de puro desasosiego.

—Puta madre. Ahora sí me siento como un imbécil.

Un minuto. Dos. Tres. Comenzó a ensayar aproximaciones. No podía quedarse así después de haber pasado por tanto y durante tanto tiempo. Algo tendría que decirle. Aunque fuese un "Hola, ¿qué haces?" y terminar con un "luego nos vemos".

Se sintió como si tuviera quince años.

Cuatro. Cinco. Seis minutos.

Y entonces, otro número uno. Ahora encima del símbolo de los mensajes. No en el chat sino en los mensajes.

Se animó a entrar en el muro de Majo para descubrir más de ella antes que develar su saludo. Pero no había fotos. Al menos no las usuales, la de la comida en casa de los compadres, la del niño en su primera comunión, el selfie de la torre Eiffel. Nada de eso. Había fotos de memes y otras tonterías, pero nada que la mostrara en la actualidad o en algún momento de su vida. Lamentó que su propio muro sí estuviera plagado de fotos. Algunas, incluso, con Judith. Se imaginó a Majo entrando a curiosear, sacando conclusiones.

—Puta madre...

Se limpió el sudor de la frente. Fue al icono de los mensajes. Le dio un clic.

OLA K ASE.

Decía el mensaje.

Simón se tardó en reaccionar. Lo suficiente como para que ella añadiera:

JAJAJAJA..

Sólo se le ocurrió añadir un emoticón. Una carita feliz.

Y entonces ella:

TE TARDASTE.

¿Me tardé? Pensó Simón. ¿Me tardé?

NADA MÁS TREINTA AÑOS

Era ella. No podía ser sino ella. Esa era la buena noticia. Acaso no hubiera más buenas noticas ya, pero esa al menos parecía lo suficientemente buena.

La búsqueda había terminado.

TE PUSISTE GUAPO.

¿Me puse guapo? Pensó lo que valdría la pena teclear. No es cierto; seguro que tú también; no es precisamente lo que han pensado mis últimas parejas…

Se tardó demasiado.

NO ME ACUERDO QUE FUERAS TAN CALLADO CUANDO ESTÁBAMOS CHICOS.

¿Qué correspondía entonces? Literalmente se había quedado sin palabras. No sabía para dónde llevar las cosas. Se sentía verdaderamente estúpido. Había cocinado esa ansiedad por demasiado tiempo, el horno ya estaba haciendo humo y el guisado era una porquería. Tenía que relajarse o terminaría por incendiar la estufa completa, la cocina, el edificio…

PERDÓN. ¿CÓMO HAS ESTADO?

NO ME QUEJO. ¿Y TÚ?

TAMPOCO.

Y volvieron a temblarle las manos. Ella no tecleó nada. Él tampoco. Y no se veía empujando una plática que había imaginado de frente a través de la cibernada, tecleando de a dos deditos. ¿Qué pregunta, la primera? ¿Qué has hecho de tu vida? ¿En qué trabajas? ¿Te casaste? ¿Te casarías conmigo?

Pasaron dos minutos. Simón tuvo que imaginarse que ella estaba en algo importante mientras él estaba encerrado en una oficina prestada dándole toda la atención de su vida a esa plática porque la había perseguido por todos lados.

Tres minutos. Cuatro.

No se le ocurrió qué otra cosa teclear. Pero al menos era sincera.

ME GUSTARÍA VERTE, MAJO.

Cinco. Seis. Siete minutos.

¿PARA?

Se cubrió el rostro. Se imaginó parado en un andén, frente a las vías del metro, suspirando, aguzando el oído para detectar el momento en que el convoy entrara a toda velocidad a la estación, haciendo en su cabeza una cuenta regresiva...

NO SÉ. PARA PLATICAR.

El metro se alcanzaba a escuchar ya a la distancia. O cuando menos el suelo del andén retumbaba como si así fuera.

NO CREO QUE SEA BUENA IDEA.

¿POR QUÉ?

NO SÉ. HA PASADO MUCHO TIEMPO.

NADA MÁS ES PARA PLATICAR.

El ruido del tren era ensordecedor. La estación podría empezar a desmoronarse. Pero el convoy no ingresaba. Y no ingresaba. Y los pasajeros se asomaban con precaución al negro hueco por el que debía entrar. Se preguntaban qué demonios pasaba. Algunos veían con enfado al tipo ese de los lentes que sudaba como un maldito condenado a muerte porque sólo lograba ponerlos más nerviosos.

Cada golpe de tecla era una roca de diez toneladas empujada cuesta arriba.

BUENO. PERO ME DA GUSTO SABER QUE ESTÁS BIEN.

GRACIAS. A MÍ TAMBIÉN ME DA GUSTO SABER QUE ESTÁS BIEN.

Otro minuto. Pinche metro de mierda. Seguro Majo estaría en una llamada telefónica, una real con una persona real y que le preocupaba y le interesaba realmente, no un jodido fantasma del pasado. Seguro estaría quedando para algo. El cine. El parque. El amor. Y uno aquí empujando una piedra inmensa cuesta arriba.

Pero igual da una piedra que veinte o treinta si ya se está en esa ingrata y sísifa tarea.

¿QUÉ FUE DE TU VIDA?

Diez minutos exactos. Creyó que ya lo había cortado. El jodido tren seguro había abierto un túnel alterno y se había largado por ahí. Qué poca consideración con la gente ya no digamos que quiere llegar a su casa después de un arduo día de actividades laborales sino que quiere recibir a la muerte con un golpe de acero en pleno rostro. Qué poca y jodida consideración de mierda. Pero a los diez minutos justos:

PUES QUÉ TE DIGO. BOTÉ LA ESCUELA. ME CASÉ. TUVE HIJOS.

ME FUI LEJOS. PESO 127 KILOS. O SEA... LO NORMAL.

Un hombre se arroja a las vías ante las miradas atónitas de varios compañeros de andén. El tren, por cierto, entra como una ráfaga. De hecho es un tren infinito. Los vagones pasan y pasan y pasan. Y no se detienen en lo absoluto. Algunos de esos cansados hombres de pie en el andén piensan en la ráfaga como eso que llaman golpe del destino. Y se atreven a afirmar entre sí, que éste, en particular, ha atacado con toda la alevosía y toda la mala leche posible.

39

—¿Ciento veintisiete kilos?

Fue hasta que empezaron a servir las bebidas de cortesía, en el avión de regreso, que Simón se sintió con ganas de hablar. Antes, había sostenido, durante todo ese tiempo, que ella simplemente no se había querido reunir con él. Que lo había intentado pero ella no le vio caso. Y así las cosas. Y por favor déjenme porque sí estoy triste en verdad.

Melisa le dio tal vez el abrazo más sincero que hubiera recibido en mucho, mucho tiempo. Pero fue ella quien lloró, no él. Y así se fue, sollozando todo el trayecto desde el bar hasta el aeropuerto, donde pensaba dejarlos, pero no tuvo corazón para despedirse en la puerta de la terminal. Así que los acompañó hasta el primer filtro, donde se despidió de mano de cada uno de ellos, incluso del pelirrojo barbón grandote. ¡Que voy a volver!, le dijo él. ¡Como si me importara!, dijo ella. Y fue hasta que sirvieron las bebidas (el Pollo pidió dos cervezas, la suya y la de Simón, con quien compartía asiento), cuando el Charro de Dramaturgos se sintió con ganas de repetir esa antepenúltima línea de Majo, dos líneas antes de aquella final y más matadora de: "bueno, ya nos estaremos encontrando por aquí, cuídate".

—Lo que oíste.

—O sea... ¿La Popotitos? —insistió el Pollo—. ¿La Popotitos ahora pesa 127 kilos?

—Eso dijo.

—Chale.

Guardaron silencio mirando las imágenes de las pantallitas. En una de ellas, varios chicos gastaban una broma a un hombre gordo. Los muy cabrones. Un hombre se rio a mandíbula batiente. Una señora lo mismo. Una azafata también. Los niños mostraron al gordo que había una cámara escondida, señalándosela. El gordo miró hacia la cámara y se rio de buena gana también. El muy cabrón.

El Pollo prefirió no tentar a Simón. A final de cuentas él había sido quien dijo que tenían que volver a la Ciudad de México. El Pollo asumió que era para cobrar el premio y tirarse para siempre a la decadencia. Pero temía preguntar. Finalmente, también había sido Simón quien dijera aquello de déjenme porque sí estoy triste en verdad.

—A los hijos de puta de #MásGordoElAmor les habría encantado ese remate de la historia, ¿a poco no?

Simón hizo como si no hubiera oído.

—Pero claro... en realidad ése no es el pedo, sino que está casada.

Simón negó notablemente y cerró los ojos y se cruzó de brazos, como queriendo dormir cuando en realidad lo que ya no quería era seguir escuchando. Tal vez por el resto de su vida.

—O que vive en casa de la chingada, ¿no?

Simón consideró seriamente empezar a fingir ronquidos.

—Perdón güey —dijo el Pollo, comprendiendo—. Es culpa de las cervezas.

Arribaron a la Ciudad de México pasadas las ocho de la noche en un estado de ánimo bastante inaprensible, más parecido al cansancio que al abatimiento. Estaban haciendo fila para contratar un taxi cuando el Pollo volvió a hablar, anticipándose a los eventos. O más bien convocándolos quizá.

—Uta. ¿Vamos a mi casa o a dónde?

—A mí me van a perdonar —dijo Molina, con un rostro de sepulturero—, pero la verdad es que sí estoy un poco hasta la madre de ustedes. Nada personal pero me voy a mi casa con Tito. Ya quiero volver a ser yo mismo, aunque sea por unas horas.

—¿Y estás seguro de que va a estar ahí ahorita que llegues? ¿Qué tal que siguen los pinches mafiosos metidos en tu casa? —dijo el Pollo.

—No. Augusto y yo estuvimos en contacto por mail. Nunca le dije dónde andaba pero sí que andábamos en la búsqueda. Antes de salir lo volví a contactar. Ya me está esperando en la casa.

—Pues chido.

—¿Los acompaño mañana para cobrar el premio o qué hacemos? Le puedo ir avisando a mi padrino, para que manden traer a las pinches cámaras, si quieren —dijo Molina a dos clientes de llegar al mostrador. El Pollo agradeció que hiciera la pregunta que él no se había atrevido a hacer hasta ese momento. Pero sí dirigió la mirada hacia Simón para dejarle en claro que no podría zafarse de contestar en seguida.

Avanzaron un lugar en la fila y Simón no contestaba. El Pollo y Molina se observaban entre sí. Y luego a Simón. Y luego entre sí.

Avanzaron otro sitio y quedaron frente al mostrador. Y Simón, nada. Molina pagó el taxi a su casa. El Pollo pagó el taxi a la suya.

Y Simón, entonces, estalló. Por decirlo de algún modo.

—Tengo que verla.

—¿Qué?

—Lo que oíste, Pollo. Tengo que verla. No puedo renunciar así. Tengo que verla.

—¡¿Pero cómo "renunciar"?! ¡No estás renunciando, cabrón! ¡Simplemente se acabó la carrera! *¡Finish! ¡Game over!* ¡No estás renunciando!

—Tengo que verla.

Molina sucumbió a un impulso quizá bastante natural: le dio un puñetazo contundente en la nariz.

—Puta madre... —se quejó Simón, cubriéndose la cara. Los anteojos habían caído al suelo y al instante le empezó a fluir la sangre. Molina no quiso saber más y se largó. Literalmente estaba harto. Luego pensaría, al interior del taxi, que tal vez era el golpe más caro de la historia de la humanidad... pero en ese momento no le importaba; lo que quería era llegar a su casa, bañarse en su regadera, ver una teleserie cursi al lado de su pareja, ponerse su piyama y dormir en su maldita y jodida cama.

Simón tuvo que correr a un sanitario con los anteojos en la mano, que habían perdido uno de los lentes, para impedir mancharse más la ropa. Para su fortuna y la de Molina, ningún oficial los había visto, tan rápido había sido el golpe, así que no hubo problema para entrar al baño e inclinarse sobre el lavabo y tratar de detener el sangrado que bien hubiera podido deberse a un cambio de presión sanguínea o a cualquier cosa. A su lado, por supuesto, el Pollo.

—No me hagas esto, cabrón. Ya. Como dicen los gringos, *take the money and run*. Ya ponle fin a esta jalada.

—Tengo que verla, Pollo... esto no puede terminar así, no jodas.

—A mí también me están dando ganas de darte uno bien dado, pinche Charro.

Simón se apartó del lavabo, se puso un tapón de papel higiénico en la fosa derecha, se cercioró de que se había detenido el sangrado. La nariz hinchada, sí, pero no más sangre. Se puso los lentes, buscó la mica faltante, negó con la cabeza. Luego dijo, mirándose al espejo:

—¿Cuánto dinero nos queda?

—¿Que cuánto dinero nos queda? ¡¿Que cuánto dinero nos queda?!

Un señor canoso de traje se secaba las manos en ese momento. Pensó que un poco de humedad no le hace daño a nadie y salió pitando y jalando su maleta de rueditas.

—¡Querrás decir "cuánto dinero ME queda"! ¡Porque es lo que gané YO chingándome allá en Campeche!

—Como sea. ¿Cuánto dinero te queda?

—Muy poco, cabrón. Menos de mil varos. Compré dos boletos de avión a la Ciudad de México, por si no lo recuerdas.

—Justo por eso pregunto. ¿Cuánto costará un boleto a Ecuador?

El Pollo se quedó mudo. Literalmente. Un gritito se le escapó de la garganta, pero en realidad quería ser un grito en forma, un verdadero alarido. Comenzó a manotear y a dar vueltas al interior del baño. Alguien accionó el fluxómetro desde el interior de uno de los privados; luego, se abrió la puerta y el individuo pensó que a nadie hace daño unos pocos gérmenes en las manos así que salió del baño pitando y jalando su maletita.

—Esto no puede estar pasando —dijo el Pollo cuando recuperó la voz, un par de minutos después. Ya se había sentado en el suelo del sanitario. Ya se había hecho a la idea de que serían dos los que terminarían con una soga al cuello. Y sin un centavo en los bolsillos.

40

Molina se bajó del taxi, llamó al timbre exterior, le liberaron la puerta y subió con entusiasmo. Cuando llegó a su departamento casi se sentía feliz en verdad. Llamó a la puerta musicalmente. Esperó. Y aunque sí lo recibió Augusto, no fue como imaginaba. En lo absoluto. De hecho, al interior, se encontraban muy a sus anchas un par de gordos con los que ya había lidiado. Uno con cara de bebé, otro con los pelos chinos. Apenas se atrevió Molina a dejar salir un escueto y apagado:

—Qué poca madre, pinche Augusto.

Y Augusto mismo, por cierto, cerró la puerta gentilmente.

Debe haber sido al mismo tiempo en que, al mostrador de Tame, Simón recibía el monto total de lo que costaba un boleto viaje redondo a Quito, Ecuador, sin escalas, escrito en un papelito. Luego, se uniría al Pollo en los pasillos del aeropuerto, recargado en una escultura de un hombre alado y con una cara que indicaba claramente que no estaría pasando por nada de eso si no fuera por la posibilidad de contar próximamente con la quinta parte de una fortuna monumental.

—Esto no puede estar pasando —dijo, de todos modos, en cuanto Simón le pasó el dato en el escurrido papelito.

Buen momento para informar que la gente de #MásGordo ElAmor, es decir, Lorena y los de la cadena televisiva, se reunían en ese momento para intentar salvar la franquicia. Pero el 30% que poseía Corazón de Chocolate les estaba dando jaqueca a más de tres de los socios del consorcio mediático. ¿Por qué? Pues porque todos estaban de acuerdo en que no valía la pena esperar a un desenlace cuando ellos mismos podían fabricarse uno. Contratar a alguien, un buen actor de provincia que se hiciera pasar por el dueño del boleto, escribir una historia, producir la pantomima completa, exprimir a la gallina de los huevos de oro antes de que se les muriera de un infarto. Pero no contaban con que el romanticismo de Lorena se impondría. Su rostro desencajado lo decía todo. Cierto que había estado manteniendo el interés en redes a través de actualizaciones ficticias, pero de eso a inventar el final, según ella, había mucho trecho. Y no se prestaría a ello. No, señor. Una tiene sus principios. Y si osan seguir con su sucio plan, tengan por seguro que los denunciaré ante el gran público. El amor al final va a triunfar por sí solo. Lo sé como que me llamo Lorena Huízar Escalante. Y no se diga más del pinche asunto.

Y no se dijo más del pinche asunto. Pero sí llamaron, activando el altavoz, a la gente del banco para pedirles un *update* real, el que fuera, y éstos buscaron, a su vez, al gerente de la sucursal y éste, abochornado y también un poco harto del maldito show porque lo habían levantado de la taza del baño, buscó por enésima vez a su ahijado, primero en el celular y luego en su casa, a sabiendas de que no le contestaría.

Pero, increíblemente, sí le contestó.

Se le escuchaba raro, como si le urgiera colgar, pero al menos le pasó un dato que valía el peso de varios ejecutivos de cuenta bancarios en oro.

ESTUVE PENSANDO EN LO QUE ME DIJISTE. ASÍ QUE ABRÍ UNA CUENTA DE TWITTER: @FINALESALTERNATIVOS.

ME ESCRIBES A TWITTER SI NO TE GUSTÓ EL FINAL DE ALGUNA PELI O ALGÚN LIBRO Y YO LO REESCRIBO PARA TI.
NUNCA ME GUSTÓ EL FINAL DE ROMEO Y JULIETA.

CHIDO QUE LO MENCIONES PORQUE YA LO REESCRIBÍ. ES DE LOS QUE MÁS ME PIDEN.
¿VIVEN AL FINAL Y SON FELICES PARA SIEMPRE?
NO. DE HECHO, LA PESTE BUBÓNICA ARRASA LA REGIÓN.

¡SLAM!

—De que se cobra se cobra. Y en la sucursal. Recién me despedí del cliente y lo único que te puedo decir es que ya dio con ella, con su novia. Lo que siga no te lo puedo decir, porque es imposible saberlo, pero de que se cobra, se cobra.

Previsor más de fuerza que de ganas, el licenciado Yépes había grabado la llamada. Y así fue como les hizo saber a los de la cadena televisiva que todo iba viento en popa. Les mandó el MP4 y éstos lo empezaron a reproducir en todos lados. Al instante fueron a instalar sus cámaras en la sucursal, para estar ahí cuando el ganador cobrara el boleto. Lo mismo que toda la bola de advenedizos. Más de treinta estaban instalados ahí con todo y termos y carteles y tiendas de campaña.

El caso es que ninguno de ellos, ni los del banco, ni los de la tele, ni los que abrigaban la esperanza de ser beneficiados con un pellizquito al premio gordo, ninguno pudo saber que, en cuanto Molina terminó la llamada, fue amordazado de nueva cuenta. Los brazos en realidad nunca se los habían desatado, así que no hubo necesidad de inmovilizarlos nuevamente. Tal vez valga la pena decir que Augusto se sintió un poco orgulloso del Moli porque había podido contestar una llamada y sonar convincentemente normal a pesar de tener el cañón de una pistola en la cabeza. Aunque tal vez eso se debiera a que era él mismo el que sostenía con firmeza el arma.

Y, desde luego, también era imposible que Simón o el Pollo supieran por lo que estaba pasando en ese momento el tercer mosquetero. Y acaso no les hubiera importado tanto porque el calor de la discusión los había llevado a gritonearse de nuevo, sólo que ahora se habían ido a la calle, a las inmediaciones del metro.

—Es que hay mucha diferencia entre ser perserverante y ser un pinche necio de mierda, cabrón.

—Pero estarás de acuerdo conmigo que no puedo matar esto yo solo. Necesito de su ayuda.

—¿Y qué más ayuda quieres que toda la que te dio? Casada. Con hijos. En casa del carajo… por cierto, ¿cómo sabes que se fue a Ecuador? ¿Lo viste en su perfil o qué pedo?

—Fue la última pregunta que le hice, antes de que me saliera con aquello de "bueno, ya nos estaremos encontrando por aquí, cuídate".

—¿Qué le preguntaste?

—¿Literal? "¿Qué tan lejos?" y ella respondió: "a Quito".

—Y ahí vas tú a tomar un avión a Quito de emergencia. ¿Y para qué? ¿Qué tal que hasta la metes en pedos con su marido? Güey… de veras, ya déjalo ir. ¡Tienes chorrocientos millones en la bolsa! ¡Aprovéchalos y sigue con tu vida! ¡Si quieres no me des un quinto pero ya desatórate de esta pendejada!

Simón lo dejó desahogarse. Estaba recargado en la barra de la entrada al metro. Tenía cuatro días para cobrar el premio y en lo único que podía pensar era en que él se había hecho toda la idea de que vería a Majo, no que conversaría con ella por chat y a todo se lo cargaría el carajo de la manera más simple y más fría. Había un saborcito de inconclusión con el que no creía poder lidiar sin terminar balanceándose de una viga. No hasta que la tuviera enfrente y entre los dos dijeran, de mutuo acuerdo y sin visos de arrepentimiento, que había sido una idea muy pendeja y bueno, ya nos estaremos encontrando por el face, cuídate, y a otra cosa, jodida mariposa.

—Mira, Pollo… la verdad es que has hecho demasiado ya por mí. Y te lo agradezco. Pero no puedo, simplemente, dejarlo así. No puedo. Así que hagamos algo…

Sacó su cartera. El sobrecito verde. Un pedazo de papel naranja y blanco con seis números al frente.

—Ten. Quédate con esta pendejada. Y la cobran tú y Molina mañana o cuando quieran.

—Pero…

El viento amenazó con darle alas al boleto, así que el Pollo lo tomó. No fuera a ser…

Lo apretó fuerte. Se dio cuenta que era la segunda vez que lo tenía en sus manos. Y le cayó como un balde de agua fría la certeza de que gracias a que aquella primera vez había cedido a un estúpido impulso, es que habían pasado tantísimas cosas absurdas e innecesarias. Y, como si se le cayera una venda de los ojos, comprendió también que ahí estaban, como aquella primera noche en que Simón le había marcado a su celular con la consigna de que lo fuera a ver de inmediato porque tenía algo muy importante que comunicarle, de vida o muerte… pero el Charro no se había referido nunca a un premio sino a una búsqueda. A una búsqueda de días que, efectivamente, no podía haber terminado de ese modo porque en realidad nunca había sido de días, sino de años. De décadas. Y cómo matarla de un tiro si se había mantenido oculta, acechante, anhelante, al interior de su mejor amigo desde aquel viernes del último día de clases de secundaria. Cómo matarla así sin sentirse un desgraciado, el peor de los amigos, un cabrón apenas listo para recibir, cualquier día de estos, una patada bien dada en las pelotas.

—Nunca ha sido el dinero y lo sabes, Pollo —dijo Simón, con voz grave y sentenciosa—. Pinche premio, sí, qué bueno no trabajar jamás en tu vida y todo eso pero… en realidad tras de lo que he ido todo este tiempo, eso que he perseguido como un loco durante todos estos días no son quinientos millones. No. Y lo sabes. Es otra cosa. Es un jodido milagro equivalente. O, más bien, mayor. ¿Quién lo pensaría, eh?

¿Quién diría que pudiera haber algo en la tierra que pudiera compensar esa cantidad? Pues sólo un tonto que el mismo día que piensa quitarse la vida es golpeado en la cara con un monto casi inimaginable de dinero. Hay que tener fe, ¿no? O muy poco cerebro, ¿no? Para creer algo así. Pero qué quieres que te diga. Ése soy yo. Ese chamaco de doce años al que le ayudaste hace más de treinta años en una bronca de escuela y se hizo tu amigo de una vez y para siempre. Ése soy yo. El mismo que no puede cobrar ese premio sin antes escuchar de la voz de su primer y tal vez único amor que los pinches milagros no existen.

Y fue así como el Pollo, Gerardo Flánagan Uribe, constató que lo que había sentido al tomar el boleto, era cierto y perfectamente congruente. Le extendió el papel de nueva cuenta, aunque no sin sentir que un millón de diablillos tiraban de su brazo para impedir tan idiota desprendimiento.

—Ten. Al fin hay tiempo. De ir a Ecuador y volver y cobrar el premio. Y morir de sobredosis en una alberca. Total.

Simón tomó el boleto. Lo devolvió al sobre verde y a la cartera. Suspiró. En verdad se había alborotado el viento. Pero recordó la brisa del mar y se sintió un poco menos atribulado. Cierto que nada podía hacer para que Majo no estuviera casada, o lejos, o completamente dispuesta a rechazarlo... pero sí podía, al menos, verla por última vez a los ojos y decidir qué seguía después de ello.

—Y creo que ya sé de dónde van a salir los dos boletos redondos al ombligo del mundo —dijo el Pollo, blandiendo el ticket del taxi, previamente pagado a la colonia Roma, a cierto departamento que, antaño, era un estudio de baile y, ahora, una inaudita caravana sedentaria de buitres y gitanos.

41

O tal vez la comparación más precisa sería: campo de refugiados. Cuando el Pollo llamó al timbre de la que había sido su casa hasta unas semanas antes, jamás se imaginó lo que iba a encontrar, aunque acaso hubiera podido hacerse de una idea si hubiera aguzado bien el oído.

Le abrió un hombre calvo, cuarentón y de nariz bulbosa, en mangas de camisa y con cinco barajas en la mano que apretaba contra el cuerpo.

—Uta —dijo el sujeto.

—¿Quién es usted? —preguntó el Pollo.

—Es lo que yo digo. ¿Quiénes son ustedes? Si oyeron un rumor respecto a un boleto es absolutamente falso. ¡Váyanse!

Azotón de la puerta. Y nuevas llamadas insistentes al timbre. Volvió el sujeto, ahora acompañado de otro compadre. Otro desconocido, por supuesto. Al interior sonaba música de Los Tigres del Norte. La tele estaba prendida. Y el estéreo. Y la licuadora. Y alguien pulsaba una de las guitarras eléctricas con el amplificador a todo. Fácilmente se hubieran podido contar cuarenta personas por encimita.

—¿No entiende español, amigo?

Pero, para fortuna del Pollo y de Simón, por ahí pasaba en ese momento una de las sobrinas treintonas de Rosa. La que tenía menos bigote.

—¡Pollo! ¡Volviste! ¡Volvieron!

Como por arte de magia la revolución interior se volcó hacia la puerta. Rostros conocidos (pocos) y desconocidos (muchos) se arremolinaron en el dintel.

—¿Usted es el Pollo? —dijo el primer portero—. ¡Pasen! ¡No nos digan que ya...!

Literalmente, el departamento ya los estaba engullendo. Un par de tipos se habían salido para empujarlos al interior. De alguna manera apareció Rosa de entre la multitud, empujando a todo el mundo.

—¡Alabado sea Dios! —gritó—. ¡Volvieron!

Abrazó al Pollo y luego a Simón para arrastrarlos de las muñecas a ambos a la pequeña mesa que tenía el Pollo en una de las esquinas de la academia de baile. Rosa le dio un zape a un adolescente que chateaba en su celular, exigiéndole que se parara para cederle el huacal a su exmarido. Simón ocupó otro huacal que estaba libre de antemano. Pensó que era completamente surrealista, como una película chafa de Luis Buñuel. Como estar en una fiesta tumultuosa con niños, ancianos y focos de 70 watts. Le había parecido escuchar el relincho de un burro pero prefirió no hacerse ideas. Todas las miradas puestas en ellos.

—¿Y mis hijos? —preguntó el Pollo ante tanta gente desconocida.

—Los gemelos y Sebastián por ahí andan. Priscila se fue a vivir con su novio. Y no me vayas a reclamar... tú tampoco querrías tenerla viviendo aquí, ¿verdad?

El Pollo nomás no atinaba a decir nada. A sus espaldas, a través de la ventana, se veía la colonia iluminada, varios pisos abajo. De echarse para atrás en la silla con la suficiente fuerza, terminaría como una mancha roja sobre las calles de la Roma. De repente la sensación fue tan opresiva que pensó por unos segundos que a lo mejor no era tan mala idea.

—¡Hola, papá! —se escuchó de algún lugar del departamento la voz de Tom.

—¡Hola, Gerardo! —gritó Sebastián.

Eran por lo menos diecisiete pares de ojos puestos sobre ellos. Principalmente sobre Simón. El Pollo reconocía a Rosa. Y a su novio. Y a la hermana de Rosa. Y al viejito de la pensión. Y a una chica que trabajaba en un 24 horas de la esquina. Los demás quién sabe quiénes serían.

—¿Y entonces...? —se atrevió a decir Rosa, por encima del maltrecho silencio conseguido; del aire se habían quedado colgados los sonidos de la radio y de la tele, pero nada más.

—¿Y el Botija? —preguntó el Pollo.

—¿Tu gato? —dijo Rosa—. No fue mi idea. De hecho estuve en contra. Pero algunos dicen que lo van a tener de rehén hasta que no cobres, ejem, cobremos el dinero. Y bueno, si lo piensas tantito, no es tan mala idea.

A Simón le empezó a preocupar que de película de Buñuel pasara a ser de John Carpenter. O de Brian de Palma.

—¿Entonces... —volvió Rosa con la artillería— diste con ella, con tu novia?

Simón la miró. Y luego al pretendiente de las películas piratas. Y a la menuda viejita desconocida. Y al señor de la mano de póker.

—Este... sí —contestó con un hilito de voz.

La algarabía fue como una explosión nuclear. Hubo gritos, brincos, abrazos, besos, baño de refresco, de todo. Un gol sobre Alemania en tiempos extra de una final de Copa del mundo no habría causado tal alboroto. Simón y el Pollo se miraban y acaso se preguntaban si de veras podrían huir por la ventana. De repente los gemelos estaban al lado de Simón, cada uno poniendo su cabeza rizada y pelirroja sobre los hombros del Charro. El Pollo pensó que, si no hacía algo pronto, eso terminaría en un estallido de histeria colectiva que acabaría en una llamada a los bomberos por parte de los vecinos del edificio de enfrente. Se paró y quizá gracias a su voz de cantante o a la caja de resonancia que había desarrollado a lo largo de tantos años pudo pedir silencio e, increíblemente, conseguirlo. Hasta hubo quien apagara el radio. La tele no porque el control remoto lo monopolizaba Rosa. Y cobraba por cambio de canal.

—Sí y no —aclaró el Pollo.

Varios ceños se fruncieron. Pero nadie replicó. Rosa, no obstante, ya conocía a ese gigante enojado y sabía que era incapaz de matar una mosca o de pegarle a una dama. Así fuera una dama de pants y tacones.

—¿Cómo que sí y no? —espetó ella.

—Sí dimos con la chava. Pero aún no se reúne Simón con ella.

—¿Y por qué no? —dijo Rosa, decidida a no llegar al fin de semana sin haber cobrado su parte y largarse de vacaciones a Cancún—. ¿Entonces por qué volvieron?

El Pollo lo paladeó antes de soltarlo. Porque, en el fondo, sabía que tenía todas las de ganar.

—Se nos acabó el dinero. Y necesitamos viajar de emergencia a Ecuador. Así que van a tener que soltar la lana ustedes. Y sugiero que sean generosos porque, en la medida en la que cooperen, serán gratificados a la hora de cobrar el premio. Esto es lo que tenemos que juntar multiplicado por dos —le pasó el papelito a Rosa y se sentó, cruzado de brazos.

Al principio hubo incredulidad, azoro, extrañamiento. Pero bastó con que Manolo dijera, desde sus 140 centímetros de estatura: "yo pongo la mitad" para que se desatara el infierno.

Al final, dos horas después de romper cochinitos y pedir prestado a conocidos y desconocidos y salir a retirar en cajeros automáticos de la zona y poner a todo el mundo a buscar el pasaporte del Pollo, Simón y su compinche ya habían juntado lo de los boletos y quince mil pesos más. Todo mientras los dos recién llegados de Campeche comían pizza y veían el programa de crímenes históricos que desearon en el Investigation Discovery y hasta hubo chance de tomar tantito whisky de dieciocho años que sacó un señor que antes vivía por Coapa.

—Bueno —resolvió el Pollo cuando terminó de contar. Por pura payasada había apuntado en una hoja el nombre del donador y su porcentaje de participación. Al echarse al gañote el último trago de whisky, se levantó cuan grande de su asiento y, mostrando el papel, soltó una necesaria y hasta aplaudida perorata.

—Todos serán incluidos en la repartición que Simón va a realizar en breves días. Les agradecemos que hayan creído en el proyecto hasta ahora. Ustedes son la prueba de que no hay nada más gordo que el amor verdadero. Hasta estoy dispuesto a perdonar que hayan convertido mi casa en un chiquero y mis guitarras en chatarra inservible. Pronto sabrán de nosotros.

Lo dicho. Aplausos y lágrimas. Y hasta un inesperado beso de Rosa. En la boca. A ambos.

Pero en cuanto pusieron los pies en la calle y se detuvieron en la esquina a parar un taxi, el Pollo hizo bola el papel de los supuestos donativos y lo arrojó al flujo vehicular.

—Qué poca madre —dijo Molina cuando se rehusaron el par de gordos a desatarlo para que fuera al baño. Se hizo en los pantalones y ni así se tentaron el corazón. Augusto, por lo pronto, había salido a comprar pan y leche y una tarjeta para su celular. Estaba seguro de que al final del cuento no habría nadie más rico que él, Augusto Pineda. Y que podría andar con el ejecutivo de cuenta bancario que quisiera. Para el caso, hasta se podría comprar uno. Y muchísimo más guapo y menos roñoso que el Moli.

42

—Oye, Pollo… ¿qué tanto quieres a Priscila?

Para poder adelantar las cosas lo más posible, habían tenido que hacer conexión en Panamá. Y fue justo en una de las tantas salas de la terminal panameña, cuando el Pollo había dado cuenta del excedente comprándose unos audífonos Sennheiser a los que les tenía ganas desde antes de que todo comenzara, que Simón sintió que era su obligación abordarlo con la pregunta. En ese momento el Pollo escuchaba música de Loretta Lynn en su celular con sus audífonos nuevos y pensaba que tal vez fuera lo mejor que le hubiera pasado en los últimos dos meses. Bueno… y acaso cierta promesa de ojos castaño claro, pero si algo había aprendido en esos días era a no hacerse demasiadas ilusiones con nada.

—¿Qué?

—Que qué tanto quieres a Priscila.

El Pollo se había sacado un audífono del oído.

—¿Priscila? ¿Mi hija?

—Sí.

—¿Cómo que qué tanto la quiero?

—Sí. Me oíste bien.

—Pero no entiendo tu pinche pregunta.

CINCO PINCHES HORAS PARA IR A VER A LA ABUELA. CARAJO. NO ES QUE NO ME LATA, PERO... CINCO HORAS...

SI EXISTIERA LA TELETRANSPORTACIÓN TODO SERÍA MÁS DE PELOS.
"¡HOLA, ABUELITA! ¡QUÉ GUSTO VERTE! ¿TE AYUDO A HORNEAR UN PASTEL O A TEJER UN SUÉTER?"

NEL, SERÍA LA MISMA JALADA.
"¡ES QUE SE DESCOMPUSO LA PINCHE TELETRANSPORTADORA, POR ESO NO TE HE IDO A VER, PERO TE LO JURO QUE EN CUANTO LA ARREGLEN TE CAIGO, ABUE!"

—Bueno. Más específicamente. Si ella te hiciera una trastada muy difícil de perdonar… ¿la perdonarías?

—¿A mí? ¿Una trastada?

—Pues podría hacérmela a mí, pero de quien me importa la opinión eres tú.

—¿Qué hizo la pinche escuincla?

—Nada. Todavía. Supongo.

El Pollo se sacó los dos audífonos de las orejas.

—Pinche Charro. ¿Qué sabes tú de Priscila que yo no sepa?

—Nada. Pero se me ocurrió.

—Tú sabes algo, cabrón.

—Puede ser. Pero no me has respondido la pregunta.

Se encontraban en una sala que parecía de la terminal de autobuses de oriente. Y todavía no llamaban a abordar pero ya un par de guapas aeromozas hacían los preparativos detrás del mostrador. Eran las cinco de la mañana. Tenían el boleto de regreso para ese mismo día en la noche. Y apenas habían dormido nada Simón y el Pollo, pero últimamente les parecía un proceso corporal que bien podía dejarse para después. Para después del cobro de algún boleto premiado… o para después de muertos.

—Pinche Simón. Dime. Me preocupas, cabrón.

—No es nada grave, güey.

—Pero dime. ¿Está embarazada? Pinche escuincla mensa.

—No.

—¿Por qué a ti te cuenta y a mí no? ¿Porque fuiste su pinche psicólogo?

—Tal vez. En realidad no me contó. Se puede decir que la descubrí.

—Puta madre. Está embarazada.

—Que no. O no sé.

—Pinche Charro. ¿Me vas a decir o no?

—No.

—¿Por qué no me sorprende? —negó efusivamente con la cabeza. Se volvió a acomodar los audífonos. Trató de pasar el mal trago—. Pues ya. Lo que tenga que ser, que sea. Últimamente me conformo con poder comer tres veces al día y cagar a mis horas, cabrón. Lo demás ya es ganancia.

El Pollo se volvió a acomodar en el asiento. Y Simón, como si se arrojara de un trampolín de diez metros, preguntó, sin mirarlo a los ojos:

—¿Y si fuera yo el que te hiciera una trastada muy difícil de perdonar?

—¿Qué?

—Nada.

El caso es que llamaron a abordar y ellos seguían en mundos aparte. Había amanecido cuando ocuparon sus asientos. Y ambos optaron por dormir. O intentar dormir. En realidad sólo el Pollo lo consiguió. Y malamente. Soñó con Priscila dirigiendo una banda de narcotraficantes, Priscila pegando de alaridos en una banda de rock, Priscila vendiendo a sus hermanos a los tratantes de pelirrojos.

Bienvenidos a la ciudad de Quito. La temperatura ambiente es de 27 grados celsius. El clima es templado. Para aquellos cuyo destino final es el Ecuador les damos la más cordial bienvenida. Y para los que aún tienen vuelos de conexión les deseamos una feliz continuación de su viaje.

Simón fue, literalmente, el último en bajar del avión. De hecho, lo pensó por un par de minutos más para ponerse de pie cuando todos ya habían descendido excepto el Pollo, quien para justificar la inesperada inmovilidad de su amigo, sonreía forzadamente a la distancia a las sobrecargos.

Haciendo fila en la aduana surgió la inevitable pregunta.

—¿Y ahora?

Pero Simón no respondió. El Pollo se conectó a internet para poder mentir respecto a su estancia y que los dejaran pasar sin hacer muchas preguntas. Consiguió el nombre de un hotel en Quito. Lo dijo con una sonrisa a la señorita. Y entraron al Ecuador sin bronca.

Frente a la banda de entrega de equipaje, sin equipaje alguno que recoger, Simón tomó la determinación necesaria. Ésa por la que había estado esperando desde que se despidió de Majo un par de días atrás.

—Préstame tu celular.

El Pollo se lo extendió. Simón ingresó al Facebook con su cuenta. Fue al área de los mensajes. Había algunos nuevos. Uno de su madre mentándole la madre con todo y video. Otro de doña Fulge mostrando en una foto más de lo que jamás había mostrado a nadie con la luz prendida. Otro de Priscila Flánagan con un escueto: "Gracias" y una carita feliz. Fue al último diálogo sostenido con Majo Almarán. Sintió una punzada al observar ese último "bueno, ya nos estaremos encontrando por aquí, cuídate" y se posicionó en el recuadro para teclear un mensaje.

ESTOY AQUÍ.

Y se sentó contra una banda de entrega de equipaje inmóvil, las piernas en escuadra, a esperar una confirmación. La que fuera. Eran las ocho de la mañana.

El Pollo a su lado.

Y a las ocho con tres minutos apareció, debajo del mensaje: "Visto".

Carajo, pensó Simón. ¿Qué estoy haciendo? Al final el Pollo tiene razón. Nada bueno va a salir de esto.

Pero ni modo de no hacerlo.

Ni modo de no hacerlo.

¿AQUÍ DÓNDE?

Y una suerte de alivio porque al menos había contestado en seguida. Y eso ya era un pequeño, pequeñísimo triunfo. Se puso a teclear con el Pollo mirando por encima de su hombro.

EN QUITO. EN ECUADOR.

Carajo y recarajo. Me va a mandar derechito al infierno.

NO TE ENTIENDO.

ESTOY AQUÍ. TE LO JURO. EN QUITO.

Y nada. Un minuto. Dos. Tres. Y volvió a teclear.

QUIERO VERTE.

Y de vuelta a la nada. Así que se puso en pie y se puso a tomar fotos del aeropuerto. De la gente. De un anuncio que invitaba a visitar las Galápagos. De una publicidad de celular, cobro en dólares, dirección ecuatoriana. Se las envió una por una. Y volvió a insistir:

ESTOY AQUÍ. EN QUITO. EN ECUADOR. QUIERO VERTE.

Y, finalmente:

POR FAVOR.

Hasta entonces habló. Dijo: Dios mío. O algo así, casi no se le escuchó. Me miró. Y yo creí que iba a tener que ayudarlo a terminar ahora sí con su vida. A lo mejor ahí mismo y de la peor manera. Porque lo que se adivinaba en su cara no era para menos. Del otro lado, quién sabe qué estaba pensando Majo, o qué estaba creyendo que nomás no contestaba. Y yo sentí que cualquier cosa que fuera, se quedaba sin madre si no le decía algo, si no le respondía algo. La odié hasta el infinito. Y a mí. Y a Simón por estar ahí. A mí también me dieron ganas de romper cosas. Matarlo al cabrón. Matarme. Matarlos a todos. Pero entonces...

Una vibración mínima en el teléfono.

Un mensaje nuevo.

AY SIMÓN.

Era lo que decía. Como si fuera una escuincla de quince años.

Y luego, casi inmediatamente:

ES QUE NO ESTOY EN QUITO.

Y yo pensé, en la madre, nos va a salir con que anda en la Patagonia. Y nosotros sin dinero. O en Nueva York. O en Moscú. El horror...

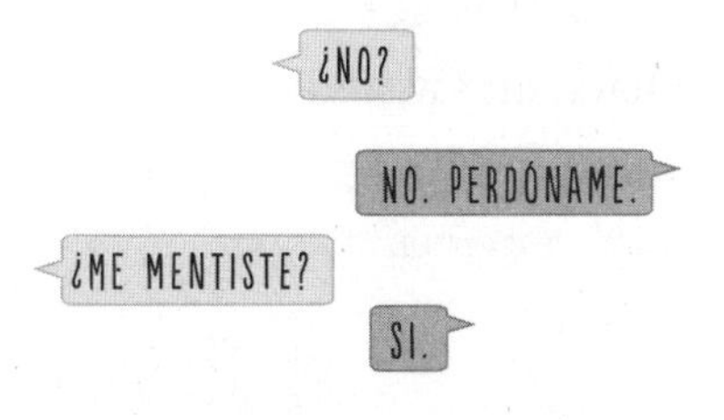

¿POR QUÉ?

PORQUE ME TEMÍA ESTO MISMO. QUE QUISIERAS VERME.

Pensé que seguramente no pesaba 127 kilos sino 271 y por eso prefería dejarlo así. O a lo mejor se había cambiado de sexo. O era una espía rusa. El caso es que Simón se quedó sin palabras. Y ella volvió con su:

AY SIMÓN.

¿DÓNDE VIVES ENTONCES?

EN MÉXICO. EN EL D.F.

—Puta madre —dije yo, llevándome las manos a la cabeza y dando vueltas alrededor de Simón con nuevas ganas de romper todo, dinamitar el aeropuerto.

EN LA CALLE DE QUITO. EN LINDAVISTA.

—*Carajo* —dijo Simón, pero sólamente texteó—:

¿SOBRE QUÉ OTRAS COSAS ME MENTISTE?

—¡Es tan típico de la pinche Popotitos! —grité, esperando que ella me escuchara. Pero claro... no estábamos hablando en realidad con ella, sino con una foto salida del baúl del tiempo y su voz no era más que un texto proveniente de la misma ciudad que habíamos abandonado a la carrera. El único que me oyó fue un oficial que, cauteloso, se contentó con no quitarme la vista de encima.

HAY QUE VERNOS.

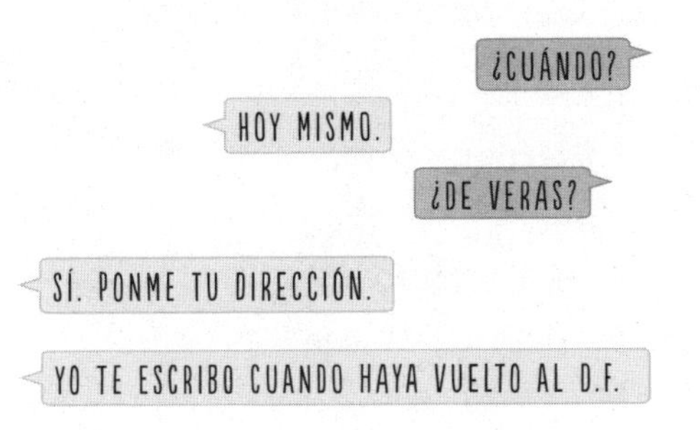

Y apareció su dirección. Y su celular. Y ya. Ni un emoticón ni nada. Pinche Majo, pensé.

Y apenas colgó el Charro dijo, como si en ello le fuera la vida:

—Vente, Pollo. Hay que ver si podemos cambiar el vuelo de la noche para uno ahorita mismo.

Y yo, aunque estuve a punto de reventar, pensé que eso era, ahora sí y en verdad, el final de la aventura. Pasara lo que pasara, no podía extenderse más. Me controlé imaginando una gira de Billy Montero por todos los Estados Unidos, una cubeta repleta de cervezas heladas, una camper con todos los servicios y paz en la tierra a los hombres de buena voluntad.

Así que espero que perdones, querido lector, este cambio horrendo de voz narrativa, pero no supe de qué otra forma liberar al Pollo de tanta emoción contenida, tanta revoltura de sentimientos sin terminar haciendo un verdadero ridículo frente a toda esta gente que me ve, desde hace días, sólo teclear y teclear y teclear en mi laptop en vez de estar dándome un chapuzón en la alberca o arrojándome de cabeza al mar. Pero bueno. Ya pasó.

Ambos amigos se dirigieron, a toda prisa, al mostrador de Tame.

43

No hubo modo de adelantar mucho el vuelo. Apenas unas cinco horas. Pero parecía suficiente; llegarían a la Ciudad de México, después de pasar por Panamá, a las nueve de la noche. Mientras tanto, había que sobrevivir y hacer tiempo en la terminal aérea de Quito.

Y sobrevivieron. El Pollo recordaría años después, como si hubiera sido ese mismo día, el peculiar brillo en los ojos de Simón. La mañana y la tarde se les habían ido entre las tiendas de recuerditos locales, el Duty Free y paradas esporádicas en cafeterías esporádicas. La conversación era nimia. Pero lo que tenía Simón en los ojos hablaba por sí solo. Si el Pollo hubiera tenido que ponerle nombre, lo habría llamado, sin temor a equivocarse, esperanza. Majo le había mentido. ¿Por qué? Porque no quería que se diera el encuentro. Sí, pero... ¿exactamente por qué? Quién sabe si porque se había casado o porque tenía un problema de obesidad grave o simplemente por no destapar una pandora innecesaria. Pero igual le había mentido. Y eso era para Simón un peligroso soplo de esperanza. Tal vez terminaría peor que al principio, sí, pero al menos por esas horas muertas en el aeropuerto de Quito, Simón era un niño en vísperas de navidad, un moribundo que recibe un transplante. Un hombre que puede, al fin, vivir por algo. Y por muy peligroso que fuese, no sería el Pollo quien lo bajara de la nube para hacerlo entrar en razón. Hay saltos al vacío que los amigos no sólo no deben cuestionar sino que hasta deben, en cierto modo, consentir.

Todavía hicieron a Simón quitarse los anteojos dos veces más y todavía hicieron comentarios respecto a su hinchada nariz y a la ausencia de uno de los lentes en ambas ocasiones. Una, en la fila para subir al avión y, la otra, a la llegada a México, poco antes de que una mujer morena y sonriente le dijera: bienvenido a México, señor Jara, como si fuera, en realidad, bienvenido a casa.

Seguía sin dormir. El Pollo algo pudo hacer en la sala de espera en Quito y en el par de aviones, pero no mucho. No obstante, la adrenalina puede mantener a un muerto en pie por varios días. Y éste era un caso de mucha, mucha adrenalina. Pagaron el taxi como a las nueve y media de la noche. Dirección Lindavista. Y volvieron a sumirse en el silencio.

Era el fin de la aventura. Tenía que serlo. Y eso los ponía en un ánimo de feliz abandono que no habían experimentado en toda la persecución.

Con música vieja en la radio del taxi, fueron llevados hasta la puerta del edificio en el que supuestamente vivía Majo. Ambos se apearon apenas agradeciendo en un susurro al chofer. Se trataba de un edificio como cualquier otro, con una cochera repleta de autos, nueve departamentos, cada uno con su botoncito en la placa del interfón, un edificio con terminados en tirol y pintura desgastada, un edificio como cualquier otro. Pasaban de las diez cuando se detuvieron frente a la puerta de entrada, una puerta de cristal con marco de metal y un par de macetas flanqueando el iluminado pasillo que desembocaba en un elevador con la puerta abierta y el indicador de Planta Baja encendido.

Simón prefirió anunciarse por el celular del Pollo. Mandó un mensaje.

ESTOY AQUÍ.

Le pareció risible que era exactamente lo mismo que le había puesto más de doce horas antes, cuando estaba en el aeropuerto de Quito.

Al instante se liberó la puerta de entrada del edificio con un zumbido. El mensaje de Majo decía, llanamente:

SUBE.

Simón suspiró. Abrió la puerta. Pero antes de introducirse, se dio vuelta y miró al Pollo.

—Gracias, güey.

—Nada que no habría hecho por cualquier cabrón que hubiera conocido ayer.

—Lo sé. ¿Qué vas a hacer?

—Ahorita paro un taxi y a ver si le caigo al Molina. Mi sugerencia es que te vayas para allá en la mañana. O al rato, dependiendo de cómo te salgan las cosas. Y de ahí nos vamos a cobrar el premio.

—Está bien. Parece buen plan, aunque…

—¿Aunque qué?

—No. Nada. Nos vemos en casa de Molina.

—Suerte.

Y Simón ingresó al edificio. Soltó la puerta, que se cerró automáticamente con un gentil estruendo. Entró al elevador y presionó el botón del piso de Majo. Le sudaban las manos.

Por reflejo introdujo la mano a su bolsa trasera del pantalón. Sacó la foto partida a la mitad, la contempló y la volvió a guardar. Se olió las axilas. Lamentó no haberse bañado desde Campeche. Lamentó no tener un espejo para ver si estaba más o menos bien peinado. Lamentó su nariz hinchada, el anteojo faltante. Lamentó que en breves minutos se definiera todo, porque no estaba seguro de que, al final, se sintiera más vivo que nunca o más dispuesto que nunca a colgar los tenis definitivamente.

Se abrió la puerta del elevador e ingresó al área común de ese piso. Se encendió automáticamente la amarillenta luz del techo.

Se acercó a la puerta correspondiente a la dirección enviada más de doce horas antes. Llamó al timbre. Esperó. Nada. Volvió a llamar. Y entonces, una voz a sus espaldas. Desde otro departamento. Uno distinto al que indicaba la dirección que llevaba grabada a cincel en la mente.

—Hola, Simón.

Desde luego, Majo había enviado mal la dirección. Pero dejó de importar en cuanto giró el cuello.

Ahí estaba.

Con todas sus preguntas, con todas sus pruebas, con todas sus mentiras.

Con su sonrisa de un millón de dólares.

Majo.

—Hola —dijo Simón sin acercarse.

Rescatada del caudaloso río del tiempo. Majo.

—Pasa, porfa.

Caminó hacia ella, quien abrió un poco más la puerta. No supo si darle un beso en la mejilla o un apretón de manos. Ella le ahorró esa decisión: ninguno. Se hizo a un lado para dejarlo pasar a una casa común y corriente con comedor de ocho sillas, trinchador, reloj de pared en forma de sol, una tele, una sala, una vida. La iluminación era precaria pero suficiente.

—Siéntate. ¿Quieres algo de tomar?

—Este... no. Gracias.

Ella se sentó al comedor, así que él hizo lo mismo. Uno frente al otro. En ambos, la sonrisa era pura melancolía.

—¿Cómo has estado? —abrió la plática Simón. Nervioso pero, a la vez, satisfecho de estar ahí.

—Pues ahí voy. ¿Y tú?

—También.

—Qué bueno.

—No pesas 127 kilos, mentirosa.

—Y tú sigues siendo un peleonero. ¿O ése es el tamaño y el color natural de tu nariz?

—...

—...

—Me da gusto verte.

—A mí también.

Simón llevó la mirada a una foto que estaba sobre el trinchador. Dos muchachos sonrientes.

—¿Y ellos?

—Luis ya está dormido. José está en un campamento.

—Y...

—¿Y su padre? Anda de viaje. Hoy no viene.

—Ah.

Algo había de doloroso y feliz en todo ello. Estaba bien. Había mentido en algunas cosas pero no en otras. Y parecía contenta.

—¿Te sigue gustando Pablo Milanés?

—Claro —sonrió ella. Simón pensaba que era aún una Winona Ryder latinoamericana, sólo que ahora, madura y completa. Delgada sin ser necesariamente flaca. Acaso se tiñera el pelo, pero aún lo tenía oscuro, aunque más corto. Y aún conservaba algunas pecas en la nariz y sus inmediaciones. Una cierta soltura inaprensible. Estaba vestida de un modo muy casual, jeans, suéter entallado, zapatos bajos. Majo.

—¿Es cierto que botaste la escuela?

—¿Para qué me buscaste, Simón?

Fue como una especie de bofetada. Pero era de esperarse. ¿Para qué la había buscado? ¿Había respuesta en verdad para tal pregunta?

—Quería verte.

—¿Por qué ahora?

—No sé. Se me ocurrió —se encogió falsamente de hombros—. No fue fácil, ¿eh?

—Me imagino.

—Te cambiaste el nombre.

—Bueno... en realidad siempre he tenido el mismo.

—Tu papá... ¿está bien?

Majo apretó los labios. Le sostuvo la mirada, haciendo fuerza. No era un tema fácil. Pero también, bueno, ya habían pasado los años.

—Sí. Vive en San Luis Potosí con mi mamá. Supongo que ya te enteraste... fue detenido por la policía allá en Chile en los años setenta. Mi mamá y yo nos vinimos a México sin él. Y acá crecí. Sin él. Cuando estaba estudiando el tercero de secundaria, logró salir del país. Y consiguió llegar a México. Para impedir que nadie lo encontrara, me cambiaron de escuela y de apellidos. Pero eso sólo duró un pedacito de la secundaria. El tiempo que...

Iba a decir "el tiempo que estuvimos juntos", pero evidentemente prefirió callárselo. Simón lo advirtió y sintió una punzada. ¿Para qué, en efecto, la había buscado?

—Pero luego nos fuimos a San Luis. Y vivimos ahí cinco años.

—¿Nunca viviste en Campeche?

—¿Por qué Campeche?

— Una carta vieja me llevó a buscarte ahí.

—Ah... sí, unos tíos míos se carteaban desde Campeche con mis papás, poniendo como remitente la dirección de una iglesia. Les daba miedo que rastrearan a mi papá por el correo. De cualquier modo, él prefirió irse a San Luis con otros conocidos. Estuvimos allá cinco años. Luego nos vinimos al D. F. Y acá he vivido toda mi vida. A la prepa me inscribí ya con mi nombre verdadero. Mi papá nunca quiso reportarse con su gente en Chile. Prefirió romper con todo e iniciar una nueva vida acá. Para muchos sigue desaparecido. O muerto. No lo culpo. Fue muy difícil para él.

—¿Por qué te fuiste así? ¿Tan de improviso?

Otra bofetada. O algo así. Majo lo sintió. Pero también sabía que era, en cierto modo, necesario.

—No me fui de improviso. Nada más me fui.

—Tú... ya lo sabías, ¿no? Que ese día era el último.

Volvió ella a sostenerle la mirada. Pero no por mucho tiempo. Bajó los ojos.

—Lo sospechaba.

El ambiente se cargó espantosamente de melancolía. Simón pensó que tampoco era el caso. Sonrió. Forzadamente pero sonrió.

—¿Y tú? ¿Qué has hecho? —dijo Majo.

Simón lo pensó por unos segundos. Me casé. Fracasé. Me volví a casar. Volví a fracasar. Me dedico a algo que no sé si me hace feliz pero lo más probable es que no. Estuve a punto de aventarme a las vías del metro. Me acordé que contigo fui insoportablemente feliz y quise recuperarlo y heme aquí haciendo el ridículo. ¿Qué he hecho? En verdad, ¿qué he hecho?

—Pues... para serte sincero... me di cuenta de que nunca debí dejarte ir. Esa es la única verdad que se me ocurre. ¿Para qué te busqué? Creo que para ver si tenía alguna oportunidad contigo. La mayor de las pendejadas... cierto, pero no hay otra explicación.

Se comenzó a comer los pellejitos de las uñas. Majo no mutaba su rostro. Simón se encontró con los ojos de uno de los hijos de Majo. Sonreía con toga y birrete en una foto de la sala. Se concentró en el foquito rojo del encendido de la tele para no volverse loco, para no desmoronarse, para no convertirse en cenizas ahí mismo, frente a ella.

—¿Estás diciendo que me buscaste para ver si volvíamos? —dijo Majo, en un tono que claramente parecía translucir un mensaje oculto: sí, sí es la mayor de las pendejadas.

Simón creyó que no podría más. Pero tampoco tenía mucha escapatoria. Ni modo que saliera corriendo. O cortara la comunicación. O se aventara por la ventana.

—Sí, Majo. Creo que sí.

—¿Pero por qué? Obvio ya no soy la niña que fui.

—No sé. Según yo, en el fondo sí debes serlo. Y nunca quise a ninguna mujer como te quise a ti.

Ella reprimió algo que le produjo miedo a Simón. Tal vez estallaría y lo correría de su casa. Tal vez aparecería su hijo adolescente con un bat de beisbol y lo molería a palos.

—De todos modos no te preocupes —se apresuró a decir—. Por supuesto, ya no tiene caso. Pero creo que valió la pena intentarlo. Y me da gusto ver que estás bien. Y… y…

Iba a añadir bueno, nos estaremos encontrando por el face, cuídate, para poder ponerse de pie y salir de escena a toda prisa pero Majo, o quizá sea más preciso decir, la mirada de Majo, se lo impidió por completo.

Y entonces se desbordó aquello que ella se empeñaba por contener. Fue un llanto silencioso, una tristeza indómita, un temblor de tierra, un volar de pájaros. Un mirar a Simón como se mira el pasado, con cariño y rencor y nostalgia y perdón y resentimiento. Lágrima tras lágrima tras lágrima.

—Perdón —dijo Simón, sintiéndose verdaderamente mal, casi deseando que apareciera el hijo de Majo preguntando qué pasaba ahí y lo arrojara por la ventana, seguido por un millar de vidrios despedazados.

—¿Por qué, Simón? —replicó ella.

—No sé.

—¿Por qué?, en serio.

—No sé… a lo mejor porque se suponía que éramos el uno para el otro. Tú lo decías. ¿Te acuerdas? Pero de veras no te mortifiques. Te pido una disculpa. Esto no tiene caso. No tengo ningún derecho a hacerte pasar por esto.

Se había puesto de pie. En verdad estaba considerando seriamente darse a la fuga, esbozar una despedida con un ademán de la mano, alcanzar la puerta y bajar corriendo las escaleras. Pero Majo también se había puesto de pie. Y en su mirada había algo que Simón ya conocía pero no quería consentir. Lo había descubierto en un parque por allá por Ciudad Satélite, lo había retenido en su memoria por treinta años, aunque escondido, y lo veía ahora reaparecer como a un viejo conocido. Ese algo que, en algún momento, lo había hecho sentir indefenso, feliz, enojado, tierno, vulnerable, afortunado...

—¿Me quieres?

—¿Cómo?

—¿Nunca me dejaste de querer, Simón?

—...

—¿Me querrías a pesar de todo y de todos?

Era una confrontación en forma. ¿La querría a pesar de todo y de todos? Porque bueno, ahí estaba. Era ella, sin duda. Aquella chiquilla que lo llevó de la mano a la alcoba de sus padres, en una casa en Circuito Navegantes, para hacer el amor con la Pantera Rosa puesta en la tele. Era ella. Y Simón pensó que lo que le estaba pidiendo era inédito pero también irrenunciable. ¿La querría a pesar de sus hijos, su marido, las penurias, las preguntas sin respuesta, el tiempo y la distancia?

Supo que si se acercaba a ella y la tomaba en sus brazos y la besaba no habría resistencia alguna. Eran las lágrimas pero también era eso que había nacido en un salón de clases y, por lo visto, nunca había muerto. Apenas despertaba del largo invierno pero nunca, efectivamente, había dejado de estar ahí.

—Necesito saberlo, Simón.

Él comenzó a franquear la mesa para llegar al lado de ella. Seguro se despertaría el hijo. Seguro terminaría volando por los aires, aterrizando en plena avenida, adornando la ciudad con una mancha roja sobre el pavimento.

Jubiloso, se dio cuenta de que no le importaba nada de eso. En lo más mínimo.

Pero siempre se puede contar con Molina en momentos como este.

44

Eran las diez y media de la noche. Lorena se había ofrecido para ir a comprar los cafés al 24 horas abierto. Cuando volvió, encontró a la guapa reportera chateando en su celular. Así, sin maquillaje, sin tacones, era un poco menos guapa. Pero sólo un poco.

El campamento que había instalado la televisora frente al banco en principio sólo era para tener a un camarógrafo y un par de técnicos todo el tiempo en vigilancia, a fin de darle al asunto un toque más dramático de espera. Puesto que había casi cincuenta personas ahí instaladas ya, era como aguardar la llegada de los Reyes Magos. O de la Gran Calabaza. Y en cada noticiario se hacía una nota. Una nueva. En principio sólo debían estar ahí los operadores, pero faltaban sólo dos días para que el boleto se volviera incobrable y tanto Lorena como sus socios en #MásGordoElAmor lo sabían. Por eso no había minuto que perder. O que pudieran permitirse mirar hacia otro lado.

En lo personal, Lorena abrigaba dudas colosales. Para esas horas ya sólo estaba segura de una cosa: que su caída sería estrepitosa, que lo más probable es que el cliente misterioso no diera con su novia y, por ende, nunca cobrara el dinero.

En el fondo le parecía bien, congruente. Pero, por otro lado, sería el fin de su fama. El fin de su blog. El fin de la franquicia.

Le entregó su vaso de café con sobrecitos a Valentina, la guapa reportera.

—Gracias.

—De nada.

Ambas estaban sentadas al interior de una tienda improvisada entre los árboles de la banqueta. Una patrulla, por órdenes de la delegación, custodiaba. El rostro amilanado de Valentina hizo que Lorena abriera conversación.

—¿Todo bien?

—Más o menos.

—¿Tu novio?

—Se supone. Pero ya no sé.

A Lorena le encantó descubrir que hasta las mujeres hermosas y plenamente exitosas sufren del corazón. Dio un sorbo a su café.

—¿Te digo una cosa?

—Qué.

—Esto va a terminar mal.

—¿Mal? ¿Cómo mal?

Los operadores dormitaban. La cámara se encontraba apagada, aunque apuntando a la puerta del banco, al principio de la fila de los que se habían echado con todo y cobijas a la espera del milagro.

—No va a haber cobro. Nadie va a venir. Ni mañana ni pasado mañana. La fecha nos va a sorprender a todos. Y va a ser una completa decepción.

—Pero tu amigo el ejecutivo...

—Sí, lo aseguró. Pero yo no lo creo. No creo que tenga modo de saberlo él tampoco. Y... para serte sincera, lo único

...Y SE BESAN Y SE CASAN Y SE MUDAN A UN CASTILLO Y COLORÍN COLORADO."
CUENTOS DE HADAS

MAMÁ... ¿TODOS LOS CUENTOS DE HADAS TERMINAN BIEN?
CUENTOS DE HADAS

¡CLARO, SI NO QUÉ CHISTE!
CUENTOS DE HADAS

QUÉ JODA PARA LAS HADAS. CON RAZÓN CASI NUNCA SALEN EN SUS PROPIOS CUENTOS O SALEN DE SEGUNDONAS.
CUENTOS DE HADAS

que lamentaré, si eso pasa, es no saber el verdadero final de la historia. Quedarnos todos con la duda. El premio se va a perder pero…

La reportera pareció comprender. Dio también un sorbo al café. Ni siquiera era verdaderamente necesario que estuviera ahí pernoctando, pero la nota adquiría más fuerza si ofrecía, ella misma, informes a través de los canales de internet cada hora, por la gente que se iba sumando, sí, pero principalmente por el ánimo optimista de que él, quien quiera que fuese, diese con su amor verdadero, se presentaran en cualquier momento, cobraran ambos el premio y vivieran felices para siempre.

—Sí —exclamó desanimada—. Y el pinche amor dónde queda.

Lorena reconoció que, pese a los beneficios económicos que todo eso le había dejado, su principal y más genuino motivo para haberse metido en tal embrollo era la posibilidad de contemplar y celebrar una historia romántica que verdaderamente valiera la pena. Y no le costaba ningún trabajo imaginar que el ganador del gordo en verdad había dado con su primer amor pero el resultado no había valido la pena, ella estaba casada o amargada y el premio, por ende, se había vuelto en la mente del Romeo incidental un trámite absurdo, innecesario, y que al final no habría ni cobro ni vivieron felices para siempre ni nada. Y eso en verdad le dolía. Pensó en Molina como su única tabla salvavidas y quiso creer, con todo su corazón, que si de veras nunca había resolución favorable, al menos su "amigo el ejecutivo" podría liberarla de la carga de la incertidumbre, le contara el final y ella, a su vez, de ser posible, lo contara también al mundo algún día.

—El pinche amor dónde queda… —recalcó. Y, sentada sobre una caja de metal llena de cables, apretó con ambas manos el vaso de café y aspiró, junto con su aroma, algo parecido a la rendición de cuentas que se le metió en el espíritu.

Gritos. Gritos del otro lado de la puerta.

—¡Simón! ¡Simón! ¡Sal! ¡Es urgente!

No era su imaginación. En efecto, el Pollo, del otro lado de la puerta, gritaba.

Majo y él se miraron, apenas creyendo la estúpida broma del destino.

Simón no supo cómo desentenderse. Le hubiera gustado hacer la vista gorda, fingir que no había nadie, esconderse debajo de la mesa, cualquier cosa siempre y cuando nada alterara el momento... pero, a la vez, Simón sabía que no podría seguir con su vida si no atendía eso, lo que fuera, así que terminó por abandonar su sitio, pasar por detrás de Majo, decir carajo mil veces en su mente, ir a la puerta y abrirla.

El Pollo golpeaba en la misma casa en la que él, equivocadamente, había llamado minutos antes, la puerta de algún vecino que, afortunadamente, no se encontraba en casa.

—¿Qué haces aquí, cabrón?

El Pollo giró y fue hacia él.

—Es de vida o muerte, güey. O no te habría molestado, te lo juro.

—¿Qué pasó?

—Molina. Lo secuestraron unos ojetes.

—¿Cómo?

—Creo que te lo puedes imaginar. Me acaban de llamar al celular para pedirme que les entregue el boleto a cambio de su vida. Hola, Majo.

Detrás de Simón ya se había acercado ella, abrazándose a sí misma, aún con vivas señales en el rostro de aquello por lo que acababa de pasar.

—Hola, Pollo.

—No pesas 127 kilos. Ya ni la haces.

—¿Qué pasa aquí? —dijo ella.

—Una cosa de nada —lo quiso minimizar el Pollo; se dirigió a Simón—. Este... dame el papelito y yo me encargo.

Y claro, Simón lo hubiera hecho si no supiera que acaso con ello estaba poniendo en peligro la vida de sus dos camaradas. Apenas atinó a recargarse en el marco de la puerta, como si un gran monstruo que creía olvidado se le hubiera ido a posar entre los omóplatos a hincarle las garras. Se empezó a morder los padrastros. Negó con convencimiento.

—Aguántame allá abajo tantito, Pollo. Yo voy contigo.

—Pero no es necesario... de veras.

—Sí. Sí lo es. Espérame allá abajo. Por favor.

El Pollo, por respuesta, se echó para atrás, andando de espaldas un par de pasos. Se despidió de Majo con un ademán. Bajó las escaleras a toda prisa. Simón no quiso hablar hasta que escuchó que la puerta de entrada del edificio volvía a cerrarse:

—No sé ni qué decir.

—Está bien. No importa.

—Ha de ser una especie de maldición.

—Pues sí.

No se veían a la cara mientras tenía lugar esta conversación pero, para Simón, eso adquiría espantosos tintes de resolución. Él bajaría las escaleras y fin de la historia. No volvería a ver a Majo nunca más. Ni siquiera para un café. Mucho menos para comentar alguna estupidez en las redes sociales. Pero, dolorosamente, no tenía alternativa.

—Eso que me preguntaste...

—No te preocupes. Olvídalo.

—No. No voy a poder olvidarlo.

—Pero será lo mejor.

Simón se apartó de la puerta. También se abrazó a sí mismo. La miró. Ella quedaba apenas a un par de pasos, pero con un empujón a la puerta hubiera podido cancelar para siempre todo ese asunto de haber querido, interponer una inexpugnable barrera de madera con un número, una mirilla, un picaporte, una determinación.

—Ojalá te hubiera buscado antes.

—Pero no lo hiciste y ya ni modo.

—Todo es culpa de la tontería esa de #MásGordoElAmor.

—¿De qué?

—#MásGordoElAmor. No me digas que no te lo imaginaste. Que esa historia podía ser la nuestra.

—Pues no, la verdad.

—Claro. Qué se te iba a ocurrir.

—¿Entonces eres multimillonario?

—No. Ni lo seré. Eso me queda clarísimo.

—No parece importarte mucho.

Simón se encogió de hombros.

—Creo que ahora me importan más otras cosas. No sé.

—Ay, Simón...

Ella se abrazó más fuertemente a sí misma. Él caminó de espaldas hacia las escaleras, igual que había hecho el Pollo.

—Eso que me preguntaste...

—Olvídalo, por favor.

Fue como despeñarse en un barranco. Ella arriba, él abajo. Toneladas de tierra y cientos de metros entre ellos. Pero al menos Simón sabía que no podría olvidar esa pregunta. Y que, de algún modo, se colaba alguna luz. Recordó a cierta chiquilla pecosa e insolente. Recordó lo mucho que la había querido y se repitió la pregunta que le había hecho ella minutos antes, cubierta de lágrimas. ¿La querría a pesar de todo y de todos? ¿A pesar del tiempo y las fisuras del espíritu y a pesar de las otras personas y el dinero y las apariencias y el dictamen de la sociedad? ¿A pesar de la indiferencia y las preguntas y que otro más grande y más alto se fije en ti y yo tenga que romperle la cara a la salida de la escuela y que te guste la trova cubana y no conozcas el mar y tengas las piernas como palillos y esa capacidad tan enorme de sacarme de mis casillas? Chingada madre, Majo. Ya una vez te quise así. Ahora que, si lo que estás preguntando es, si nunca he dejado de quererte así...

Pensó que, al menos, sabía dónde vivía.

Y que era muy pero muy improbable que ella tuviera que huir a otra ciudad en las próximas 24 horas.

Echó a correr por las escaleras.

45

—Uta. ¿Cómo pasó?

Iban en un taxi a la dirección indicada por los secuestradores. Y de pronto ya no parecía importante que los oyera nadie. Ni siquiera un chofer de taxi con cara de desvelo y varias décadas encima de ruletear trepado en un Volkswagen.

—Para qué nos hacemos —respondió el Pollo, consternado—. Estábamos tan hartos del asunto, que banalizamos aquello por lo que acababa de pasar el Molina. Era obvio que los ojetes lo iban a esperar en su casa. O que al menos lo iban a vigilar.

—¿Pero cómo supieron que…?

—Mejor ni preguntes.

Y no, Simón no preguntó. Pero como el silencio fue tan ominoso, con la vista del chofer más fija en ellos que en el camino, el Pollo sintió que debía hablarlo o se le iba a pudrir alguna entraña.

—Le rompieron la madre. De hecho me lo pusieron al teléfono. Él fue el que me pidió que lleváramos el boleto.

Así que volvió el silencio. Simón estuvo seguro de que nunca había visto al Pollo tan afectado. Ni de chico ni de grande. Le temblaban las manos, le temblaba la voz, parpadeaba exageradamente. Miraba y no miraba.

—Lo traes, ¿verdad?

Simón, por respuesta, sacó su cartera. Y, de ésta, un boleto anaranjado con seis números.

—¡Ay, cabrón!

Fue la exclamación del chofer, tanto por el peligro de casi chocar contra un auto cuyo carril invadió involuntariamente como por el reconocimiento de lo que acontecía al interior de su vehículo.

—¿A poco es usted el señor ese del boleto gordo que anda en las noticias?

A eso siguió, mientras avanzaban por Insurgentes, una diatriba en contra de los secuestradores, en favor del amor verdadero, que poco a poco se fue tiñendo de lo mal que se la ven los taxistas en su paso por la vida, y de la posibilidad de hacerse de unos cuantos pesos, no regalados, claro, sino prestados, porque el señor se ve buena gente y no quiero ser mala onda pero yo que usted dejaba a su amigo a su suerte, ni modo, a lo mejor hasta es una trampa y quién quita y hasta está coludido con los tipos esos porque mire, yo, la verdad, seré muchas cosas pero rata nunca, y quiero proponerle que nos asociemos porque tengo una idea retebuena a la que nada más le hace falta un socio capitalista, se lo juro por est

El Pollo y Simón, de mutuo acuerdo, abandonaron el taxi en la primera luz roja que se los permitió. Echaron a correr del otro lado de Insurgentes y se metieron en una calle perpendicular para detener otro taxi, no sin dejar de oír a la distancia, mientras corrían, las mentadas de madre del sujeto que, minutos antes, ya se hacía el tipo más afortunado del mundo. O al menos el segundo más afortunado del mundo.

Al siguiente ruletero sólo le pasaron la dirección en la que debían presentarse, por allá por la carretera México-Puebla, en los lindes de la ciudad.

La plática entonces siguió otro derrotero.

—¿Cómo te fue con Majo?

—No sé. Mal, supongo.

—¿Por qué?

—Pues porque no me fue bien —resopló con resignación—. Eso seguro.

Una hora después fueron dejados enfrente de un taller mecánico cerrado, sobre una calle a orillas de la autopista, a varios kilómetros de todo, de la Roma, la Narvarte, la Lindavista. No había alumbrado público. No había gente. No había animales. Apenas había un par de casas que parecían abandonadas. Y un camino hacia ninguna parte. Las luces y ruidos de la carretera, a doscientos metros de ahí, eran el último contacto con la vida. O así les pareció a ellos.

El taxista incluso les preguntó si de veras querían quedarse ahí y, a lo mejor porque ya peinaba canas y seguro hasta tenía una buena tropa de nietos, les echó una buena bendición antes de volver a la carretera, la otra, la pavimentada, la que llevaba de regreso a la ciudad.

—Qué pinche manera tan jodida de que esto haya terminado, ¿no? —dijo el Pollo.

Simón se sentó en un par de llantas de tráiler. El Pollo se recargó en un poste vencido.

—Ni Majo ni premio ni nada —añadió el Pollo—. A ver si no hasta terminamos con un pinche tiro en la cabeza.

—Lo más seguro es que sí —resolvió Simón, en forma siniestra.

—Uta madre, qué pinche optimista, cabrón.

—Soy realista, cabrón, que es distinto.

—No lo puedes saber, güey.

—Sí, sí puedo.

—No, no puedes.

—Sí puedo.

En ese momento vieron cómo un auto grande, un viejo Grand Marquis, dejaba la autopista para tomar esa misma calle en la que aguardaban. Detrás de éste, un Seat negro. Ambos se enfilaron hacia ellos.

—No puedes.

—Sí puedo. Lo sé. ¿Y sabes por qué sé que nos van a volar la cabeza? Porque el boleto que traigo no es el boleto ganador.

El Pollo hubiera gritado un ¿QUÉÉÉ?, pero la proximidad de los autos se lo impidió. De hecho, apenas pudo abrir la boca con perplejidad. La luz del Grand Marquis les pegó en la cara. Al volante iba un hombre gordo con cara de bebé; a su lado, otro igualmente obeso pero aún más malencarado y con los pelos chinos. En el Seat negro venía conduciendo Augusto. A Molina no se le veía por ningún lado. Se detuvieron a pocos metros de ellos.

—Qué poca madre, Augusto —fue lo que dijo el Pollo cuando éste se bajó. Los gordos se quedaron al interior del coche. Ni siquiera lo apagaron, de hecho.

—Sí, sí —dijo Augusto en cuanto se aproximó—. ¿Y el boleto?

—¿Y Molina?

—Primero el boleto.

—Primero Molina.

—El boleto, pendejo.

A este argumento ya no pudo replicar el Pollo, porque Pelos Chinos ya le apuntaba con una escuadra a la cara.

Simón sacó la cartera y, de ésta, el boleto anaranjado. Se lo pasó a Augusto, quien lo puso frente a las luces de su auto, aún encendidas.

El Pollo y Simón se miraron.

Largamente.

Una gota de sudor cayó de la nariz del Pollo hacia el suelo. Simón apartó la vista, la dirigió hacia el interminable y oscuro llano al que conducía ese camino de terracería. No pudo evitar ver aglomerarse, frente a sus ojos, un montón de imágenes del pasado, como si fuese una presentación de Power Point pasada a toda velocidad. Se vio a sí mismo y a su hermana Mónica en la playa, se vio en un partido llanero de futbol, se vio en los brazos de Majo y sosteniendo una apuesta estúpida con el Pollo, se vio riendo en un cine con Molina, bailando en una fiesta, en su primera boda, en la segunda, se vio en Nueva York con Judith, recordó la nota exacta de cierto cantante en cierta comedia musical que presenciaron cierta noche que todo parecía perfecto, se vio aconsejándole a un paciente que no se tomara la vida tan en serio, dándole un abrazo y dándole de alta, se vio frente a un andén de una estación de metro y frente a una disyuntiva de vida o muerte.

—De poca madre —dijo Augusto, jubiloso—. De poca madre.

El corazón del Pollo volvió a funcionar. El de Simón, apenas. Un sístole por cada tres diástoles.

—Ni se les ocurra reportar el robo porque, bueno, no hay modo de demostrar que el boleto es suyo, ¿verdad?, así que nada ganarían —dijo Augusto con una sonrisa de más de quinientos millones de pesos—. ¡Vámonos, cabrones!

Los gordos subieron los vidrios de las ventanillas y se bajaron del Grand Marquis. Sin dejar de apuntarles con el arma, fueron a meterse al Seat.

—Siempre me cagaste los huevos, pinche Tito mamón —dijo el Pollo.

—Y tú a mí, pendejo —dijo Augusto.

—Bueno. Ya eres ultramillonario. ¿Me vas a decir ahora dónde está el Molina?

—Ah, sí. Ese pequeño detalle que casi se nos olvida. ¿Verdad?

Sin dejar de caminar de vuelta hacia su auto, sin dejar de mirar el boleto en su mano, sin renunciar a la sonrisa, habló sin ganas, sin convencimiento.

—Lo dejamos tirado por allá —y señaló al punto en el que se fundía el camino con la negrura—. Pero no se sientan mal. Por eso les vamos a dejar ese coche, para que no digan que no hicimos un trato justo. Échenle ganas y tal vez todavía lo encuentren vivo.

Subió al auto. Besó el boleto. Se largó rechinando llantas, levantando nubes de polvo.

El Grand Marquis ronroneaba como un animal obediente.

—Puta madre —dijo el Pollo—. Y corrió al interior del coche.

Simón siguió el mismo impulso. Se sentó en el asiento del copiloto, sobre la vestidura desgarrada. Tuvo que echarse para adelante para no terminar acostado, pues el respaldo estaba vencido.

El Pollo hizo el cambio de velocidades. Aceleró. Volvió a mentar madres. Puso las luces altas. Notó que el indicador del tanque de la gasolina estaba señalando a la reserva. Volvió a mentar madres. El auto, aunque de ocho cilindros, por los años ya no subía a más de ochenta kilómetros por hora. No obstante, en ese despoblado y sobre ese camino inoperante parecía como si fueran a doscientos.

—Maldita porquería —dijo Simón, comenzando a toser.

—Sí. Cochinada de mierda —consintió el Pollo, quien también empezaba a sentir un horrible malestar en las vías respiratorias.

Tuvieron que abrir las ventanas para no asfixiarse, pues parecía que todo el humo del escape se estuviera yendo hacia el interior de la carcacha.

No se alcanzaba a ver nada. Sólo el delgado camino volviéndose aún más delgado, los insectos que iban a estrellarse contra la parrilla, el acre olor de la tierra, los pelados árboles y la pelada llanura.

Al menos no nos metieron un tiro en la cabeza, pensó Simón sin apartar los ojos del terreno. Si encontramos al Molina todavía con vida, hasta podría decirse que no fue tan mala aventura, se atrevía a imaginar. El Pollo, por su parte, se aferraba al volante, sin atreverse a acelerar por completo, temeroso de encontrarse al Molina tirado justo frente a ellos y terminar pasándole por encima. Pisaba el acelerador y luego apartaba el pie. Pisaba y apartaba, produciendo que el auto reparara como haría un jamelgo que reconoce el temor e inexperiencia de su jinete.

Y veía el indicador de la gasolina.

Y cómo los faros apenas mordían un pedacito de la noche.

Y se limpiaba el sudor a ratos.

Y se imaginaba lo peor.

Y decía, por lo bajo, puta madre no vamos a llegar.

Y quería reconsiderar el momento en que se volvió ateo para poder rezar y pedir que el Molina estuviera cerca, que estuviera vivo, que...

Entonces, como una descarga de cinco mil voltios en la espina dorsal.

La ocurrencia lo hizo paralizarse, así que dejó de acelerar.

Acaso porque esa escena lo había perseguido en su juventud. Y se podía decir que era como cerrar el círculo, puesto que ni siquiera estarían ahí si no hubiese sido por aquel sueño que tuvo cuando aún vivía en Ciudad Satélite, aquella promesa incumplida, aquella llamada a media noche de Simón cuando él estaba intentando arreglar el coche de su hija.

Frenó intempestivamente.

—Puta madre —exclamó.

—¿Qué pasa?

Pero el Pollo no dejaba de decir puta madre puta madre puta madre mientras apagaba el coche y sacaba la llave y se bajaba a la carrera. El Charro se apeó también.

—¿Qué pasó, cabrón? ¿Qué pasó?

Y ahora el Pollo pasaba a un no, no, no, no, no, no, no... mientras intentaba insertar en la cajuela la llave, buscando a tientas la chapa en esa negrura interminable que se comía al mundo entero, pues ningún foquito se encendió al interior del auto cuando dejaron las puertas abiertas, nada, apenas las indolentes estrellas y el resplandor artificial de la ciudad en el horizonte los iluminaba malamente.

No no no no no no no no no.

Pudo al fin meter la llave. Girarla. Abrir la cajuela.

Meter las manos porque, a falta de luz...

—¡Nooooo...!

Su grito hizo que Simón comprendiera. Y que también metiera las manos a la cajuela. Y palpara. Y ahogara su propio lamento...

Y pensara que hasta eso habría sido un buen final, Majo y premio gordo aparte, si...

... si...

Prefirió no hacerse falsas expectativas. El Pollo ya había encendido la lucecita de su celular y él, lo primero que contempló, por mera coincidencia, fue el agujero por el que los secuestradores habían insertado el tubo del escape, desviando el flujo natural de los emisores contaminantes hacia la sucia y espaciosa cajuela.

46

—"Siempre" es una palabra muy fuerte —dijo Simón.

Era un buen día. Era viernes. Lo sabías porque ninguno de los dos se quitaba el uniforme los viernes; a menos que fuera absolutamente necesario. Majo incluso llevaba puesto el suéter. Estaban tirados en el césped del parque de siempre. La cabeza de ella sobre el estómago de él. Las miradas de ambos, en las nubes.

—Sí, pero cuando quieres de a de veras, no hay de otra.

Una nube con forma de pato en los ojos de Simón. Una en forma de calabaza de Halloween en los ojos de Majo.

—Por eso hay que estar seguros —agregó ella.

—Nadie puede estar completamente seguro de nada.

Era un buen día. Uno de los últimos. Previo al verano y al final de la inocencia. De brisa tenue y tarde quieta. Uno de esos días en los que cada minuto se distingue del anterior y el tiempo puede sentirse avanzar como una caricia sobre la piel. Uno de esos días que se quedarían para siempre en la memoria si no se tuvieran quince años y el futuro fuera tan maravilloso e intimidante.

—Yo sí.

La calabaza se había convertido en una borroneada mancha de gis sobre el pizarrón del cielo.

47

Eran las nueve y diez minutos cuando un hombre con mucho aroma a loción y el cabello engominado se presentó en la sucursal bancaria más famosa de los últimos días. Iba solo. Se presentó directamente con Valentina Iris, la guapa reportera; de hecho, le dijo que siempre había admirado su trabajo y que le fascinaba el color de su cabello. La guapa reportera tardó en salir del asombro. Lo mismo Lorena, quien lamentó no haberse dejado el maquillaje durante toda la noche, pasada a la intemperie y a puros cabeceos recargada contra un árbol. La transmisión por internet y por aire fue inmediata y se propagó como onda de choque.

Augusto estaba seguro de que era el mejor día de su vida. No le importaba que saliera su rostro en la televisión. Antes, al contrario. La fama y la fortuna de un solo golpe. De hecho, estaba dispuesto a negar sus verdaderas preferencias sexuales sólo por ese día con tal de participar como protagonista en la charada.

—Y díganos... ¿dio con ella? ¿Con su novia de antaño?

—No —respondió él. Y dejó escapar un suspiro bastante bien ensayado—. Pero hay que decir que no perdí la esperanza hasta el final.

Lorena se sintió pésimamente mal con la noticia, pero se sintió aún peor con la actitud del Romeo incidental, tan pagado de sí mismo, tan decidido a abandonar la lucha. En seguida pensó en publicar su primer tweet con un nuevo hashtag: #CompletaDecepción. Y aunque no le importaba meterse en problemas legales con sus socios de franquicia, prefirió esperar. No fuera a ser. De cualquier modo, mientras duró la entrevista, se mantuvo al margen, sonriendo a la fuerza, pensando cuán rápido puede una frase romántica volverse asquerosamente ridícula si se le manosea con tanta frecuencia y tanta mercadotecnia.

Fue una entrevista rápida. En seguida pasaron al interior de la sucursal, acompañados por directivos del banco, el gerente de la sucursal, artistas de la tele, patrocinadores y, naturalmente, gente de la empresa gubernamental encargada de los concursos para la asistencia pública. Los flashes de las cámaras no dejaban de destellar, al igual que la sonrisa de Augusto. En cierto momento, al centro, con las ventanillas de las cajas como escenario, se le pidió que mostrara el boleto premiado y el exnovio de Molina lo sacó y levantó por encima de su cabeza como si fuera un trofeo. Aplausos, gritos y acordes de la canción más exitosa de la temporada: "Más gordo es el amor".

—En este momento nuestro querido ganador pasa el boleto al interventor de la Secretaría de Gobernación y al director de la empresa encargada de los sorteos… —dijo la guapa reportera, haciendo una fiel crónica de los acontecimientos.

El primero revisó el boleto por trámite, asintió y se lo extendió a su colega, encargado de constatar la veracidad y corrección del trámite.

La sonrisa que tenía en el rostro, y que pintaba bastante bien en televisión, se fue volviendo un gesto de amargura y desconcierto.

Todo el mundo se calló. La música siguió, no obstante, sonando en el trasfondo.

Algo detectó, por supuesto, Augusto. Porque su sonrisa también se fue por el mismo hoyo negro por el que se había ido la de todo el mundo a su lado.

—Este… ¿pasa algo? —dijo con un temor bastante genuino. O al menos más genuino que el boleto que acababa de entregar.

Minutos antes, en las oficinas centrales de la instancia gubernamental encargada del sorteo, a unos cuantos kilómetros de la sucursal bancaria, se presentaba una muchacha. Preguntaba directamente en la recepción si podía cobrar ahí mismo un premio. La mujer que la había recibido asintió con una sonrisa estudiada.

—Claro. ¿Es un premio de más de cinco mil pesos?

La muchacha que acababa de llegar, por cierto con un atuendo que le venía bastante bien a pesar de sus dieciséis años, extrajo un boleto con seis números ganadores.

—Es de un poquito más.

Lo mostró. La dama de la recepción cotejó la información y levantó la vista. En cierto modo agradeció que ese asunto terminara así. Por alguna razón la chica pelirroja le había simpatizado desde que la vio entrar y todo ese jelengue mediático de amores gordos la tenía un poco harta. Ya tendría tiempo de preguntarle por qué se había esperado a cobrar el boleto un día antes de que se cumpliera la vigencia. Sonrió ampliamente.

—¿Trae una identificación oficial?

—Sí —contestó la muchacha, que hasta tacones se había puesto. Extrajo del bolso que llevaba al hombro una credencial de elector con su sonriente cara pecosa.

—Acompáñeme, por favor —dijo la recepcionista, poniéndose de pie y mostrándole el camino hacia el interior de las oficinas.

—Priscila —dijo Simón.

El sol ya les pegaba de lleno en el rostro pero esto, de algún modo, les parecía toda una bendición. Se encontraban recargados contra el Grand Marquis, al que se le había acabado la gasolina apenas cinco minutos después de que lo hubieran arrancado de nuevo, la noche anterior. Y por ese camino de terracería aún no pasaba nada ni nadie. Pero había sol. Y el cielo estaba limpio.

—No chingues —exclamó el Pollo.

—Me di cuenta cuando estábamos en Campeche. Que el boleto que traía conmigo no era el original. Los números coincidían, pero el número de sorteo no. Alguien me lo había cambiado. Y, haciendo memoria, recordé que a la única persona que se lo había permitido tocar, después de ti, había sido a tu hija Priscila.

—No entiendo. ¿Cómo lo hizo?

Era un sol benévolo, hasta eso. Uno de esos que se agradecen porque cobijan, entibian el cuerpo y el espíritu. A lo lejos, en un sembradío, se escuchaban ruidos indefinidos de la vida. Motores. Voces. Algún ladrido. La fuerza no les había dado para ir a buscar ayuda. El celular del Pollo se había quedado sin batería. Pero el sol los calentaba. Y el día, en cierto modo, parecía promisorio.

—Ya tenía el plan hecho, la cabrona chamaca —dijo Simón, extrañando un cigarro más que un buen desayuno—. Cuando le mandaste la foto del boleto fue a jugar los mismos números, pero al nuevo sorteo, el que correspondía a esa semana. Luego, hizo el intercambio aquella vez que me subí a la azotea de tu casa a platicar con ella.

—¿Para qué? ¿Para chingarnos?

—Para protegernos, güey. Tu hija sabía que podían pasarnos un millón de tonterías, que podríamos perderlo o podrían robárnoslo o que terminaríamos apostándolo a los gallos. Priscila se quedó con él para que nada de eso fuera a pasar. Pero igual estaba convencida de algo.

—¿De qué?

Deliberadamente miraban al oriente, ambos sentados en la grava, con las espaldas puestas en las lisas llantas del auto.

—De que ese dinero tenía que ser cobrado. A pesar de lo que yo dijera. Así que, en cuanto me di cuenta del engaño, me comuniqué con ella. Y le di permiso.

—¿De cobrarlo?

—Y de quedárselo.

—¡QUÉÉÉÉ!

Simón sonrió con los ojos cerrados.

—Es tu hija, cabrón. Deberías estar agradecido. Además, me dijo que lo va a usar para poner una reserva, un refugio para animales en vías de extinción. Así que también deberías estar orgulloso.

Al interior del auto, en el asiento trasero, comenzaron a escucharse ruidos. Alguien se quejaba.

—¿No debería ser mayor de edad para poder cobrar el premio? —refunfuñó el Pollo.

—Sí. Debería —dijo Simón, aún sonriente.

Se escucharon toses. Y luego, groserías. Mentadas de madre en toda forma.

—¿Vas a guacarear otra vez, pinche Molina? —dijo el Pollo, pensativo.

Ahora el ruido de motor venía directamente del camino. Hacia ellos. Un camión de carga que, muy probablemente, podría llevarlos a la carretera. Así tuvieran que ir entre cerdos, al Pollo le pareció que el día en verdad se mostraba promisorio.

—Me duele todo, cabrones —dijo la voz al interior del Grand Marquis—. Y ustedes ahí sentadotes tomando el sol como si nada.

Simón apretó los ojos. Y la sonrisa.

A diferencia de, por ejemplo, Rosa. O de su novio Manolo. O de los otros casi sesenta que miraban la televisión sin parpadear en la casa del Pollo. O de los millones que también la miraban en algún punto de la ciudad o el país. La guapa reportera decía que aún les quedaban ese día y el siguiente para que apareciera el verdadero ganador, que no había que perder las esperanzas, pero el desinflón que había sufrido la gente fue de tal magnitud que todo el mundo supo que ése era el fin. O al menos lo adivinaron.

A las doce de la tarde la empresa gubernamental encargada del sorteo anunció, en un escueto comunicado, que el premio ya había sido cobrado y que se mantendría en secreto la identidad del ganador por políticas de privacidad. El azar quiso que los socios de Augusto sólo vieran este anuncio y no el de la mañana, cuando éste había sido sacado casi a las patadas de la sucursal. Ambos gordos, convencidos de que el exnovio de Molina había sido quien cobró el premio, fueron tras él. Y me permitiré decir, simplemente, que eso terminó mal, en efecto. Bastante mal. Entrar en detalles sería de mal gusto, sobre todo porque Molina tardó un rato en curarse

Juventina: préstame 1000 pesos es una emergencia K.
Goya: una emergencia???? q rompiste??

Juventina: el cel de mi papá me va a matar :(:(
Goya: no tngo ni 5,,, sorry
Juventina: ni pdo

GOYA Y YO SOMOS AMIGAS DEL FACE DESDE HACE UN BUEN Y NI PINCHES 5 PESOS LOGRÉ SACARLE.

PARA EL CASO A LO MEJOR NI SE LLAMA GOYA NI TIENE DIEZ NI LE GUSTA EL METAL.

VALE MADRE. PINCHE AMISTAD PIRATA.

de las heridas del corazón. Las otras, las físicas, hasta eso, no tanto. Pero sí diré que, de los tres secuestradores, sólo quedó uno de pie, uno que actualmente purga una larga condena en el Reclusorio Oriente.

La canción y todo lo relativo a #MásGordoElAmor se apagó como si bajaran el switch del alumbrado del país entero, justo después del comunicado de que el premio ya había sido entregado. Lorena puso un crespón negro en su blog con una sola disculpa: "Yo también creí que al final triunfaría el amor. Lo siento". Los trolls hicieron escarnio del blog de tal forma que parecía un ataque de Anonymous. Gorda cursi fue lo más inofensivo que le dijeron, así que Lorena prefirió cerrarlo a las cuarenta y ocho horas. La misma tarde que renunció para siempre a ser Corazón de Chocolate, pidió algunos días de vacaciones al licenciado Yépes, quien se los concedió de buena gana. Finalmente, creo que es justo decir que Arturo Lara, el cajero que siempre le había gustado, le mandó un mail con un corazoncito cuando ella volvió al trabajo, días más tarde.

Para las siete de la noche del día del desinflón, la ciudad parecía tener otro rostro, uno más triste, pero también más genuino.

Priscila invitó a su novio a tomar una cerveza a un bar de la colonia Roma donde sólo suenan guitarras con distorsionador. Le hablaría de su proyecto de irse del país para crear un refugio de vida salvaje en alguna parte. Si la quería acompañar, bueno. Si no, con la pena. Mientras se encontraba aguardando a que éste llegara, recibió una sola pero necesaria llamada.

—Felicidades.

A la que contestaría, no sin cierta emoción.

—Gracias, papá.

—¿Estás bien?

—Sí.

—No me importa lo que pienses hacer con el dinero. Si Simón te lo dio, es tuyo. Pero sí quiero pedirte un préstamo.

—De hecho no pienso dejarte fuera, papá, cómo crees. Simón mismo me lo pidió cuando se dio cuenta; me pidió que no los dejara fuera ni a ti ni a Molina.

—No sé. Es tu cosa. Pero por lo pronto sí voy a necesitar que me hagas fuerte.

—Claro.

—Necesito lana para comprarme un carrazo negro y un atuendo de poca madre. Un sombrero original de Nashville. Unas botas de piel de víbora... en fin, cosas así. Pero la más importante es que quiero mandar grabar una hebilla de oro de veinticuatro quilates con el nombre de una chava, y eso sí va a salir caro. A lo mejor hasta más caro que el carrazo.

—No importa.

—Por otro lado... pienso dejar la ciudad.

—...

—Pero no voy a desatender a tu mamá y a tus hermanos, ¿eh? Que quede claro.

—No te preocupes por mi mamá y mis hermanos, pa. Ya les abrí un fideicomiso. Y pienso abrir otro para ti.

—Naaah... no me sentiría a gusto. Pero sí agradeceré que me llames de vez en cuando, por si necesito lana para pagar una apendicectomía o algo así.

—Está bien.

—También creo que es justo que le pases algo de lana a Simón. Acuérdate que se quedó sin chamba y sin casa y sin vida por todo este desmadre.

—No quiere un solo centavo. Le hablé hace rato.

—¿Al Charro? ¿Ya reactivó su número celular?

—Ya. Y me dijo que lo que yo hiciera con el dinero sería lo mejor porque soy la persona más sana y responsable que conoce.

—Bueno... creo que si alguien puede decirlo es tu pinche psicólogo.

—Puede ser.

—Y lo último: No te pierdas, chiquilla. Me haces falta.

—Y tú a mí, papá.

El Pollo colgó sintiendo una horrible desolación. Tenía frente a sí lo que había quedado de su casa, repentinamente abandonada. No había una sola guitarra de una pieza, una sola prenda que pudiera ponerse. Lo único que se mantenía intacto era la televisión, que había sido el medio de supervivencia principal de sus inquilinos durante su ausencia. Fue a uno de sus bafles de 600 watts y le arrancó la parte trasera. Se congratuló con la suerte. Sacó de ahí los siete volúmenes de las tiras de Juventina y una botella de whisky de una sola malta, dieciocho años. Abrió la botella. Dio un trago y se sentó sobre la mesa de metal, de frente a la ciudad, como si fuera su rey, su soberano.

Trajo a su mente el día que recién se desdibujaba. El momento en que subieron a aquel camión de heno, el momento en el que, sobre la carretera, pudieron pagarle a un hombre para que los llevara de vuelta a la ciudad, el viaje en taxi, la despedida frente a su edificio, en la colonia Roma.

El Molina no tenía ningún hueso roto ni daños de gravedad. Aquella llamada que hiciera en un grito había sido el resultado de que los dos gordos le arrancaran mechones de cabellos sin miramiento alguno. A ambos lados de su cráneo aparecían las muestras de tal agravio, pero fuera de eso, no había habido nada de qué preocuparse. En cuanto se repuso de la intoxicación por gases, volvió a ser el mismo de siempre. Por eso el Pollo decidió ponerlo en un taxi a la casa de sus papás. Aún le quedaba algo de dinero y ése era uno de esos gastos incuestionables.

Hubo un momento, antes de despedirse, cuando el taxi estaba con la puerta abierta, en que el Molina se quedó callado y, sin mirar ni a Simón ni al Pollo a los ojos, se atrevió a abrir la boca por primera vez en el día sin escupir una queja o un lamento.

—Lou Gehrig fue un beisbolista formidable de la primera mitad del siglo veinte —exclamó con gravedad—. No sólo fue el mejor primera base de todos los tiempos sino que también tenía un promedio de bateo impresionante, además de que por muchos años se conservó imbatible su récord de juegos consecutivos.

Simón y el Pollo creyeron que había perdido la chaveta. Era un buen momento, de hecho, para volverse completamente loco. Pero ninguno dijo nada. Ni siquiera el taxista que lo aguardaba; a lo mejor porque había echado a andar el taxímetro.

—Su carrera se vio truncada por una horrible enfermedad degenerativa. Le dio algo que se llama esclerosis lateral amiotrófica, lo mismo que tiene Stephen Hawking. El caso es que le hicieron un homenaje en el estadio de los Yankees dos años antes de que muriera y Lou Gehrig, en el discurso de aceptación, dijo que se consideraba a sí mismo el hombre más afortunado sobre la faz de la tierra. Lo curioso es que en su discurso no habló de sus logros en el deporte para sustentar esto… habló de sus amigos y su familia.

Y, dicho esto, se subió al automóvil y dio la orden de ser llevado para el norte, para Ciudad Satélite, para la casa en la que alguna vez había sido un chico de quince años con un montón de futuro por delante y muy poca certeza sobre cómo acabaría viviéndolo.

Después de un rato de rumiar la escena en sus cabezas, el Pollo y Simón dejaron escapar un suspiro simultáneamente.

—¿Subes? —preguntó el Pollo, aún con la vista fija en el punto por el que había dado vuelta el taxi de Molina.

Simón simplemente negó.

—¿Y a dónde vas a ir, si se puede saber? —lo cuestionó el Pollo—. No tienes casa, por si no te acuerdas.

Simón le apretó un hombro y se perdió en las calles; el sol, aquel sol benévolo, había iniciado su descenso y prometía una tarde buena, aunque taciturna. Por alguna razón el Pollo supo que no tendría que preocuparse por él, por el Charro de Dramaturgos, su camarada de tantos años. Tal vez porque tenía otro rostro. Más triste pero también, como la ciudad, más genuino.

El Pollo sintió, mientras traía a su mente todo esto, con la ciudad frente a sí a través del ventanal de su casa, antes estudio de baile, que valía la pena levantar la botella de whisky como si ofrendara un brindis. Por todo. Por el pasado, por la amistad, por el pendejo amor, por la suerte.

Por la suerte.

Dijo salud y pensó que todavía, milagrosamente, le había quedado dinero para un boleto de avión a Campeche. Uno solo. Viaje sencillo.

LA VERDAD ES QUE EN 15000 AÑOS DE CIVILIZACIÓN AÚN NADIE SABE NADA DEL AMOR, TOMY.

UN CHINGO DE CANCIONES Y DE HISTORIAS Y DE LIBROS Y DE PELÍCULAS Y DE TODOS MODOS TE PONES IGUAL DE NERVIOSA CUANDO LE LLAMAS A UN CHAVO QUE TE GUSTA QUE CUANDO ESTÁS ESPERANDO A QUE TE PASE EL DENTISTA.

POR CIERTO QUE MAÑANA ME TOCA IR AL DENTISTA. ¿ME ACOMPAÑAS?
BUENO.

PERO NO PIENSO TOMARTE DE LA MANO.
BUENO.

O CHANCE UN POCO.

48

Es de Priscila, efectivamente, el mensaje que he recibido por WhatsApp. Me pregunta si estoy bien de lana, si estoy contento, si necesito algo.

Ella, por lo pronto, está en alguna parte de África. Las fotos que se ha tomado con animales de distintas especies me colman el corazón. Me hacen sentir orgulloso y, ¿por qué no admitirlo?, afortunado. Como el hecho de que ahora toque música country para vivir. O el hecho de que pueda escribir esta novela con el mar frente a mí y un millón de posibilidades de ser feliz en el horizonte.

Y perdonarás de nueva cuenta, querido lector, que me deshaga de la voz en tercera persona por última vez, pero creo que es necesario. El Pollo, ese personaje malogrado de novela de tapa rústica, ha quedado atrás. Ahora sólo quedo yo, el otro Pollo, el que sabe que la suerte es una cuenta de banco mancomunada y todos podemos, eventualmente, girar cheques a su cargo.

Pero aún falta contar un último capítulo.

Y que sea en descargo de todos aquellos que hace un par de años, cuando todo ocurrió, se hayan sentido defraudados por el anticlimático final de #MásGordoElAmor. Porque, en efecto, hubo una conclusión distinta. Una que sólo supimos aquellos involucrados. Una resolución —si alguien puede afirmarlo es este escritor de pacotilla tirado en un camastro bajo una palapa— que vale por una bolsa de 572 millones de pesos. Y sin restarle impuestos.

Simón caminó sin rumbo esa tarde moribunda. Se sentó en una banca del camellón de Álvaro Obregón y se puso a pensar.

Pensar en serio.

Yo le había entregado dos mil pesos para que no terminara pidiendo limosna mientras Priscila lo compensaba. Aún no sabía que el muy infeliz pensaba negarse a recibir un solo centavo. Y no, aún no me repongo de esa resolución inaudita.

El caso es que usó esos dos mil pesos para ir a un centro de atención de telefonía celular a reactivar su número. Compró el chip, porque el aparato aún lo tenía en su poder. Su idea era marcarle a Majo desde su propio número, no desde una cabina telefónica, no desde un celular prestado, sino desde su propio aparato; quería que el número que a ella le apareciera en la pantalla fuera el suyo, el que estaba a su nombre, y no otro. Por supuesto, en ese momento no recordaba que en realidad el número estaba a nombre de Judith, su expareja.

—Necesitaríamos una carta de ella, para poderle entregar el chip —dijo el muchacho, con la sonrisa fatigada de tanto atender solicitudes de todo tipo durante el día.

Por alguna razón le parecía importante a Simón llamarle a Majo de ese número, que consideraba suyo desde hacía ya algunos años.

—El teléfono que trae mi mujer es el que era mío. Se lo dicto para que vea que sí tengo un número a mi nombre, sólo que es el que ella usa.

—No se puede.

Hubo que untarle la mano al muchacho con mil doscientos pesos para volver a tener su número de siempre.

Era de noche cuando regresó a la misma banca y a los mismos pensamientos.

Por supuesto, se había aprendido de memoria el teléfono celular de Majo y esa era la primera llamada que haría.

Pero, cuando ya estuvo listo para hacerlo, no se sintió con el valor.

Estuvo mirando durante dos horas el teléfono (con el número marcado, aunque sin pulsar el botón verde para hacer la llamada) como si fuera un muchacho de quince años aterrado. A solas. En una banca. Bajo las miradas indiferentes de todos los transeúntes que pasaban a su lado.

¿Qué le voy a decir? ¿Exactamente qué espero de ella?

La música de *El show de los Muppets*.

Contestó por reflejo, aunque no deseaba hacerlo.

—Hola, Simón.

Le agradó oír la voz de Priscila. La felicitó. Le confió el premio. Le dijo (no, aún no me repongo de esto) que no quería un solo centavo.

Cuando colgó con ella, le pareció que el abismo que se abría entre él y Majo se había convertido en un cañón como el del Colorado. Que esa mínima distracción bastaba para que la llamada se volviera una empresa imposible.

Así que transcurrieron más horas.

Y se quedó dormido en esa banca, hecho un ovillo, soportando el vendaval y las burlas de algunos espontáneos trasnochadores. Un policía lo instó a que se fuera para su casa pero él sólo se cambió de banca. El día lo recibió en el mismo camellón. Eran las siete de la mañana cuando fue a comprarse un tamal y un atole. Entonces decidió que, si no tenía el valor de hacer la llamada, tendría entonces que presentarse en persona. Escribir ese último episodio... y seguir con su vida. O no. Todo dependía.

Prefirió pagar un taxi, a pesar de su poca solvencia económica.

Y cuando estuvo frente al edificio en el que vivía Majo, sobre la calle de Quito, sintió que volvía a aquel verano de 1984. Y que nadie le abriría. Y que así sería por un día, una semana, un año, una vida.

Pensó que acaso le bastaría con mirarla una vez más.

Era muy temprano. Aún no daban las ocho de la mañana y seguro le abriría uno de sus hijos. O su esposo, si es que ya había vuelto de viaje. Y él tendría que presentarse y pasar por la vergüenza de pedir un rato a solas con Majo.

¿Qué pienso decirle?, se atormentaba. La verdad... la única verdad... que no me importa que esté casada, que no creo querer a nadie como puedo quererla a ella, y que si me abre aunque sea un huequito en su vida, algo se obtendrá de bueno. No sé. Que no me importa ser el amante, el plato de segunda mesa, el pelele, siempre y cuando...

... siempre y cuando...

La puerta de una de las cocheras estaba abierta y él aprovechó para colarse por ahí. Un hombre con el motor de su auto encendido contestaba mensajes en su celular, así que no lo vio entrar.

Simón subió hasta el piso de Majo por las escaleras. Lamentó estar en un estado tan deplorable. La misma ropa que cuando la había ido a ver, dos días atrás, aunque mucho más sucia. El mismo rostro demacrado. El mismo sentimiento de agonía.

Decidió no pensarlo mucho más. Llamó a la puerta y suspiró.

—Voy —gritó una voz masculina.

Sintió deseos de echarse a correr. ¿Qué le diría? Las manos le sudaban como si todas sus glándulas sudoríparas se hubieran conglomerado sobre las palmas. Empezó a morderse los padrastros del pulgar derecho.

Se abrió la puerta.

Un hombre de rostro interesante fue quien acudió. Era mayor que él, con las sienes plateadas, anteojos redondos y sonrisa bonachona. Al interior, en la misma mesa de comedor en la que él y Majo se habían sentado dos días atrás, desayunaba un muchacho alto. Uno de aquellos que sonreían desde las fotos de la sala. Se sintió desfallecer. Se oían ruidos en la cocina.

—¿Sí? —dijo el hombre.

—Usted perdone. Estoy buscando a Majo. A María José Almarán.

En ese momento apareció el otro muchacho, poniéndose una corbata. Parecía como si el mundo entero de Majo se fuera a manifestar en ese momento frente a él, con el fin de reclamarle su intrusión. Un alud espantoso que lo consumiría, que lo aplastaría, que acabaría por llevarlo, de nueva cuenta y ahora sí definitivamente, a aventarse de cabeza a las ruedas de un convoy de cientos y cientos de toneladas de acero.

—Soy un viejo amigo —se disculpó.

Pero entonces, de la cocina surgió una mujer. Una señora como de su edad, de sonrisa limpia... que no era Majo. Llevaba delantal y una pala para embarrar mayonesa. Pero no era Majo.

—Majo vive en aquel departamento —dijo entonces el hombre.

Y señaló a la puerta que correspondía a la primera dirección que Majo enviara en aquel mensaje de Facebook. Aquella donde, dos días atrás, nadie le había abierto.

—No me diga que es usted Simón Jara Oliva —preguntó el hombre.

—Este... sí —resolvió Simón confundido.

Algo se despertó entre la pareja, al interior de ese departamento. Se miraron entre sí. Sonrieron. Y él, tomando una servilleta de la mesa, limpiándose la boca, pues tenía rastros de café con leche en los labios, arrojando la servilleta al mantel, se disculpó con su familia y salió del departamento, dejando entornada la puerta.

—Ella vive ahí, pero ahorita no está. Vuelve como hasta las seis de la tarde.

—No entiendo.

—Yo sí —sonrió el hombre, en mangas de camisa, listo para irse a trabajar—. O bueno... entiendo un poco más que usted.

—Ella... ¿me mintió?

—Sí. El martes pasado nos pidió prestado el departamento para recibirlo, Simón. Para hacerle creer...

—¿Qué?

El hombre sonrió como sonreiría un Santa Claus improvisado, un héroe fantástico que tiene en sus manos la posibilidad de realizar un milagro.

—Es mejor que usted lo vea por sí mismo —dijo éste, abriendo de nueva cuenta la puerta de su casa. Algo habló con su esposa y, luego, tomó un llavero de un gancho que colgaba de la pared, para volver al lado de Simón—. Tenemos una copia de las llaves de Majo. Al igual que ella tiene copia de las nuestras.

Fue el sujeto hacia el departamento de Majo y corrió las cerraduras. Antes de abrir le obsequió una nueva sonrisa.

—Dígame una cosa... ¿cobró el premio?

—No.

—Ah.

—Qué estupidez, ¿verdad?

—No. No lo creo. No, si es que es cierto lo que decían en la tele y en internet, que usted deseaba que ella lo quisiera así, sin dinero, sin falsos intereses... sólo por ser usted.

—La verdad, ahora que lo oigo en boca de usted, sí me parece que es una completa estupidez.

El vecino le sostuvo la mirada por breves segundos y luego abrió la puerta. Lo hizo entrar a un departamento modesto, con un piano vertical, un comedor de madera brillante, una confortable sala. Nada del otro mundo. El hombre cerró la puerta tras de sí y caminó hacia el pasillo que conducía a las habitaciones interiores. Se detuvo antes de entrar y confrontó a Simón.

—Mi esposa y yo conocemos a Majo desde hace unos diez años. Y creo que es justo decir que la queremos desde el primer día. Es un poco locuaz pero muy buena persona. El caso es que... nunca ha querido casarse.

Simón sintió que el mundo comenzaba a resquebrajarse, que la realidad empezaba a mostrar grietas, que una tremenda luz se colaba por las fisuras.

—Y mire que ha tenido novios. Bastantes. Incluso ha habido relaciones largas. El último fue un director de escuela bastante cretino. No sé si sabe que Majo es profesora en una escuela primaria. El caso es que nunca ha querido casarse porque, según ella, ninguno de los hombres que ha conocido es el ideal para ella.

Una luz enceguecedora. Sintió Simón que los ojos se le anegaban. No quería ceder a eso. Estaba seguro de que iba a despertar sobre la playa en Campeche, listo para ser devorado por la marea. O después de una borrachera de varios días de cine, tumbado sobre el parquet de su antigua casa.

—Excepto uno —continuó el vecino—. Según Majo, conoció al hombre ideal en su niñez. El único con quien podría casarse porque era perfecto para ella. Pero lo dejó ir y no tiene remedio. Y por eso se resignó a ser una eterna solterona.

—¿Ella lo dejó ir?

—Eso nos ha dicho siempre. El caso es que...

Y el hombre lo tomó del antebrazo para conducirlo al pasillo. Algunos diplomas de la labor de Majo como maestra adornaban una pared. Y la otra, la que confrontaba a la anterior, estaba llena de fotos sobre marcos de las más diversas formas y colores. La gran mayoría de ella misma con sus padres. En diversas situaciones. Plazas, ciudades, montañas. En otras, con algunos hombres y mujeres desconocidos. Pero, en cierto lugar que bien podría pasar desapercibido...

El hombre le apretó el antebrazo con más fuerza. El que un hombre anónimo conforte a otro hombre cuando éste llora es uno de los más grandes gestos de bondad del ser humano. Lo digo yo, Gerardo Flánagan Uribe. Y estoy dispuesto a romperle la cara a cualquiera que se atreva a ponerlo en duda.

Simón sacó de la bolsa trasera de su pantalón el otro pedazo de la foto. Y ahí, sobre el marco, por encima del vidrio, puso el pedazo que bien habría podido embonar a la perfección con el otro pedazo de haber podido descolgarlo de esa pared en la que llevaba tantos y tantos años. Un niño con una camiseta de Tom y Jerry volvía a tomar de la mano a una niña con una blusa azul de tirantes. Y el mundo se volvía una explosión atómica de luz y calor y desconocidas sensaciones.

—A mi mujer y a mí nunca ha dejado de maravillarnos que alguien pueda sostener con tanta terquedad algo como eso. Majo dice que "son cosas que se sienten una vez y para siempre".

—...

—Pero ahora resulta que usted aparece... y bueno, la verdad es que estamos muy contentos de que haya vuelto. A pesar de lo que le hizo la vez pasada, cuando se vieron en mi casa, estamos muy contentos de que haya vuelto.

—¿Pero por qué? —dijo Simón con la voz quebrada—. ¿Por qué ahora que la encontré se empeñó tanto en sacarme de su vida? Se inventó que vivía en Ecuador, que pesaba 127 kilos, que estaba casada... no entiendo.

—Eso sí que no lo sé. Pero se lo puede preguntar usted mismo ahorita que venga. Mi mujer le acaba de hablar para decirle que su departamento se está incendiando.

Simón volvió a la sala y se desmoronó en uno de los sillones, frente al piano. El señor lo siguió pero no se sentó. Miró su reloj de pulsera.

—La verdad es que pagaría por estar aquí cuando ella llegue. Pero... —forzó una mueca, una triste sonrisa de hombre bueno—, mejor usted... —y luego decidió que era buen momento para romper el hielo—, mejor tú me cuentas después cómo estuvo la cosa.

Estrechó su mano con efusividad y salió por la puerta.

Simón se quedó detenido en un engrane de la máquina del tiempo, estorbando su avance. Compungido porque su ropa olía a heno y a sudor y a cientos de tribulaciones, porque tenía la nariz hinchada y el corazón a todo, porque no tenía más que unos cuantos pesos en el bolsillo y ningún lugar a dónde ir, porque sabía que de ésa no escapaba sin un final, un verdadero final.

—Hola, Simón —dijo una voz al teléfono, una llamada que no quiso desdeñar, más por matar el nerviosismo que por realmente querer hacer un servicio a esas horas y en esas circunstancias.

—Hola, Mari Carmen —pensó, no sin hacer una nota mental necesaria: "Maricarmen-elamoresunamierda-16".

—¿Ya no estás dando terapia? Mi mamá me está llevando con otro psicólogo.

—He andado un poco fuera del aire.

—Bueno. Por cierto... te llamé para decirte que me voy a volver nihilista. Ya me cansé de que todos mis pinches novios nada más me quieran para coger.

—No creo que sea buena idea. Pero luego lo platicamos, si quieres.

—El amor es una babosada, Simón.

—Estoy de acuerdo. Así, a secas, lo es. Pero deja de serlo cuando te toca. Cuando no es una palabra suelta, sino un algo que te aplasta con sus cientos de toneladas de acero y te apalea con sus miles de millones de voltios de descarga eléctrica.

—Qué raro que hables así. ¿No habías tronado con Judith?

—Sí.

—Entonces qué inventas. El amor es una babosada.

Y todo esto mientras que Majo conducía a toda velocidad de la escuela en Polanco en la que daba clases hasta su casa en Lindavista, llorando todo el camino porque la verdad no había dejado de llorar desde el martes, cuando vio a Simón como quien ve a un fantasma y porque el día siguiente se había enterado de que sí cobró el premio y eso era lo mejor pero también lo peor y ahora la suerte le salía con esa idiotez, que la pinche casa se quemaba y seguro que se va a correr a todo el edificio y será mi culpa ya sabía que había que arreglar esa maldita instalación eléctr

Frenó frente a la puerta del edificio. No se veía humo por ningún lado. Raro.

No metió el coche al garage. Se bajó y entró al edificio y subió a toda prisa las escaleras. Tampoco olía a humo ni había trajín de vecinos. Raro.

Insertó la llave. Una. Dos. Sólo la chapa de abajo tenía seguro. Raro.

Giró la llave. Y ahí estaba, atorando un engrane del tiempo, mirándola desde su propio sillón.

—Pero... —dijo ella, confundida pero, a la vez, sintiendo que el torrente de adrenalina que inundaba sus venas era la confirmación de que la vida a veces es, por sí sola, la mejor de las recompensas.

Simón la contemplaba sin saber qué decir. Cómo empezar. No se puso de pie. Siguió ahí sentado, en el sofá, a pesar de que quería correr a sus brazos y terminar de una buena vez con tanto jaloneo y tanta estupidez.

Ella tampoco supo qué decir. Comprendió el ardid al instante. Sonrió. Volvió a llorar. Se limpió las lágrimas. Se sentó a la mesa del comedor. Su comedor. Tragó saliva.

—Me da gusto verte.

—Y a mí —dijo Simón—, pero hay que poner algunas cosas en claro.

—Sí. Yo empiezo. Dado que ya cobraste el premio, tengo que decirte que esto no va a funcionar.

—¿Qué?

—No puedo quererte si eres millonario. Es como si no fueras tú. Y no puedo quererte si no eres tú. Lo siento.

El mohín de disgusto de Simón fue más que evidente. Majo lo veía y apartaba la mirada al instante. Volvía a limpiarse las lágrimas con la mano abierta. Moqueaba. Trataba, en verdad trataba de no venirse abajo. Pero ahí estaba... finalmente, después de todo ese tiempo... ahí estaba, Simón Jara Oliva en su sala, entre sus cosas, como una aparición.

—Pero está bien —agregó—. Me da gusto. Cómo no me iba a dar gusto... Quinientos y pico millones de pesos. Guau. Felicidades.

Simón se llevó las manos a la cara. Negó. Suspiró.

—No cobré ni madres, Majo.

—¿Qué?

—Que no cobré nada. Al menos no yo. La hija del Pollo fue la que se quedó con el boleto. Y cobró el premio. Y que le aproveche.

—¿Y por qué?

—Perdón pero es mi turno. ¿Por qué me engañaste? ¿Por qué tanto empeño en que me fuera a la mierda?

Ella se mordió un labio. Miró hacia las paredes, hacia sus adornitos, hacia sus manos entrelazadas en busca de una tabla salvavidas. De algún lugar tenía que sacar la fuerza, el coraje, el brío.

—No conozco el mar, Simón.

—¿Qué?

—Yo siempre me hice las ilusiones de que conocería el mar contigo. Pero luego... simplemente el tiempo pasó y pasó y pasó y mis papás y yo nunca fuimos a Satélite y tú te volviste un recuerdo nada más. Y de repente se me hizo, al paso del tiempo, que el mar y tú eran algo que jamás ocurriría. Lo he visto desde la ventanilla de algún avión, sí, y a veces a la distancia... pero nunca he metido los pies en la arena.

—Sigo sin entender.

—Para serte sincera... llegué a renunciar al mar como llegué a renunciar a ti. Al grado de creer que mi vida estaba completa sin ninguno de los dos. Por eso, al igual que decidí jamás vacacionar en la playa, también tomé la decisión de nunca buscarte. Jamás te busqué en ninguna guía telefónica, jamás tecleé tu nombre en ninguna búsqueda de internet. Jamás hice nada por dar contigo...

Simón no apartaba la vista del dibujo del mosaico. En algún lugar estaba el final... ese final...

—Pero tampoco —agregó Majo con voz apagada—, jamás me imaginé que el mar pudiera desbordarse, inundar un continente, dar conmigo... y de repente sentirme así, como me siento ahora, como si tuviera los pies metidos en la arena.

Se soltó a sollozar incontrolablemente, grandes sacudidas y pequeñas asfixias, un torrente contenido por tres décadas, liberado de un solo golpe.

—Y darme cuenta de que... contra todo lo que había imaginado... es lo mejor que me hubiera podido pasar en mi jodida vida...

Simón, entonces, se puso de pie.

Reconoció el final porque ahí estaba, justo frente a sus narices. Y supo que estaba bien.

—Eso que me preguntaste... Eso que me dijiste que olvidara...

Majo sabía que se refería al momento aquel, cuando ella sintió ese hermoso y terrible abandono en el comedor de los vecinos y conminó a Simón a que le confesara el tamaño de su amor para poder pedirle que se quedara a su lado por siempre y conjurara el tiempo y todo lo que arrasa el tiempo. Pero en su mente, en cambio, estaba aquella vez que lo citó en su casa para darle el veredicto de su análisis, cuando le reveló que había pasado todas las pruebas y eran el uno para el otro, cuando le hizo prometerle que se casaría con ella en cuanto crecieran. En su mente anidó, como un ave gentil, aquella pregunta que no quiso hacerle por temor a la respuesta y por la que prefirió darle un 9.8 a tener que falsear el resultado. Era una pregunta imprecisa que tenía que ver con los años y lo que le pueden hacer los años a un par de chicos que se quieren, porque bueno, nunca se sabe lo que puede pasar con el tiempo y la distancia y esas porquerías de gente grande. Una pregunta que ya había olvidado pero que, de tener que formular como se formula una novela, habría dicho, y si me llevan contra mi voluntad, y si me cambian el nombre, y si me desaparecen por completo, y si entro a la prepa y a la universidad, y si yo amo a otros y tú amas a otras y si de repente ya no somos los mismos...

... y si...

—Ay, Simón —se puso de pie ella, cediendo al fin al más genuino de los impulsos.

Cerró la puerta con todas sus llaves. Echó la cadena. Descolgó el teléfono. Apagó su celular. El de Simón. Fue a la habitación del fondo, su recámara, y encendió la televisión. Puso un canal de caricaturas.

Volvió a la sala para tomar la mano de Simón con la certeza de que la fortuna es bondadosa a veces y de pronto adquiere la forma de un falso incendio, un horno de microondas a reventar de palomitas, la plática entre las sábanas, un viaje imaginario a Cancún, un caminito de pétalos de rosa y la posibilidad de algún día hacerse de una casa de dos pisos, una familia de anuncio comercial, un jardín con asador y, por supuesto, un perro.

EN FIN...
¡MAMÁ! ¿PUEDO IR CON TOMY A JUGAR GEARS OF WAR?
FIN
GUIÓN: MALPICA
MONOS: BEF